JN230755
夢見し楽園
君が
我が王と
賢者が囁く

君が夢見し楽園　我が王と賢者が囁く

飯田実樹

ILLUSTRATION：蓮川 愛

Story

美しい容姿と並外れた魔力を併せ持つ聖職者リーブは、その実力から若くして次期聖職者の最高位・大聖官にとの呼び声高い大魔導師。聖地を統べる者として自覚を持つよう言われるが、自由を愛するが故、聖教会を抜け出し放浪することをやめられずにいた。きっとこれが最後だろうと覚悟しながらも三度目の旅に出たリーブは、その道中で「精霊の回廊」と呼ばれる時空の歪みに巻き込まれ、遠い南の島国シークにトリップしてしまう。飛ばされた先で出会ったのは、シークを統べる若く精悍な王バード。彼は星詠みに予言された運命の伴侶・白き宝珠が現われるのを長年待っているといい、リーブがまさにその宝珠だと情熱的に求婚してきた。はじまりは無理やりな結婚だったものの、運命に導かれ出会った二人は、やがて惹かれ合い、身も心も夫婦となるが……？

【妻】リーブ

強大な魔力を持つ大賢者。シークで予言されていた白き宝珠だとされ、国王の花嫁となる。幼い頃の記憶がない。

【夫】バード

南の島国・シークを統べる王。元は海賊だった民で、今も高い戦闘能力を持つ。妻のリーブと共に民にも慕われている。

君が夢見し楽園　我が王と賢者が囁く

LYNX ROMANCE

CONTENTS

君が夢見し楽園

†

青い海、青い空、緑豊かな大地、人はそこを南の楽園と呼ぶ……南の島国シーク王国。

そこに住む黒髪・黒瞳・褐色の肌の民族は、遥か昔海の荒くれ者の海賊だった。今も妖獣相手に大太刀を振るうその姿は、かつての荒くれ者を彷彿とさせるが、母国の楽園に暮らす彼らは、陽気で人情味に溢れている。

特に今のシーク王国は、歴史上最も豊かで穏やかで平和だ。

なぜなら国民全員が敬い慕う美しき王の伴侶がいるから……。

「リーブ様」

「リーブ様」

「リーブ様」

あちらこちらから次々と絶え間なく名前を呼ばれ続けて、美しい黄金の長い髪のその人は、困ったように首を竦めた。

「皆さん、慌てなくても大丈夫です。時間はたっぷりあります。ちゃんと全員に教えますから待っていてください」

リーブは苦笑しながら辺りを見回すようにして言った。

そこは城下町の外れに建てられた薬師を育てる学校だった。

きちんとした知識を持つ医師が、シーク王国にはわずかしかいない。その穴埋めをする為に、リーブは島内を巡回して診療をしていた。だがそれではシークの未来が危ぶまれると、リーブは伴侶である国王バードに頼んで、薬師を育てる学校を作ってもらったのだ。

賢者であるリーブは、白魔法や薬草で病気や怪我の治療は出来るが、医術の心得はない。だから医師を育てることは出来ないが、薬師ならば育てられるから……と学校を作ることを提案したのだ。

当初バードはそのことにあまりいい顔をしなかっ

た。なぜなら教師はリーブしかおらず、学校などというものを作ったら、毎日リーブは学校に通ってしまい、バードと過ごす時間が減ってしまうからだ。

だが『薬師が一人前になって、島中の村や町に一人ずつ配属することが出来れば、私はもう診療に出向かなくてもよくなるのですけど……』とリーブが独り言を呟いたので、バードはすぐに承諾してくれたのだった。

リーブはバードを味方にする術を熟知している。だが問題は、味方になると今度は必要以上に構いたがる。

リーブ一人で教えるには、そんなにたくさんの生徒を集められない。せいぜい多くて十人が限度だ。だから城下町のどこか空き部屋があれば……と思っていたのに、バードはさっさと学校を建ててしまった。

完成を急いだので大きな建物という訳ではないが、それでも四、五十人は入れそうな大きな教室が三つもある。

リーブはそれを見てとても呆れたが、バードの好意を無下には出来ないのでとても喜んでみせた。

早速国内で薬師の学校に入学希望する者を募ったところ、百人以上の希望者が殺到してしまい一時混乱が起きてしまった。その為急遽、人数を絞り込む為に試験と面接を行って、なんとか二十人までに減らすことが出来た。

当初十人くらいと考えていたリーブにとって、二十人はかなり許容を超えてしまっているのだが仕方がない。せっかく薬師になりたいと希望する者達を、本当ならば全員受け入れたかったのだが、それを絞り込んだのだ。多いなんて言っていられなかった。

こうとなるとバードが大きな学校を建ててくれたのが功を奏した。広い教室なので二十人いても余裕があるし、教室も三つあるので知識を学ぶ授業の為の教室と、薬草の調合などを実際に行う実習室と、専門書などで調べ物が出来る図書室と使い分けることが出来た。

知識を学ぶ授業は二十人全員相手に教鞭をとり、

調合などの実習の際は十人を相手にするのが限度なので、残りの十人にはその間図書室で自習をしてもらうようにして、なんとか上手(うま)くリーブ一人で切り回すことが出来た。

　学校はさすがに毎日という訳にはいかないので、週三日の開校だったが、授業は朝から夕方までかかり、更に学校のない日は巡回診療に行く為、リーブは以前の倍以上忙しくなってしまった。

「話が違うじゃないか！」

　ある日の夕食の席で、バードが怒りの声を上げた。

「なんの話ですか？」

　その日、いつものように学校からリーブが戻ってきた時から、バードがとても機嫌が悪いことは分かっていた。まあバードの機嫌が悪いのは今に始まったことではない。

　リーブが薬師学校で教鞭をとるようになって、一週間が過ぎたあたりから少しずつ不機嫌が募っていたのは知っている。だがリーブは気づかぬふりをしていたのだ。聞かなくても、理由は分かっている。

「お前は以前よりも忙しくなっている！　この二週間……お前が薬師学校を始めてから、ずっと朝と夜しかお前に会えないじゃないか！」

「仕方ないでしょう？　わざわざ昼食の為に学校から館に戻っていては、食事をする時間が少なくなるのですから……」

「じゃあ、オレが学校に行って一緒に食おう」

「それもだめだと言ったでしょう？　毎回王様が食事をしに学校に来るなんて……第一、貴方(あなた)だって仕事が忙しいのですから、そんな暇はないでしょう」

　リーブは分かりきった話なので、溜息(ためいき)交じりに答えながら食事を続けた。

「こんなにお前との時間がなくなるなんて聞いていない」

　バードは腕組みをして、憮然(ぶぜん)とした表情で言った。

　リーブは一瞬それに対しての言葉を、なんとするか考えながら、ゆっくりグラスの水を飲んでナフキンで口元を拭った。

「最初に貴方が学校に反対したのは、私との時間が少なくなると思ったからではないのですか？　話し合った上で、貴方はそれを承知で承諾してくださったと思っていたのですが……違うのですか？」

リーブに正論で返されて、バードは眉間にきつくしわを寄せた。

「だがお前だって、反対するオレを説得する為に、学校は毎日にはしないと譲歩しただろう」

「確かにしました。でもそれは学校の話です。実際三日しかやっていないでしょう？」

「だが巡回診療を続けているから、以前より館にいなくなってしまったじゃないか」

「私は巡回診療を止めるとは、一度も言っていませんよ？　薬師達が立派に独り立ちすれば、巡回診療に行かなくてよくなると言っただけで、今すぐの話ではありません。バード、私は当初学校を週五日、巡回診療を二日と考えていました。でもやはりずっと館を空けたままでは、貴方の伴侶としていけないことだと思ったから、学校を二日減らして、その二日はずっと館にいることにしたのです。これが私のせいいっぱいの譲歩案です。学校の日数が減ればそれだけ、生徒達が一人前になるのが遅れます。貴方もそれくらい分かるでしょう？」

リーブが宥めるようにバードに告げると、バードは不機嫌そうな表情のままで、目を閉じて考え込んでいる。

リーブはバードの返事を待つように、じっと見つめていた。

バードはゆっくりと目を開けて、リーブを見つめ返す。

「薬師達が一人前になるにはどれくらいかかるんだ？」

「……三年くらいでしょうか」

「さ、さ、三年だと！」

一度は冷静になりかけたバードが、再び激昂して立ち上がった。リーブも立ち上がり、慌ててバードの下に駆け寄る。

「バード、バード……お願いです。そんなに怒らないでください。私は貴方と喧嘩をしたくなんてありません」

「オレだって好きで怒っている訳じゃない。お前がオレを騙すようにしたから怒っているんだ。そんなに何年もかかるなんて聞いていないぞ！」

「騙すなんて……私も彼らが一人前になるのにどれくらいかかるかなど、実際に教鞭を握ってからでないと分かりませんでした。今の彼らの能力だとそれくらいはかかるかもしれないというだけです。彼らの努力次第ではもっと早くなるかもしれません。私達は……ニーヴェリシアの聖教会では毎日毎日……一日も休むことなく薬師の学問を学び、それでも一人前になるのに一年以上はかかるのです。それも個人差があります」

「そういう言い訳は最初にしろ！　結局、オレを承諾させる為に都合の悪いことを伏せていたのは事実だろう」

　怒鳴るバードに、リーブは眉根を寄せて目を伏せ、ゆっくりとその場に跪いて、バードの足元で深く頭を下げた。その行動には、さすがのバードも怒りを忘れて驚いた。

「なっ……何をやっている？」

「バード……どうかお許しください。確かに私は嘘をつきました。貴方の言うように、貴方に承諾をして欲しくて、貴方が怒りそうなことは言わずに誤魔化しました。聖職者としても、貴方の伴侶としても許されない行為だと思います」

「ま、待て……待て、待て、待て……と、とりあえずいいから立ちなさい」

　バードは慌ててリーブの肩を掴むと、立ち上がらせた。

「リーブそんなことはするな。オレに跪くな」

「でも……どう謝罪すれば貴方の怒りを静められるのか……バード、でもこれだけは信じて欲しいのです。私だって貴方と過ごす時間が減るのは寂しいのです。でも最初に貴方に言ったように、薬師が一人前になれば、私は巡回診療をしなくて済みます。特に……今の生徒達は二十人もいますから、全員が無事に薬師になってくれれば、一度に島中の村や町に配属することが出来ます。あと二、三年我慢するだけで、それ以降はもう私はずっと貴方の側にいられるのですよ？　そう思うからこそ、私もがんばれるのです。これだけは信じてください」

　リーブがその美しい眼差しでバードを見つめながら訴えるので、バードは言葉を詰まらせて少し頬を染めながら、その瞳に見入ってしまった。

「わ、分かった……確かに……そうだな。オレもお前がそう言ったから承諾したんだ。二、三年もかかるとは思っていなかったが……それで本当にお前が巡回診療に行かなくなるのならば……二、三年など大したことはないと思えてきた」

「バード……では許してくれるのですか？」

「許す、許す」

「もう怒っていませんか？」

「怒ってない、怒ってない」

　バードはリーブが今にも泣き出すのではないかと思って、優しく笑顔を作って宥めるように答えた。

「良かった」

　リーブがふわりと花のような笑顔を見せたので、バードは胸が弾んで思わず抱きしめていた。

　口づけを交わして、リーブを抱き上げた。

「バード……貴方、食事をあまりしていませんけど……」

「これから最高の美食が待っているからいらないよ」

　バードはニッと笑って、そのままリーブを抱いて寝室に向かった。リーブは特に抵抗もせず大人しい。

　バードはベッドにそっとリーブを降ろして、覆いかぶさりながら鼻が触れそうなほど顔を近づけて、じっとリーブを見つめた。

「大人しいな。少しは抵抗するかと思ったのに」

「……貴方の怒りが収まって安堵しているのです。わざわざまた貴方を不機嫌にするようなことはしません」

「お前がまだ侍女達もいる場所で、オレが口づけたり、性交を迫ったりするのを嫌がるのはいつものことだ。別にそれで不機嫌になりはしないぞ」

「私が嫌がるのは恥ずかしいからというだけで、貴方と口づけるとか……そういうのを嫌がっている訳ではありませんから……お分かりでしょう？」

　リーブはそう言って恥ずかしそうに頬を染めながら目を伏せた。いつまで経ってもそんな風に初々しさを見せるリーブに、バードはいつも翻弄されてしまう。一気に気持ちが高まり、リーブの唇を強く吸った。

「リーブ……愛しているよ」

「バード、私も愛しています」


　バードは執務室で机に向かい腕組みをしながら、随分長く考え込んでいる。不機嫌という訳ではないが、眉間にしわを寄せて真剣な顔で何かを考えているようだ。

　側近のキリクは、そんなバードを気にする様子はなく、自分の仕事を黙々とこなしていた。

「キリク」

　ふいにバードが口を開いた。

「はい、なんでしょうか？」

　キリクは帳簿を付けていた手を止めて、バードの方を振り返った。バードは先ほどと同じ腕組みをした体勢のままだ。

「オレはリーブにいいようにあしらわれているだけではないのか？」

「え？」

　突然バードがそんなことを言うので、キリクは驚いて目を大きく見開いた。

「バ……バード様……それはどういう意味でおっしゃっているのですか？」

　キリクが恐る恐る尋ねると、バードは「う～ん」と唸って腕組みをしたまま首を傾げた。

「いや……意味というか……まあ意味はそのままなんだが……リーブはとても頭が良いだろう？　だからオレのことを熟知していて、オレが何に怒り、何に反対するかもすべて……オレの行動の先の先まで予想して、上手く対策を練っていると思うんだ」

「はあ……」

　バードはとても真剣に語っているが、キリクの方は先ほどの驚きはすっかり落ち着いたようで、少しばかり困惑した様子で聞いている。

「だからオレが怒って騒ごうと、にこやかにしていようと、すべて見抜かれていて、リーブの思うようにオレは操られているんじゃないんだろうか？　って思うんだ。キリク、お前はどう思う？」

　バードに問われて、キリクは困ったように眉根を寄せて溜息をひとつついた。

「バード様……それは今更なのではないですか？」

　その一言に、バードは目を丸くしてキリクを見た。

「何が今更なんだ」

　バードは憮然とした様子で即座に聞き返した。だがキリクの方は、呆れたような顔をしている。

「恐れながら……バード様はもっと前から、それをすべて承知なさっているものだと思っていました」

　キリクはバードの顔色を窺いながら言葉を続けた。

「その……つまり……バード様は、リーブ様が言葉巧みにいつもバード様を宥めたり諭したりすることを、すべて承知でリーブ様の好きなようにさせていらっしゃるのだと思っていたのですが、違うのですか？」

「なぜそうする必要がある」

　バードは憮然としたまま更に尋ねた。

「なぜって……それは分かりませんよ。私はバード様ではありませんから……ただ……私がそう思うようになったのは、あの事件以来……ガルボスが攻めてきた時、リーブ様が魔力を使い果たして昏睡状態になられた時以来……バード様は一見以前と変わりなくしているようですが、私は長くお側に仕えていますから、なんとなく変わられたなぁと思っていたのです」

　バードは話を聞いて、特に何も答えずにじっとキリクを見つめている。その様子を見て、キリクははっとした表情に変わった。

「バード様……もしかして本当にご自分では分から

ないほど無意識でいらしたのですか？」

　キリクがいぶかしげに尋ねると、バードはまだ腕組みをして不機嫌そうな顔を崩さず、ただ黙って反応もしない。キリクはそのバードの態度こそが、動揺しているのを隠そうとしているのに違いないと判断した。

　キリクは大きな溜息をひとつついた。

「まったく……呆れますけど、バード様らしいですね」

「な、なんだ！　オレはまだ何も言っていないぞ」

　バードが慌てて反論したが、キリクは笑みを浮かべて肩を竦めてみせた。

「もっと言わせていただければ、リーブ様もお気づきだと思いますよ？」

「な、何を？」

「ですから、バード様がリーブ様の言いなりに敢(あ)えてなっているということですよ」

「それはどういうことだ」

「二人ともお互い様って感じですよね。まあ、バード様が無意識だったというのには驚きましたが……バード様もリーブ様も、お互いを想いやっているという証(あかし)ではないのでしょうか」

　キリクがニッコリと笑って言ったので、バードはとても複雑な表情をした。

「バード様はリーブ様がやりたいと思うことは、好きにさせたいと思っておいでなんでしょう？　むしろ下手に止めて束縛する方が、大変な事態になりかねないって……リーブ様の能力を認めているし、信じていらっしゃるんでしょう？　それはリーブ様も同じなのではないでしょうか」

「お前が……なんでそんな知った顔をしているんだ」

　バードは歯切れの悪い言い方で反論をした。

「オレは別に……リーブにいいようにあしらわれていたとしても……本気で怒るつもりはないし……リーブのことを悪く思っている訳でもない……まあ……確かに……前から薄々気づいてはいたが……それもまあ……リーブがオレに甘えているんじゃないかと……ちらりとそんな風に解釈はしていた。リーブは頭が良いからな。オレを立ててくれているとも思うし……」

　バードがゴニョゴニョと言い訳をするので、キリクは大きな溜息をついて苦笑した。

「結局、惚気たいだけなんでしょう？　さあ、仕事を進めてください」

　キリクがそう言って、書きかけの帳簿を再び書き始めたので、バードは眉間にしわを寄せた。

「べ、別にそんなつもりで言ったんじゃないぞ！　キリク！　お前、随分不敬じゃないか！」

「じゃあ、どんなつもりで私に言ったんです？　相談するつもりもないんでしょう？」

　キリクは顔も上げず、帳簿を書きながらそう言い返した。その態度に、バードは更に眉間のしわを深くする。

「お前……最近冷たいな」

　バードがポツリと呟いた。それを聞いて、キリクは目を丸くして顔を上げた。

「冷たいって……びっくりすることを言わないでください。別に冷たい態度を取ったつもりはありませんし、そもそも私は今までバード様を甘やかした覚えもありません。バード様がそうやって、仕事の手を止めてリーブ様の惚気を私に聞かせるのはいつものことだし、聞き飽きた私が仕事をするように注意するのもいつものことです。それとも真面目に聞いてお慰めすればいいですか？　でも先ほどだって私としては真面目に聞いてお返事をしたつもりです。慰めてはいませんが……」

「もういい……別にそこまで言ってない……」

　バードは少し赤くなって手と首を激しく振った。

「慰めなくていいですか？」

「いらん、そんなつもりはない」

　バードはそう言って机の上に広げたままの書類を読み始めた。キリクはしばらくそんなバードを見つめていたが、微笑んで頷き帳簿の続きを書き始めた。


「バード様、学校に行かれるのですか？」

バードが城下町を歩いていると、道行く人々が深く頭を下げて礼を尽くしながらも、笑顔で話しかけるのは、普通の国では考えられないことだろう。そもそも国王が供も連れずに、一人で城下町を歩くこと自体、他国では考えられないことだ。

「なんで学校なんだ」

声をかけられて、バードは思わず聞き返した。

「え？　リーブ様がいらっしゃる学校を見に行かれるのではないのですか？」

聞き返された商店の男が、意外そうな声で答えたので、バードはグッと言葉を詰まらせてしまった。

「あそこは見学者が多いですからね」

店先にいた中年の女性が、笑いながら一言添えたので、バードは少し首を傾げた。

「見学者？」

「ええ、そういえばバード様はあまり学校に行かれていなかったのでしたっけ？　リーブ様を見たいという見学者が、毎日学校の周りに集まって、窓から中を覗いているんですよ」

商店の男が説明をしたので、バードは驚いて目を丸くした。

『だからリーブが、学校に来るなと言っていたのか』

バードは改めて、リーブの言葉を思い出した。リーブは理由として、『王様が来たら、生徒達が緊張してしまって、授業に支障をきたしますからあまり来ないでください。もしもいらっしゃる時は事前にお知らせください』と言っていた。

『見学者がたくさんいるとオレが知ったら怒ると思ったのか？』

バードは眉間にしわを寄せながら、そんなことを考えた。

「実はオレも一度見に行ったんだ」

商店の男が、客の女にそう言って頭を搔きながら笑っている。

「バード様、安心してください。変な奴らがいたら、あたし達が追っ払いますから！」

客の女が笑いながらバードに向かって言ったので、バードは少し首を傾げた。

「いえね、こんな風にバカな男どもが多いでしょ？　だから町の女達で学校の見回りをしているんですよ」

　女が商店の男を横目に見ながらそう言った。

「見回り？」

　バードは不思議そうに聞き返す。すると女が、ニッと笑って頷いた。

「あたしらがリーブ様を見守っていますから、バード様は安心していてください。リーブ様はこの国の宝ですからね。リーブ様を好きなのは男ばかりじゃありませんから！　あたしら女達だって、リーブ様が大好きなんですよ」

　ふと気がついて辺りを見回すと、道行く女性達が足を止めて、その言葉に呼応するように満面の笑顔で頷いている。バードは驚いて目を丸くした。

「ああ……そう思ってくれるのはありがたいが……そのう……お前達がリーブを好きだというのは、リーブを男として好きだということだろう？　守るっていうのはどういうことだ？」

　バードの言葉に、女達は顔を見合わせて噴き出した。

「いやだわ！　バード様ったら、私達にも焼きもちを焼かれるんですか？　そんなんじゃありませんよ！」

「確かにリーブ様は素敵だけど、あんなにお美しいと女として隣に立つのも憚られるわ」

「そうそう、私達がリーブ様を好きなのは、憧れみたいなものですからバード様は焼きもちを焼く必要はないんですよ」

　女達が口々に笑いながら捲し立てるように言うので、その勢いに押されるようにバードは少し身をのけぞらせながら、焦った顔で女達を見回した。

「なんだかよく分からんが……お前達がリーブを慕ってくれているのは分かった。嬉しいよ」

「もちろんバード様もお慕いしていますよ。お二人が仲がいいのは、私達の自慢ですからね」

　女性達は同意して「ねー！」と顔を見合わせて声を揃える。

「じ、自慢？」

「よその国がどうかは知りませんけど、こんなに王様とお后様が仲がいいのは珍しいでしょう？」

「そうそう羨ましいくらいだわ」

「国が栄えて平和だという証だと思うのよ」

「そうよ、そうよ」

　気がつくと、バードはたくさんの女性達に囲まれてしまっていた。さっきまで話していた商店の男は、苦笑しながら店の奥に隠れている。

『これはたまらん……』

　バードは思わず逃げ腰になっていた。

「あ～、みんなすまんが、リーブのところに行かせてもらえないかな？」

　バードが恐る恐る言うと、それまで賑やかに話していた女性達が、ぴたりと話を止めて一斉にバードを見た。

『話を遮ってまずかったかな？』

　バードは冷や汗をかきながら、ごくりと唾を飲み込んだ。

「どーぞ、どーぞ、行ってらっしゃいませ」

　女性達は皆、満面の笑みを浮かべてバードの前の道を空けた。バードは戸惑いながらも、女達の顔を一通り見回して、皆の笑顔に見送られながら改めて学校へ向かった。

　しばらく歩いて、次第に気持ちが落ち着いてくると、なんとも言えない高揚感が湧き上がってくる。シークの民の心がひとつになっていることを実感出来た気がしていたからだ。

　リーブの人気は以前から絶大だった。他国から来た違う人種の為、その白い肌や金色の髪は、黒髪で褐色の肌のナーガ族の中では際立って目立つ。更にその美貌は、男でありながら女を超越している。誰だって目を奪われるし、見惚れてしまう。

　最初はその美しさも相まって、皆が興味を示していた。だがそのうちにリーブの人柄が分かってくると、外見だけではなくリーブ自身に皆が魅了されていった。

　バードは王である自分よりも、伴侶であるリーブの人気がある方が良いと思っている。国民が統治者よりも、統治者の伴侶を慕ってくれる方が『飴とムチ』でバランスが取れると思っているからだ。

だが二年前に起こった事件で、何かが微妙に変わった。ガルボスとの戦いで、リーブは賢者としての力を発揮し、シークを守った。それは予言されていた通りではあったが、大きな魔力を使った代償として、リーブは半年もの間意識を失い、昏睡状態のままでいた。

大きな災厄からシークを守ると予言された『白き宝珠』。だがその想像を超えた魔法の力に、誰もが驚愕すると共に、リーブの存在を恐れるかと思われた。

実際のところ、リーブが眠りについている間、シークの民達は静かに沈黙し、館に近寄る者もなかった。バードに対しても、誰もリーブの様子を尋ねず、バードは内心、シークの民達の心がリーブから離れてしまったのでは？　と案じたほどだ。

ただそれは後になってそう思っただけで、当時のバードは、リーブのことが心配で平静ではいられなかったと思う。だから民達は、そんなバードの心情を慮って、誰もリーブのことを聞けなかったのだ。

リーブが回復し、以前と変わらず元気に島の中を動き回るようになると、民達は以前と変わらぬ態度でリーブに接した。人気も変わらずで、バードが案じていたことは、杞憂にすぎなかったのかと思った。

しかし何かが変わった。以前とは確かに変わった気がした。それは本当に微妙なもので、これだとバードも確証は持てずにいた。

それが今ようやく何か分かったような気がする。民達はただリーブの外見や人柄に魅了されて慕っている訳ではなく、心からシークの王妃として崇め、誇りに思っている。ナーガ族の一員と認めて、皆で大切に護っているのだ。

バードはそんなことを考えながら、リーブのいる薬師学校に向かった。

学校は城下町の外れにある。学校の周りを囲む低木の垣根越しに、建物の周りにたくさんの男達がいるのが見えた。

バードがそっと近づくと、皆が真剣な様子で、窓から中を覗き込んでいる。二十人近くいるにもかかわらず、話し声ひとつせずにとても静かだ。

男達は時々手に持った手帳に何かを書き込んでいる。バードは眉根を寄せて不思議そうに、男達の様子をしばらく眺めていた。

男達が真剣に、何を見ているのかと、バードも窓から中を見た。教室の中では、リーブが教壇に立ち授業をしている。

壁には特別に作られた大きな石板が設置されていて、リーブがそこに白墨で、薬草の名前や効能などを書いていた。手に実際の薬草を持ち、それを掲げながら説明をしているようだ。

教室の中には、二十人の生徒達が真剣に話を聞きながら、机に広げた紙に説明されたことを書き込んでいる。

バードは教室の中の様子と、窓から覗き込んでいる男達の様子を交互に眺めた。

『もしかしてこいつら、授業を一生懸命に聞いているのか？』

バードは驚きながらそう思った。

「おい」

バードがすぐ側にいる男の肩を、後ろからトントンと軽く叩いて声をかけた。男は怪訝そうな顔でゆっくりと振り返ったが、相手がバードだと気づくと、とても驚いてその場にひっくり返りそうな勢いでのけぞった。その男にドンッとぶつかられた周囲の男達が、苛立った顔で文句を言おうと振り返ったが、そこにバードが立っていたので、更に驚いて「わあっ！」と声を上げた。

「おい、何を騒いで……わあ！　バ、バード様！」

その場にいた全員が、異変に気づいて驚きの声を上げた。

「シィッ！　静かにしろ！　ちょっとみんなこっちに来い！　リーブに気づかれるじゃないか！」

バードは慌てながら小声で皆に注意をして、建物の裏側に移動させた。全員が急いでバードについて行く。

「それで……お前達は一体何をしているんだ」

　リーブのいる教室から離れたものの、バードは少しばかり声を潜めて男達に尋ねた。

「べ、勉強をしていました」

「勉強？　まさか薬師の授業を聞きながらか？」

「はあ……」

　バードが驚いたので、男達は困ったような顔で互いに視線を合わせた。

「リーブ様の声はあまり聞こえないんですけど、石板に書かれていることだけでも書き写して、あとはところどころ聞こえる言葉だけでも、書きとったりしています」

「オレ達、入学試験に落ちたんです。だけどどうしても、薬師の授業を受けたくて……」

「オレもです。村は遠いし、家の仕事もあるから、毎回は来れないんですけど……まあそんな理由もあって試験で落とされたんだと思うけど、でも薬師の勉強がしたくて……来れる時だけ通ってます」

　皆が口々に言い訳をするのを、バードは呆れた様子で聞いていた。

「なんで……そんなに薬師になりたいんだ」

「もちろん村の為です」

　バードの問いに、皆が口を揃えて答えた。その真剣な眼差しにバードは圧倒された。

「村の為って……みんなどこから来ているんだ」

　バードが更に尋ねると、男達は口々に自分の村の名前を告げた。同じ村から来ている者達もいる。ほとんどが城下町から遠い村の者だった。

「オレの村では、昔から風邪とか腹下しとか、ちょっとした怪我や火傷とか、そういう日常的な病気や怪我の為の薬は、村に備えがあります。大きな怪我や病気になったら、町の医者に診せるけど、そんなことは年に一度か二度あるくらいだし、別に不自由はしていないと思っていました。だけどリーブ様が巡回診療で月に二度通ってきてくださるようになって、実はとても不自由していたんだということが分かったんです」

「どういうことだ」

近くにいた若い男の一人がそう説明したので、バードが眉根を寄せて聞き返すと、隣にいた別の男が頷きながら補足するように話を始めた。

「うちもそうです。病気なんてすべて風邪か腹下しだと決めつけていたし、具合が悪ければ寝ていろって言って済ませていたし、いつまでも咳が止まらないとか、いつも具合が悪いとかって奴は『元々病弱なんだ』で済ませてました。年寄りなんかは、足や手が痛くて動かなくなっても、それは歳のせいだと言って我慢していたし……だけどリーブ様に診ていただくようになって、病気や怪我には色々な種類があるし、それを治す薬にも色々あるのだと知って……」

「もちろん町に行って医者に診せればいいのだと思います。だけど実際には、よほどの病気や怪我でない限り、遠くの町までわざわざ連れてはいかないです。リーブ様に来ていただけて本当に感謝していま す。でもそれと同時に、リーブ様には本当に申し訳ないって思っています。だから薬の知識を学んで薬師になれれば、村の皆も助かるし、リーブ様も楽になると思って……それで薬師になりたかったんだけど、不合格だったもんだから……」

「みんな諦めきれなくて、少しでも覚えられることがあるならって、ここに来ているんです」

男達の説明を聞いて、バードはようやく納得した。

「それでお前達は……」

「そういうことだったのですか」

バードが言いかけた言葉に、重ねるように後方から リーブの声がした。

「リーブ!」

「リーブ様!」

バードと男達が驚いて振り返ると、リーブが腕組みをして立っていた。リーブは皆の顔を見回して、困ったように眉根を寄せながら大きく溜息をついた。

「とりあえず……皆さん中に入ってください……。バードも」

「オ、オレは……ちょっと通りかかっただけで……」

「バード」

リーブがニッコリと笑ったので、バードは苦虫を噛みつぶしたように顔を歪めて、渋々といった様子で学校の中に入っていった。

男達はリーブに案内されて、図書室に入っていった。その後をバードもついていく。中に入るとリーブは皆に座るように言った。

男達は、これから叱られるのではないかと不安そうにしている。

その表情を見て、彼らの心情を察したリーブが優しく笑みを浮かべた。

「別に私は怒っていませんから、皆さん安心してください。先ほどの話は聞かせていただきました。いつも皆さんが授業を覗き見ていたことは知っています。皆さんが薬師学校の試験を受けに来ていたことも知っています。でもまさか、授業を盗み見て独学しようとしていたとは知りませんでした」

リーブはそう言って、小さく溜息をついた。

「す、すみません……どうしても諦めきれなくて……少しでも覚えられたらと……」

「皆さんの気持ちは分かります。むしろそこまで熱心に思ってくださっていたとは、とても嬉しく思います。ですが……貴方達のやっていることは間違いです」

リーブはあくまでも責めるのではなく、優しく諭すように言った。

「ちょっと待っていてください」

リーブは一度部屋を出ていった。すぐに戻ってくると、両手に一枚ずつ葉っぱを持って掲げて見せた。二枚とも同じ葉っぱだ。

「皆さんはこの葉を知っていますよね？　昨日授業で教えたので、皆さんも見ていたと思います」

「は、はい……えっと……マララカイの葉です。多年草で……平地でよく見かけます。どこにでも生えている草で手に入りやすくて……煎じて飲むと鎮痛剤になります」

一人の男が手帳を開いて、書いてある文字を読んだ。顔を上げるとリーブが頷いたので、安堵したように笑みが零れる。周りの男達も釣られて笑みを零した。

「石板に書いていたことを、ちゃんと書き写していますね。でも私が口頭で言った話までは、聞けていないのですよね？」

「え？」

リーブに言われて、男達は一瞬動揺したように、互いに顔を見合わせている。

「こちらの葉は確かにマラカイの葉です。でもこちらの葉はエゴイという植物の葉です。一見では分からないほどそっくりですが……裏返すと、エゴイの葉の方は、白い産毛のようなものが、びっしりと生えているので違うのが分かりますね？　このエゴイの葉は毒草で、煎じて飲むと酷く腹を下します」

リーブの話を聞きながら、男達の表情が次第に強張っていく。リーブの言わんとすることを理解し始めたのだ。

「この植物はサイランと言って、夏に赤い小さな花を咲かせます。山などで見かける植物です。種をすりつぶして煎じて飲むと利尿効果があり、むくみを取ることが出来ます。赤い花は染料にもなります。ですが花には毒があるので口に含むと舌が痺れます。他にも色々ありますが……」

リーブは皆の顔を見回した。

「植物はとてもたくさんの種類があり、その中で薬草はほんのわずかです。それでも百種類以上の薬草があります。皆さんも食べられる植物と食べられない植物があるのは、当然お分かりだと思います。食べられない植物は、単純に美味しくないというだけの物もあれば、毒になる物もあります。薬草は本来どちらかといえば『食べられない植物』なのです。しかし手を加えて、調合をして、薬にしています。薬と毒は表裏一体だと思ってください。煎じたり、乾燥させたり、薬になる部分だけを抽出したり、そういう正しい知識で扱わなければ、毒になりかねないのです。だからこうして学ばなければ薬師にはなれません」

リーブは真剣な表情ではあるが、とても穏やかな口調で説明をしている。男達の方は、暗い表情に変わっていた。バードは、リーブと男達を黙って眺めていた。

「今、この学校で学んでいる人達も、一人前の薬師になるには、一年も二年もかかるでしょう。もしかしたらなれない者もいるかもしれません。それは私が、薬師として合格だと認定しなければ、資格を与えられないからです。だから貴方達が、そんな風に授業を半分聞きかじった程度の知識で、独学で勝手に薬を作ることは認められません。一歩間違えれば、誰かを殺しかねないほど危険なことなのだと知って欲しいのです」

リーブの言葉に、男達はすっかり意気消沈して項垂れてしまった。

「まあ……リーブ、それくらいにしてやってくれ……こいつらも悪気があってのことではないくらい分かっているだろう？」

男達がかわいそうになって、バードは思わず助け舟を出した。

「もちろん分かっています。ただ今話したことは、ここの生徒達にも話していることです。薬師という資格を持つことの意味を理解して欲しいから、危険だということも話しています。この方達が、真剣に薬師になりたいと思っている気持ちは十分に理解しているつもりです。でも試験に落ちたということも、真摯に受け止めて欲しいのです。ここの生徒ではない以上、どんなに学校に来ても授業を受けることは出来ません。そして薬師にもなれません」

きっぱりとした口調でリーブが言うと、男達は何も言えずに項垂れたままだった。

『厳しいなぁ』

バードは心の中で苦笑した。

リーブの言っていることは正論だ。そしてこの学校のことはすべてリーブに任せている。バードは口を出すつもりは毛頭ない。あの場でリーブに見つからなかったとしても、バードは彼らを説得して、立ち去らせるつもりだった。

だがその一方で、とても嬉しく思ったことも事実だ。城下町で出会った女達もそうだが、シークの民達の意識がいい方向に変わっていっている気がして、それはとても喜ばしいことだ。

バードやリーブに頼らず、自分達でなんとかしようと思ってくれていることが嬉しい。

普通ならば、リーブの圧倒的な魔力を見せられれば恐れるし、その力を使ってもっと助けて欲しいと思うはずだ。巡回診療の回数も魔法を使えば、もっとたくさん出来るのではないか？　魔法を使えばどんな病気や怪我も治せるのではないか？　そんな風に考えてしまうのが当たり前だろう。

だがシークの民達は、自分達でリーブを守ると言い、巡回診療の助けになりたいと言う。

この国の王として、そんな民達を誇りに思うとともに、なんとかしてやりたいと仏心が出てしまうのも無理はない。

「お前達の熱心な気持ちは、リーブもオレもちゃんと分かっているから……だからリーブの言うように、学校のことは諦めろ」

バードは男達を宥めるように言った。

「皆さん、ここに自分の名前と住んでいる村の名前を書いてください」

リーブがそう言って、一枚の紙をテーブルの上に羽ペンと共に置いた。男達はぎょっとして顔を見合わせている。

リーブはインク壺(つぼ)の蓋(ふた)を開けてテーブルの上に置きながら、酷く動揺している男達の様子に気づき、思わずクスリと笑った。

「皆さん……なんて顔をしているんです？　別に処罰する訳ではありませんよ……なんですか、バードまで」

「いや……今の流れで説明もなくそんなことを言われたら、誰だってお咎(とが)めがあるのかと思うだろう」

バードがそう言うと、リーブは苦笑した。

「それはすみませんでした……皆さんに名前と村名を書いてもらうのは、私が巡回診療で皆さんの村を訪れた時に、助手をお願いしたいと思ったからです」

「え!?」

それまで動揺して青い顔をしていた男達が、驚きの声を上げた。

「じょ……助手ですか？」

一人の男が上ずった声で聞き返すと、リーブはニッコリと微笑んで頷く。

「はい、皆さんの熱意はとてもよく分かりました。そして皆さんが私を手助けしたいというお気持ちもありがたく受け取りました。だから……そういうことであれば、私の助手をしていただけないかと思ったんです。そうすれば、薬のことや手当ての仕方などを、実地で教えることが出来ます。もっとも助手をしたからと言って、薬師になれる訳ではありませんが、ここで覗き見をするよりは、ずっと皆さんにとっていいと思うのです。いかがですか？」

リーブの思いがけない提案に、男達の顔がみるみる明るくなった。

「ありがとうございます！」

「ぜひ助手をやらせてください！」

皆、頰を紅潮させて何度も頭を下げながら、大喜びで紙に名前を書き始めた。

バードが安堵して、その様子を眺めていると、リーブの視線と重なった。リーブが微笑んだので、バードも微笑み返す。

「さてと……オレは行くぞ」

バードはポンッと膝を叩いて立ち上がった。

「もう行かれるのですか？」

リーブが驚いたように言った。

「言っただろう。オレはただ通りかかっただけだ。これから港に行かないといかんのだ……邪魔したな」

バードはそう言って、さっさと部屋を出ていった。その後ろ姿を、男達は全員立ち上がって深々と頭を下げながら見送った。


バードは学校を後にして、タージの港へ向かった。その足取りはとても軽くて、はた目から見ても上機嫌だ。

「さすがリーブだな……飴とムチの使い方を心得ている。それに……」

　バードは先ほどの男達を思い出していた。不合格だったにもかかわらず、学校に通ってきて授業を覗き見しながら、勉強をしようとするなんて、その心意気にいたく感動をしていた。

　皆、二十代の若者だった。

　バードが鼻歌を歌いながら歩いているので、すれ違う者達は皆驚いたように振り返る。

「陛下」

　タージの港に着くと、一人の兵士が駆け寄ってきた。酷く慌てた様子の兵士に、ご機嫌だったバードは不思議そうに首を傾げた。

「どうした？」

「申し上げます！　我が国に向かっていたと思われる商船が難破しているのを、第三兵団の船が発見して、今港までけん引してきたところです」

「難破？　どこの国の商船だ？」

「今、船内を調べています」

　バードは話を聞きながら、大股で歩き出した。港の中は大騒ぎになっている。たくさんの人々が右往左往していた。

「陛下、あの船です」

港の中まで入ったところで、先ほどの兵士が一隻(いっせき)の船を指して告げた。言われるまでもなく、その船が難破船であることは、一目で分かった。

　砲撃を受けたのか、メインマストの帆は破れ、支柱の上部が折れている。近くまで来ると、船体のあちこちに、血しぶきの跡と思われる汚れが付いているのが分かった。

「酷いな」

　バードは眉根を寄せて呟いた。

　船は港に係留(けいりゅう)されて、兵士達が調査をしていた。甲板の上を慌ただしく兵士達が歩いている。バードは船に掛けられた梯子(はしご)を登って乗り込んだ。

「陛下」

「バード様」

　バードの登場に、甲板にいた兵士達が安堵の色を浮かべた。それとは反対に、バードは険しい表情で辺りを見回す。

甲板の上は、下で見たよりももっと凄惨だった。

辺り一面血の海で、兵士達によって運ばれた遺体が、整然と並んでいる。

「生存者は？」

近くにいる兵士に尋ねると、兵士は首を振って「いません」と答えた。

「陛下」

そこへ一人の兵士が駆け寄ってきた。第三兵団団長のジェフリーだ。

「調べました結果、この船はラストン公国の商船でした」

「ラストンの？　我が国にこの時期来る定期船か」

「はい、船内を調べたところ、貿易品である砂糖は手つかずでしたが、もうひとつの貿易品である絹織物やバード様への献上品などいつも積んでいるはずの高価な品は見つからず、恐らく奪われたものと思われます」

「……海賊の仕業か？」

「はい……実は数年前に、北方の海を根城にしていた海賊団の中で抗争があり、追放された者達が新たな海賊団を作り、世界中の海を荒らしているという噂を耳にしたことがあります」

「追放？　抗争の原因は何か知っているか？」

「くわしくは分かりませんが……下っ端の若い連中が、キャプテンや古参のやり方に不満があって、反乱を起こしたみたいですが、それに失敗して追放されたようです」

バードは話を聞いて、嫌悪感を露わにした。

その話自体は、『海賊あるある』みたいな内容だ。いや、海賊でなくても山賊、盗賊、ならず者の集まりには、よくある話だ。だが悪い奴らには、悪い奴らなりに『組織』としてのしきたりはある。むしろ悪い奴らの方が『掟』は厳しい。

悪いことをする奴の集まりなのだから、厳しくしなければ皆が自分勝手をして、組織などは成り立たない。

特に海賊は……その組織だけではなく、海賊という生業での『掟』が厳しい。

　遥か昔の先祖が海賊だったナーガ族だからこそ、その辺りにはくわしい。だからバードは嫌悪感を露わにしたのだ。

　そもそもまっとうな海賊ならば、襲った相手の宝は奪っても命は奪わないというのが常識だ。海賊にとって、宝を積んだ商船はいい客だ。殺してしまっては、次の商売にならないし、そういう噂が流れれば、皆が恐れて航路を変えてしまう。

　海賊が奪った宝は、別の国へ横流しして財を得るが、そういう盗品の売買を生業にしている者達もいて、上手く世の中は回っている。

　陸地と違って、海はその存在自体が危うい。海賊といえども、大嵐に遭遇したら難破することだってある。数日も凪に遭って水も食糧も尽きて遭難することもある。だから海賊は信心深いし、自らが命を懸けているからこそ、無駄な殺生はしない。

　バードは目の前の凄惨な光景を改めて見つめた。

　こんな酷いことを平気でやる連中ならば、元の海賊団での『不満』が何かは一目瞭然だ。そんな厄介な連中を、罰することなくただ追放するだけとは……元の海賊団のキャプテンは、一体どういうつもりなのか疑ってしまう。その程度の人物なのか、それともすでに統率力を失っているのか……そう考えたバードは、厳しい表情でジェフリーを見つめた。

「その追放した元の海賊団がどこか調べてくれ、それから最近この近辺で、他に被害がなかったかも調べろ」

「はい、分かりました」

　バードはくるりと背を向けて、船を降りていった。


　リーブは館に帰るなり、侍女のアイシャからバードの執務室にすぐ来るようにとの言付を聞き、神妙な面持ちで真っ直ぐ執務室へ向かった。

　本来ならば、昼間の学校でのことが一番の話題で、帰宅したらバードと楽しく話が出来ると思っていたのだが、リーブも帰宅の途中で、『海賊に襲われた難破船を第三兵団が連れ帰ってきた』という噂話を耳にして、胸を痛めていた。だからきっとバードの話はそのことではないかと思った。

執務室の扉を叩くと、返事がしたので扉を開けて中に入った。

リーブの姿を見て、キリクが立ち上がって一礼をした。

「リーブ様、おかえりなさいませ」

「ただいま帰りました。バード、私に御用があるのですよね？」

「ああ、帰って早々すまないが……緊急の書状を大至急で送ってもらいたいんだ。お前は鳥を使って、遠くの場所に素早く便りを届ける術を持っているだろう？」

バードにそう言われて、リーブは真剣な表情で頷いた。

「はい、鳥の使いですから、そんなに大きな書状は送れませんが……」

「これくらいならば大丈夫か？」

バードがそう言って、用意していた小さく折り畳まれた紙片を見せた。

「はい、その大きさでしたら大丈夫です。送り先はどちらですか？」

「ラストン公国だ」

「ラストン公国……では、難破船は……」

「ああ、もうお前の耳にも入っているか。そうだ。今日、第三兵団がシークの沖で難破船を発見してけん引してきた。タージの港で調べたところラストン公国の商船だと分かった。我が国に定期的に貿易品を運んでくる船だ。海賊に襲われたらしい。遺体を引き渡したいから、夕方には第二兵団に商船を運ばせるつもりだが、少しでも早くこの事実をラストン公国に知らせてやりたいと思ってな」

バードが深刻な表情でそう説明すると、リーブは側まで歩み寄りバードの手から書状を受け取った。

「分かりました。ラストン公国ならば三日ほどで届くでしょう。すぐに手配します……。それで生存者は？」

リーブの問いに、バードは眉根を寄せて首を振った。その返事にリーブも沈痛な面持ちで頷いた。

「第二兵団の出発を見送らせてください。被害に遭ったラストン公国の方々の鎮魂をお祈りしたいのです」

「分かった。あと二刻ほどで出立する。一緒に行こう」

「はい」

リーブは頷いて執務室を後にした。


バードとリーブは、タージの港に来ていた。兵士達が慌ただしく行き交っている。

バードはリーブを連れて、ラストン公国の船に乗り込んだ。甲板の上は綺麗に血を洗い流してあったが、それでも板に染み付いた血痕の跡は残っていて、凄惨な状況であったことを窺わせた。

甲板の上には、真新しい麻布で一体一体丁寧に包まれた遺体が、整然と並んでいる。

リーブは遺体の側まで進み寄り、一度深く頭を下げた。手を合わせて祈りを捧げる。

甲板の上に立つバードや兵士達も一緒に手を合わせた。

リーブは祈りを終えると、懐から瓶を取り出した。蓋を取り鎮魂の詩を詠いながら、瓶の中の液体を少しずつ遺体の上に振りかけていった。

瓶の中の液体はキラキラと輝きながら、遺体に注がれる。

リーブはすべての遺体に注ぎ終わると、一礼をしてバードの下に戻った。

「聖水を振りかけましたので、遺体の腐敗を遅らせることが出来ます。少しでもこの方々が、元の姿を残してご家族の下へ帰れるといいのですが……」

「リーブ、ありがとう」

バードはリーブの肩を抱き寄せて、船から降りた。

しばらくして元気な掛け声と共に、第二兵団の船が錨を上げて、ラストン公国の船をけん引しながら出港した。

「リーブ、今調査をしているところではあるが、こんな酷いことをする海賊どもを野放しには出来ない。奴らを捕まえるつもりだが……いいか？」

「なぜ私に尋ねるのです？」

出港する船団を見送りながら、バードがそんなことを言うので、リーブは不思議そうに首を傾げた。

「お前は争い事や野蛮な行為を嫌うだろう？　これは妖獣討伐とは違う。相手は人間だ。隠しても仕方がないから言うが、場合によっては一戦交えるかもしれない。だから……」

「バード、ひとつ尋ねてもいいですか？　私はよく分からないのですが……海賊討伐をするのは、今回我が国と親交のある国の船が襲われたからなのですか？　海賊は昔からたくさんいたし、貴方がたナーガ族も先祖は海賊だったのでしょう？」

リーブは特に責める訳ではなく、単純に分からないという顔で尋ねたので、バードは一度リーブを見つめてから、視線を海へと戻した。

「元海賊だったからこそ、今回のことは許せないんだ。海賊には海賊の掟がある。盗みはしても人殺しはしない。それが海賊の掟だ。もちろん海賊同士で戦ったり、どこかの国の海軍に追われて戦ったりすることはあるが、強奪目的の相手を殺してはならないという掟があるんだ。海の神様に顔向け出来ないことはやっちゃいけない。それをやった奴らがいる以上……それを知ってしまったからには放ってはおけない。海賊の名に傷がつくし、他国の者達が恐れて、この海域に来なくなるだろう。オレはオレの海を守る」

リーブはバードの横顔を見つめていた。信念を持って話すその表情は、とても誠実で勇ましくて素敵だと思った。

「分かりました。貴方の正義を貫いてください。私は海のことは分かりませんから……ただ貴方が危ない目に遭うことが嫌なだけなのです」

リーブの言葉に、バードは振り向いて見つめ合うと、嬉しそうに微笑んだ。

「オレは大丈夫だ。信じろ」

「はい」

二人は微笑み合って口づけを交わした。

†

――この世界のどこかに『楽園』というものがあると聞いた。そこには愛が溢れていて、金色に輝く明るい日差しがいつも人々を照らしている。

そしてそこには、精霊のように美しい人々がいるという――

寝物語にいつもそう話してくれていた母も、とても綺麗な人だった。春の木漏れ日のような微笑と、輝く金の髪を持つ精霊のような人だった。

母と別れてから、まだそんなに日にちは経っていないはずなのに、随分遥かな昔のことのように思える。目を閉じても、その姿をハッキリと思い出せない。

もう随分長いこと、太陽の光も青い空も見ていないような気がする。暗い船底には、陽の光は届かない。

部屋の天井近くに、酒瓶の底のような小さな円い窓が二つあるだけで、そこから射し込む日差しは、天気のいい昼間の間だけこの船底の部屋に薄っすらと明かりをもたらす。曇りの日や波の高い日には、ほとんどその役割さえも果たさない。

少年はそんな暗い船底の部屋で、ベッドも何もなく、ただ硬い麻袋を渡されて、それを冷たい床に敷いて力なく横たわっていた。

少年は『このままこうしていれば、父と母の所に行けるのだろうか？』と、朦朧とした意識の中で考えていた。

「この子……このまま死んじまうんじゃないのかい？」

近くで囁くような女の声がした。

「かわいそうに……せめて水だけでも自由に貰えたら……」

別の女の声もする。

同じ部屋に、女が七人ほどいた。皆、部屋の隅にうずくまり何かに怯（おび）えている。

「もう夜だね……」

誰かが溜息をつきながら、天井近くの小さな窓を見つめて呟いた。

「ああ……また夜が来たね……」

溜息混じりの声が答えるように言った。その声色（こわいろ）には、どこか絶望の色があった。

静まり返った暗い部屋には、七人もの女性がいるのに、賑やかな話し声などしなかった。聞こえるのは、波の音と、船が揺れて船体が軋（きし）む音と、時々掠（かす）れるような少年の苦しい息遣いだけだ。

やがてドカドカと荒々しい足音が、部屋の外から聞こえてきた。その足音に、女達は過敏に反応して、震えながら身を寄せ合った。

バンッと荒々しく扉が開いて、恰幅（かっぷく）のいい髭面（ひげづら）の男が現れた。

「マイヨ……ベッドに寝かせてやるぞ！　来い！」

男は少し酒に酔っているようで、必要以上に大きな声を上げる。しかし呼ばれた少年はピクリとも動かなかった。

男は舌打ちをすると部屋に入ってきて、寝ている少年の細い腕を摑んで荒々しく持ち上げた。

「おやめよ！」

それまで怯えて傍観していた女の一人が、いたたまれなくなって叫んだ。

「なんだと？」

男は鬱陶（うっとう）しいという顔で、声のする方を睨（にら）みつける。女が一人立ち上がって、震えながらも男を睨んでいた。

「今夜は勘弁してやっておくれよ。その子、熱も高いし……ずっと食べ物も受け付けないし……ほとんど食べてないのに、今朝だってスープを一口飲んですぐに吐いちまったんだ。どっか悪いんだよ……まだ子供なのにかわいそうだよ」

「うるせえな……誰のおかげで、お前達は生きていられると思ってんだ？　お前らの仲間のように殺されたいのか？　こいつだって母親の代わりに、今まで生かしてやってんだ。死んじまったらそれまでさ……オレ達の知ったこっちゃねえ」

　男は憎々しげな口調でそう言うと、少年の腕を摑んだまま、引き摺るように部屋の外へと連れていった。

「殺された方がマシだよ……」

　男が去った後、ポツリと一人の女が呟いた。みんな心の中ではそう思っている。でも自分一人の発言で、他の皆も殺されるのではと思うと、なかなかその本音さえも言えずにいた。

　この船は海賊船だった。

　女達は、それぞれ別々の船から略奪されてきた。奴隷として……この部屋にいる女達は、まだ若い女ばかりで、海賊達の夜伽をさせられていた。

　他の部屋にも、中年の女達が数人いて、食事の用意などをさせられている。

　そして今連れられていったマイヨは、まだ十四歳の少年だった。

　裕福な商人の家庭に育ち、父親が新しい事業を起こす為に、新しい土地を目指して、家族や使用人達と共に、大きな商船に乗って航海していたところを海賊に襲われた。

　物資は奪われ、父も使用人達も皆殺されて船も焼かれた。美しかった母は、奴隷として連れ去られそうになり、それを助けようとしたマイヨは海賊達に捕まった。無情にも斬り捨てられそうになったが、母親が身を挺して庇った。

　目の前で斬られて、暗い海へと落ちていった母親の姿を、マイヨは忘れることが出来ない。

　そして母親似の綺麗な少年だったマイヨは、母の代わりに奴隷として捕らわれた。

「なんだ？　お前またその坊主が相手か。よほど気に入ったんだな。そんなに子供の尻は具合がいいのか？」

　マイヨを引き摺って甲板へ上がってきた男を、仲間の一人がからかうように、笑いながら声をかける。

「ああ……きつく締まっていいぜ！　一度お前も試してみたらどうだ？」

「やめとくよ……そんなガリガリの体なんて面白くないね。オレはやっぱりでっかいオッパイが好きさ」

仲間の男は、ゲラゲラと笑って答えた。

マイヨはぼんやりと、辺りの景色を見つめた。甲板に出られるのはいつも夜だ。今日は晴れていて月が出ているから、海がキラキラと光って綺麗だった。甲板に吹く風が、火照った体に心地良い。

男は甲板を横切って、別の入口からまた下へと降りた。

マイヨ達がいたような船底までは降りないで、少しだけ階段を下りると廊下があり、海賊達が寝泊まりする部屋があった。

個室ではないが、みんな交代で寝るので、空いている部屋がいくつかある。

男はその内のひとつに入ると、バタンとドアを閉めて、マイヨをベッドに乱暴に放り投げた。

「ん……」

マイヨは小さく唸り声を上げた。掴まれていた腕が酷く痛む。

男はズボンを少し下ろして、自分の男根を手に持つと、ベッドに膝をついた。横たわるマイヨの鼻先につきつける。

「ほら、咥えろ」

脅すような声色でそう命令した。

マイヨは力なく顔を上げると、大人しく目の前の男根を口に咥えた。

もう逆らう力はなかった。今まで何度も抵抗をした。しかしその度に、男の大きな手で何度も顔を殴られた。

マイヨの顔よりも大きく武骨な海の男の手は、一種の凶器だった。ガツンと殴られると、その衝撃でマイヨの体は何度も吹き飛ばされ失神した。

毎晩のように受ける暴力に、まだ十四歳のマイヨが逆らい続けることが出来る訳はない。しかしマイヨが何よりも恐れたのは、性的な暴力だった。

体を真っ二つに引き裂かれるようなあの痛みから逃れる為には、口で奉仕するしかないことをいつしか覚えさせられていた。

もっとも口で奉仕したからといって、毎回性交を逃れられる訳ではない。だが最初に大人しく口で奉仕をすると、男も少しは優しく扱ってくれる。

自己防衛だった。

マイヨが懸命に男根を舐めたり吸ったりして奉仕すると、男は気持ち良さそうに喉を鳴らしてやがて射精した。

口の中に射精されて、マイヨはゴホゴホとむせて咳き込んだ。吐き気をもよおしたが、吐くとまた殴られるので懸命に我慢する。

「さてと……」

男は厭らしい笑みを浮かべて、乱暴にマイヨの服を脱がし、その小さな尻を撫でた。

「あ……いや……」

マイヨは小さな声を上げた。

本当に心から嫌だった。男に体を撫でられただけで、鳥肌が立ち気持ちが悪くなる。

特に今夜は、もしも犯されたら死ぬかもしれないと思った。体中が熱のせいでミシミシと痛んだし、本当に具合が悪かった。もう男から犯される苦痛に耐える自信がない。それは体だけではなく心もだ。このまま一生性奴隷にされると思うと、生きる希望もなく心身共に限界に達していた。

マイヨは微かな抵抗をしようとしたが、体が思うように動かない。

「お父さん……お母さん……」

マイヨは祈るように小さく呟いた。

その時、激しくドアを叩かれた。

「おい！　全員甲板に上がれ！　キャプテンの命令だ！　デカイ獲物が現れたぞ！」

扉の外から叫ばれて、男は舌打ちをしてマイヨの上から降りた。

「待ってろ……終わったらすぐに戻るからな」

男はそう言い残して部屋を出ていった。

「随分デカイ船だな」

海賊達は歓喜して、遠くに望む一隻の船を眺めていた。

「戦艦じゃねえのか？」

海賊のキャプテンが、顎をさすりながら呟いた。

しばらくしてマストの上から偵察していた者が戻ってきた。

「キャプテン！　商船です。大砲は見られません。船体が沈んでましたから、積み荷がギッシリ載ってそうですぜ」

部下の言葉に、キャプテンは目を細めてニヤリと笑った。

「オレ達のおかげで、最近この辺りの海は物騒だっていうのに、護衛も付けずにのこのこと航海するなんざ、馬鹿か運が悪いのか……それともオレ達に奪ってくださいってとこか？　野郎ども！　容赦なくいただくぜ！」

キャプテンは高笑いをしながらそう命令した。

「おお!!」

部下達は歓声を上げた。海賊船を一気に商船へ近づけて、剣を掲げながら縁にずらりと並ぶ。

「すぐに船を停めろ！　大人しく従わないなら、お前ら皆殺しだ！」

海賊達は口々に雄叫びを上げながら、船を隣接させて鉤付きのロープを次々と商船に投げ込んだ。ロープをピンと張り、商船と海賊船を横付けに固定して、次々と商船に飛び移った。

商船は、海賊船より一回り大きい。

しかしキャプテンは余裕の高笑いで、甲板の上で腕組みをしながら部下達の働きを眺めている。

だがそれもわずかの間で、すぐに状況が一変した。

「ギャア〜〜〜」という悲鳴と共に、数人の部下達が相手の商船の甲板から海や海賊船に落ちてきた。

甲板に落ちてきた海賊達は、手や足に傷を負っており、顔には殴られて出来た痣までつけて、唸りながら転がっている。それを見た仲間達が狼狽えた。

「しょ……商船じゃなかったのか!?」

焦った様子の部下達をキャプテンが叱責した。

「馬鹿野郎！　ひるむな！　何をやってやがる！　皆殺しにしろ！」

「キャプテン！　しかし……相手はむちゃくちゃ強いです……うわあ！」

　商船に乗り込んだ海賊達は全員返り討ちに遭った。

「皆殺しに遭うのは、お前らの方だぜ」

　頭上からの声に、キャプテンは眉根を寄せながら見上げた。

　商船の甲板の縁に、マントをはためかせた大柄の男が、大剣を片手に立っていた。その男はまだ若く、浅黒い端整な顔立ちに、白い歯が光っている。

「な……何者だ……どこの軍の者だ」

「軍じゃねえ……これはただの商船だぜ！　だが相手が悪かったな。お前らがもうちょっとお利口で、この海域がどこの国の領海か知っていたら、このマストの先にはためく旗の紋章が、どこの国のものかっていうのがすぐに分かって、この船を襲おうなんて思わなかっただろう。この海域にうっかり入り込んだことを後悔して、すぐに撤退していたのになぁ～残念、残念」

　男はニヤニヤと余裕の笑みを浮かべながら、海賊を煽るように言った。

「な……何?!」

「この海域は、シーク王国の領海だ。そしてこの船は、シークの船、オレの名は、バード・アグラ……シーク王国の国王様にして、気高きナーガ族の族長様だ。オレ様が自ら相手をしてやるんだ！　ありがたく思いな」

　バードはそう名乗りを上げて、不敵な笑みを浮かべながら胸を張る。

「な……ナーガ族だと?!」

　それを聞いて、キャプテンは愕然とした。

「かつて、世界中の海を支配した大海賊の末裔・ナーガ族の船を襲うなんて、百万年早いな……オレ達一族はたとえ商人であろうとも、その辺の雑魚とは違うぜ！」

　バードはそう言いながら、海賊船の甲板に飛び降りた。

「ま……待ってくれ……オレ達が悪かった……助けてくれ」

すべてを察したキャプテンは、真っ青になって命乞いをした。海賊の端くれなら、誰だって伝説のナーガ族のことは知っている。そして世界中で妖獣討伐を生業とする現在の屈強なシーク王国の噂だって、耳にしたことはある。キャプテンは、瞬時にそのことが頭に浮かんで、完全に劣勢であることを悟った。

バードは片眉をピクリと動かしたが、跪くキャプテンを、無表情で乱暴に蹴り飛ばした。

「うわあ！」

キャプテンは顎を蹴り上げられて、悶絶(もんぜつ)しながら甲板にひっくり返る。

「だめだな……お前らは許されねえ。本当の海賊っていうのは、船を襲って金品は略奪するが、無益な殺生はしないもんだ。お前らが今までやってきたことは、海賊の風上にも置けねえ……海賊の名を汚したのも同然だ。誇り高きナーガ族の名において、お前らを成敗する。覚悟しな」

「ひぃ〜〜……た……助けて……」

キャプテンは慌てて逃げ出そうとしたが、それをバードが背後から蹴りつけた。そして前のめりなったキャプテンの眼前に、ズサッと大剣を突き刺す。甲板に突き刺さった大剣の鋭く光る刃に、キャプテンは鼻の頭を少し掠められて、「ひぃぃっ」と呻(うめ)きながら後退(あとずさ)りをした。

鼻の頭に血を滲(にじ)ませながら、青い顔で振り返った海賊のキャプテンを、バードは冷たい眼差しで見下ろす。

「お前の首を一太刀で飛ばすことは簡単なんだが、オレはもう海賊じゃないし、お前と同じ人殺しにもなりたくないんでね。命だけは助けてやる。ありがたく思え」

バードは冷淡な口ぶりでそう言い放つと、もう一度キャプテンの顎を蹴り上げた。

「おい、海賊達は一人も逃すな！　船内を調べろ。それから船底に、奴隷を積んでいるかもしれん……捜して保護しろ」

バードは、次々と海賊船に乗り込んでくる兵士達にそう指示を出した。甲板に転がって、顎を押さえながら呻いているキャプテンも、兵士に捕らわれて縄を掛けられた。

海賊船に乗り移った兵士達が、次々と海賊達を捕らえていく。全員捕らえると、一か所に集められた。

兵士達は船内を捜索し、船底に捕らわれていた女達を助け出すと、シークの船に乗り移らせた。

「陛下！　海賊達の寝室に子供がいました」

「子供？　……海賊の子か？」

「いえ……それが……」

兵士の一人が、マイヨをシーツにくるんで抱いている。バードはそれを覗き込んだ。

金髪の綺麗な顔をした少年だった。しかしその顔は青ざめ、頬がこけていて、顔や体に無数の痣がある。具合が悪いのか目を閉じて、ハアハアと荒い息をしていた。

「たぶん奴隷だと思います。それに病気のようです」

兵士がそう言うと、バードは眉根を寄せた。その少年がどんな扱いを受けていたのか、見ただけで察することが出来たからだ。

「船医に診てもらえ」

「はい」

兵士はマイヨを抱えて、シークの船に戻っていった。バードはそれを見送り、改めて海賊達を睨みつける。

「さてと……お前達の処分だが……」

バードはゆっくりと歩きながら、海賊達に聞こえるように大きな声で言った。

「まあ実際のところ、オレの国の船は一度も襲われていないから、実害はないんだよな。だがこの海域で暴れられていると迷惑だし……さっきも言ったが、海賊の名を汚す行為を放ってはおけないんだ」

バードはそう言いながら、船の中央の一段高い所にある操舵輪の場所に、ぴょんっと飛び乗った。そして大剣を掲げると、ブンッと空気を唸らせて振り下ろした。

すると舵輪の軸が、スパッと一刀で斬られて、舵輪が床に落ちてコロコロと転がる。それを見た海賊達が、驚いて「うわあ」と声を上げた。

　バードは海賊達を無視するように、床に転がった舵輪を拾い上げて、肩に担ぐと甲板にひらりと飛び降りた。

「この船にはもうこれはいらないよな？」

　バードはそう言って、舵輪をポイッと海に放り投げた。

「ああ！」

　海賊達が一斉に悲鳴を上げる。

　バードはそれも無視して、上を見た。海賊達も釣られて上を見る。

　帆が下ろされていた。兵士達が下ろした帆を、バードが剣で切り裂き始めたので、再び海賊達が悲鳴を上げる。

「心配するな。お前達が今まで襲った船の帰属する国々に、お前達を捕らえたことを報告するから、直にお迎えが来るだろう。それまで餓死すんなよ」

　バードが海賊達にそう言っている後ろで、兵士達が海賊船から食料を運び出している。武器も積荷もすべて取り上げて、海賊船は空っぽの状態になっていた。

「あ、オレ、優しいから水は残しておいてやるよ。がんばれな」

　バードはニッと笑って踵を返すと、シークの船に戻っていった。

　バードや兵士達が全員退却すると、海賊船と繋がっていたロープをすべて切り落として、シークの船はゆっくりと海賊船から離れる。

　海賊達が何か叫んでいるが、バードは船首に立ち真っ直ぐに前を向いた。

「全速前進！　シークへ帰還する！」


　翌早朝、バード達を乗せたシークの船は帰港した。

「保護した女達はしばらくの間、港近くの宿に滞在させて療養させろ……いずれ接見して事情を説明してもらうことになる。その子供は、オレが連れて帰る」

「陛下……その子供を館へ連れていくのですか？　医者に任せた方がよろしいのではないでしょうか？」

　バードの身辺警護として付き添っている若い家臣のザイが、進言した。

　普段は、館の警備を取り仕切る国内警備兵団第一師団の師団長を務める若者だ。

「船医の見立てによると、病気ではないそうだ。極度の栄養失調は精神的なものから来ているらしい。薬も効かず、どちらにしてもこのままでは死んでしまう。こういう時はリーブに預けるのが一番いいだろう」

　バードはそう言いながら、シーツに包まれた状態で船から運び下ろされてきたマイヨを、片手で軽々と抱き上げた。

　バードの話を聞いて、ザイは真面目な表情で頷いた。

「そうですね……あの方にお任せするのが一番ですね」

　ザイの返事を聞き、バードは眉根を寄せた。

『こいつもリーブ信者か』と内心悪態（あくたい）をつく。

「とにかく……女達のことは任せた。丁重にな」

　バードはザイに指示すると、さっさと馬に跨（また）がって館に戻っていった。


「帰ったぞ」

「陛下、おかえりなさいませ」

　キリクが出迎えた。

「リーブはいるか？」

「はい……すぐに参られます」

　キリクはそう答えながら、バードが抱えているものが気になるようで、覗き見ようと首を伸ばした。

　すると奥からパタパタとリーブが駆けてくる足音がした。

「バード！　すみません、出迎えに遅れてしまって……」

　そう言いながら、息せき切ってリーブが現れた。

「おかえりなさい……ご無事で何よりです」

リーブはニッコリと微笑んだ。

　バードは思わず抱きしめたいところではあったが、腕にマイヨを抱えていたので、とりあえず今は我慢することにした。

　リーブはそのことにすぐに気がついた。

「それは……」

　リーブは、バードが抱えているシーツの中を覗き込んだ。そこに土気色をして頬がこけた少年の顔があったので、リーブは驚いて息を呑んだ。

「バード……この子は一体どうしたのですか？」

「海賊船に奴隷として乗っていたんで、保護してきたんだ。船医の見立てでは、精神的な病らしい……食べ物を受け付けずに、栄養失調で瀕死の状態だ。お前ならばなんとかしてやれるかと思って連れてきた」

　バードの説明を聞いて、リーブは改めて少年の顔を覗き込んだ。少し息が荒い。

「とにかく……この子を早く休ませましょう」

　リーブはバードを伴って、館の中に入っていった。

　キリクが慌ててその後についていく。

「キリク、侍女達に客室の用意をするように伝えてください」

「は、はい！」

　キリクはリーブに言われて、急いで先に走っていった。

「バード、この子のことはお任せください……お疲れでしょう？　少しお休みになってください」

　リーブに言われて、バードは素直に少年を渡した。

「じゃあ……頼む。オレは執務室にいるから、何かあれば呼んでくれ」

「はい……バード、この子を連れてきてくださってありがとうございます。必ず助けます」

「べ、別にオレに礼を言われても……」

　バードが少し赤くなって、照れ隠しに反論しようとしたが、リーブはさっさと館の奥へ行ってしまった。バードはそれを見送りながら「やれやれ」と呟いて頭を掻いた。

『温かい……温かくて柔らかい手だ……』

マイヨは朦朧とする意識の中で、そう思っていた。なんだか雲の上にでもいるようにふわふわとした心地だった。

うっすらと目を開けると、とても明るくて眩しかったので、また目を閉じた。

胸の辺りにひんやりと、何か冷たいものが当てられた。とても気持ち良かった。

「気がつきましたか？」

優しい声がする。

『ここはどこだろう……天国なのかな？』

マイヨはふとそう思って、もう一度目を開けてみようと試みた。明るい光の中に、美しい金色の髪が見えた。

「お母さん……」

マイヨは思わず、掠れた声で呟いた。懐かしい母の顔に見えた。

「名前は？　貴方の名前はなんですか？　言えますか？」

女性の声ではなかった。だけど海賊達の荒々しい野太い声ではない。柔らかい優しい声。

マイヨは安心したように薄く微笑みを浮かべて「マイヨ」と、夢見るように小さな声で答えた。

「マイヨ……いい名前ですね。もう大丈夫ですよ。何も怖いものはありません……安心しなさい」

その人は優しく囁くように、マイヨの耳元で話しかけながら、何度も頭を撫でた。

頭を撫でられると、不思議なくらいに体の痛みが消えていく気がした。

『この人はお母さんじゃないのなら、天使様だ。ああ……やっと天国に来ることが出来たんだ……』

マイヨは心から安堵した。あの地獄のような苦しみも、ジメジメとした暗い船底も、もうなくなったのだ。解放されたのだ。ようやく死ぬことが出来たのだ……そう思った。

安堵すると共に、再び眠りに落ちた。

それはもう先ほどまでの熱に浮かされて、朦朧と意識をなくしていた時とは違う、久々に迎える安らかな眠りだった。

「リーブ……食事はまだ摂らないのか？」

そう言いながら、バードが部屋へ入ってきた。

リーブがバードの方を振り返り、人差し指を口元に立てたので、バードは気まずそうに、口を真一文字に閉じた。

リーブは立ち上がり、窓の外を一度見てゆっくりバードの側まで歩いてきた。

「もうお昼ですか？」

「ああ、少し遅いくらいだ」

二人は小さな声で話をした。

「具合……悪そうか？」

「そうですね。そんなにすぐには良くなりませんよ。今はゆっくり休ませる方が大事ですから、香を焚いて眠らせています。時々悪夢を見ているのか、酷くうなされることがあって……かわいそうに……どれほど酷い目に遭ったのか……」

「リーブ、とにかくお前も食べないと……少しの間なら侍女に任せればいいんじゃないか？」

「そうですね……分かりました。参りましょう」

リーブはバードを促して部屋の外に出た。

「どうせ貴方も召し上がっていないんでしょ？」

リーブが困ったように微笑んで言った。

「一人で食べても美味しくないからな」

二人は並んで歩きながら、何気ない話をした。バードが気を遣っているのを感じて、リーブは改めて見かけによらず繊細なところがあるのだと感心する。あの少年のことも心配だが、大仕事から帰ってきたバードを、まだきちんと労っていないことに気づいた。

二人が私室に戻ってくると、テーブルの上には料理が並べてあった。

「アイシャ、申し訳ありませんが、しばらくの間あの子についていてくれませんか？」

「はい、かしこまりました」

アイシャは一礼をして、少年の眠る部屋へ向かった。

二人はテーブルに着いて、互いに微笑み合うと食事を始めた。

「海賊は捕まえられたのですか？」

「ああ、だからあの子を保護してきたんじゃないか。他にも十人の女が奴隷として乗っていたから保護してきた。女達は港の近くの宿で休ませている。二、三日したら接見して事情を聴き、故郷に帰してやるつもりだ」

リーブは一度食事の手を止めて、少しばかり表情を曇らせながらバードを見つめた。

「私が尋ねたのは……海賊船を引いてきたような報告を聞かなかったものですから……」

「ああ、奴らはまだ海の上だよ。そうだ。また鳥を使って手紙を送って欲しいんだが……ラストン公国やエッジモンド王国など海賊の被害に遭った国に、海賊を引き渡したいと思ってるんだ。奴らを置いてきた海域の場所を知らせる」

「置いてきたって……逃げられるんじゃないんですか？」

「舵や帆を壊してるし、武器も取り上げた。大砲も壊したし、火薬はすべて海に捨てた。奴らには何も出来んよ」

バードはニッと笑って言った。リーブは驚いて目を丸くしている。

「呆れました……。だけどもしも誰にも見つけてもらえなければ、海賊達は死んでしまうのではないですか？」

「まあ発見が遅ければ、そういうことになるかもしれないが……お前は海のことは良く分からないだろうが、海図ってもんがあって、ちゃんとした航海士がいれば、大体は見つけられるもんさ。それに置いてきた場所は、航路にも重なってるから、行き交う船もあるだろう。『こいつらは悪い海賊です』って船体に書いてきたから、たぶん大丈夫だと思うよ」

「そんなことまで……」

リーブは呆れたように溜息をついた。

「リーブ……お前は聖職者だから、その慈悲深さも分かる。だが奴らが今までしてきたことを知らない訳じゃないだろう？　ラストン公国の商船に乗っていた犠牲者達……調査の結果、同じような目に遭った船は他にもたくさんあったんだ。慈悲をかける価値もない。我が国は被害に遭っていないから、敢えてオレが処罰しなかっただけだが、他国に引き渡せば当然斬首されるだろう。どっちみち死ぬ運命なんだし、相応の罪を犯している。千分の一くらい運が良ければ助かるかもって、余地を残してやっている分、オレだって慈悲深い方だぞ？」

バードは言いながら、肉の塊(かたまり)を頬張った。リーブは何も言い返せず、食事を続けた。

バードの言い分は尤(もっと)もで、何も間違ったことは言っていない。海賊を捕らえに行ったのは、彼の正義によるもので、その後捕縛してシークに連れてくるまでの義務はない。後を被害国に任せるというのも正しい。

バードと話をしていると、時々自分が偽善者なのではないかと思わされることがある。今だってそうだ。

航海不能の船に置き去りにするなんて、いくら相手が悪者でも非道ではないのだろうかと思った。だがあのラストン公国の痛ましい被害者達を思い出すと、バードの言う通りだと思わされる。

正当に裁判にかけたところで、彼らの処罰が軽くなることはないだろう。斬首か磔(はりつけ)か……国によってはもっと酷い刑を行うかもしれない。

海賊達を憐(あわ)れむことは、ただの偽善なのではないだろうか？

「あの子は……あれから一度も目を覚まさないのか？」

ふいにバードに話しかけられて、リーブははっとしたように視線を上げた。食事の手が止まってしまっていることに、バードが気づいて話題を変えてくれたのだ。

「一度……一瞬だけ目を覚ましました。名前をマイヨというようです。お母さんと言っていました。私が金髪だったので見間違えたのでしょう」

「やつれて酷いありさまだが、綺麗な顔をしていたし、お前と同じような金髪だったから、案外お前が母親に似ているのかもしれないな」

「連れてきた女性達の中に、あの子の母親はいなかったのですか？」

「ああ、いなかった」

「そうですか……」

　リーブは溜息をついて、いくつか野菜などを口にしたが、食が進まずフォークを置いてしまった。

「もう食べないのか？」

「すみません……あの子のことを想うと胸が痛みます」

「お前は優しいから、いらぬ負担をかけてしまったな。明日は巡回診療に行くんじゃなかったか？」

「待っている皆さんには申し訳ありませんが、明日はお休みします。今はあの子についていないと心配ですから」

「そうか……まあ、すべてお前に任せているのだから、お前がやりたいようにやればいい。民達も分かっている」

　バードは微笑みながら言ったが、その表情から困っているのが窺えて、リーブは申し訳ない気持ちになった。バードはリーブを思って話題を変えてくれたにもかかわらず、また心配させてしまった。

「バード……あの……」

「あ～あ、民達はともかくオレもしばらく我慢しなきゃいかんのかなぁ？」

　リーブがバードに謝罪しようと口を開いた時、バードが最後の肉の欠片をポイッと口に放り込んだ後テーブルに頬杖をついて、わざと大きな声で不服そうに言った。

「え？」

「だって少なくとも今夜は、あの子供に付き添って看病するつもりだろう？　オレは一人で寝なきゃならない。海賊を捜しに出てたから、すでに三日もリーブと一緒に寝ていないのに……まったく……拾ってくるんじゃなかった」

バードが不満そうに眉根を寄せて、唇を突き出しながら言った。だがそれがわざとであることは、リーブも承知している。気持ちが沈んでしまったリーブを気遣って、わざと怒らせるようなことを言っているのだ。だがここで察したリーブが、そのままバードの気遣いに感謝して『すみません』などと言ったら、せっかくのバードの気遣いを無にしてしまうことも、リーブは分かっていた。

「人助けをしたのに、そんなことを言うものではありませんよ？　せっかく貴方の行いに感謝しているのに……」

　リーブもわざと少し窘（たしな）めるような口調で言い返した。

「おっしゃるように今夜はあの子に付き添います。私に任せたのは貴方でしょう？　少しくらい我慢してください」

　リーブはピシャリと言って、果物（くだもの）を口にした。甘い果肉を咀嚼（そしゃく）しながら、リーブは内心驚いていた。無理にでも気持ちを上げて大きな声を出した方が、沈んで溜息混じりに話すよりも、食欲というものは出るものだと思ったからだ。

　さっきまでスープすら飲み込む気がしないほどだったのに、言った勢いで食べた果物がとても美味しく感じる。

　リーブはチラリとバードに視線を向けた。バードは少し満足そうな表情をしているように見える。

『本当に敵（かな）いませんね』

　リーブは思わず笑みを浮かべた。

　穏やかな目覚めだった。パチパチと何度か瞬（まばた）きをした。最初ぼんやりと見えていた景色が、次第にハッキリとしてくる。

　ふわりと鼻先を、いい薫りの柔らかな風が吹きぬける。

　ゆっくりと顔を風の吹いてきた方へ向けると、窓に掛かる日よけの大きな布が、風が吹く度にゆらゆらと揺れて綺麗だった。窓の外には、明るい日差しを受けて輝く緑が見える。

『綺麗だ』とマイヨは心から思った。

ここはあの暗い湿った船底の部屋ではない。

ゆっくり体を起こしてみた。あんなに重かった体が嘘のように軽い。体中の節々の痛みもなくなっていた。

柔らかなベッド、羽のように軽やかな上掛け、部屋の中を見回すと鮮やかな色彩の絨毯(じゅうたん)が敷かれ、壁には豪奢(ごうしゃ)だが落ち着いた色合いの布が飾られ、柱や梁(はり)には見事な彫刻が施されていた。見たことのない装飾だ。

ここは天国ではないのだろうか？

とてもあの海賊達の居城とは思えない。

部屋の外で物音がして足音が近づいてきたので、マイヨは身を縮めた。

静かにドアが開き、金の髪の美しい人が入ってきた。それはマイヨが夢かと思っていた人の姿だった。眠っている時に見た人だ。母に良く似た美しい人。

「ああ……もう起きられるのですね」

その人は柔らかな声で、微笑みながらそう言った。

「マイヨ、もう体は大丈夫ですか？」

声色からして、その人が男性であるのが分かった。しかしなんと美しく優しげな人なのだろう。これが天界の人ではなくて、誰だと言うのだろう。

マイヨは心からそう思って、言葉もなくただただじっと見つめていた。

「どうしました？　ああ……私が誰だろうと思ったのですね？　私の名前は、リーブ・ヴァーリ・アグラ……どうぞリーブと呼んでください」

リーブは自己紹介をして、マイヨのベッドまで歩み寄った。

「ここは、シーク王国……ナーガ族が治める南の島国です。貴方は、たまたま通りかかった我が国の船に助け出されて、ここへ来たのですよ」

リーブは話しながら、ベッドの側のテーブルに置いてあった水差しからコップへ水を注ぎ、マイヨに差し出した。

「少しお飲みなさい……口の中が乾いて痛いでしょ

う?」

マイヨはぼんやりとリーブを見つめながら、言われるままにコップを受け取り一口飲んだ。

水が甘く感じられた。体に滲みる。そこで初めて喉が渇いていたことに気づかされた。

「ああ……そんなに一度に飲んだら、体がビックリしてしまいますよ?」

リーブが心配して声をかけたが、マイヨは一気に飲み干してしまい、ハアと息を吐いた。だがすぐにキュウッと内臓が縮み上がるような痛みを覚えて、両手で胸を押さえて背を曲げた。

「ほら……ごらんなさい」

リーブがマイヨの背中をさすってくれた。その優しい声と手に、マイヨは安堵する。大きな声で怒鳴られたり、殴られたりしないのだ。

「飲めるようなら、後で体にいいスープを持ってきましょう。もう大丈夫ですよ……ここには何も怖いものはありませんから」

リーブの言葉は、不思議なくらいにマイヨを安心させた。

疑っても不思議ではないくらいに、この場所のことも、リーブのことも何も知らないというのに、マイヨは素直にその言葉を受け入れることが出来た。

海賊船での悪夢より最悪な状況など、この世にはないのだから、ここがなんだって構わない。

もしも今飲んだ水に毒が入っていたとしても、もしも今この人にナイフで刺されたとしても、こんなに綺麗な天国みたいな所で殺されるのならばむしろ幸せだ。

暗い船底で死ねるものなら早く死にたいと願い続けていたのだから……。

その時、ドカドカと大きな足音が近づいてきた。

「リーブ! リーブはいるか!?」

扉の外から男の太い声がした。

マイヨはその声にビクリと反応した。真っ青な顔で、ガクガクと身を縮ませて激しく震え始めた。

それを見たリーブは顔色を変えて立ち上がる。

リーブは急いで扉を開けると、廊下に立つバードを制した。

「バード！　病人がいるのですよ！　そんな大きな声を出すなんて……」

リーブは部屋の中のマイヨを気遣って、少し声を抑えながらも厳しい表情でバードを咎めた。

「あ？　ああ……すまん……そんなに大きな声だったか？」

バードは頭を掻きながら苦笑した。

「大きいですよ……マイヨが怖がってしまったではないですか」

「なんだ……あの子供、気がついたのか？」

動じないバードに、リーブは大きな溜息をついた。

「それで……何事ですか？」

リーブはゆっくりと廊下に出て、後ろ手に扉を閉めた。

「いや……連れてきた女達の中に、言葉が通じなくて困っている者がいるのだ。お前なら分かるかと思って呼びに来た。今すぐ港までついてきてくれないか？」

リーブはそれを聞いて、困った顔でしばらく考えた。

「少し……待ってもらえませんか？　今すぐではないとダメですか？」

「う～ん……助け出して四日目だ。女達も元気になってきたので、一日も早く国に帰してやりたいと思っている。それで一人一人接見して事情を聴いているんだ。それにここに滞在して不自由なことがないかも聞くことが出来ないしな……どうしてもダメか？」

バードの言葉に、リーブはますます困った顔をした。

「貴方のせいですよ……貴方が大きな声であの子を怖がらせるから、今は離れることが出来なくなってしまったのです。とりあえずあの子が落ち着くまで、私は行くことが出来ません。少し時間をください」

リーブにそう断られて、バードは眉根を寄せて腕組みをした。

「そんなにオレの声は怖いのか？」

「貴方の声がという訳ではなく……たぶん大人の男の荒々しい声の感じが、海賊達を思い出させるのでしょう。貴方もご覧になったでしょう？　あの子の体の傷や痣を……ようやく目覚めたばかりで、まだ自分が助かって安全なのだという実感を持っていません。とにかく、申し訳ありませんが、女性達にはしばらく待っていただいてください」

「分かった……後で来れるようならタージの港町まで来てくれ」

「はい」

バードは諦めて去っていった。リーブはそれを見送り、通りかかった侍女を呼び留めた。

「チート（山羊の乳と豆のスープ）を、持ってきてください。豆は出来るだけ潰してください」

「はい」

リーブは指示を終えると、足早に部屋へ戻った。

「すみません……驚かせてしまって……大丈夫、怖くないですよ」

ベッドで震えているマイヨの下に駆け寄り、そっと背中に手を回して抱きしめるようにしながら、耳元で優しく囁いた。

何度も繰り返し宥めていると、マイヨの震えが次第に治まってきた。

「大きく深呼吸をして……そう……私の目を見て……落ち着きましたか？」

マイヨはリーブの青みがかった深い緑の瞳を見つめた。マイヨの母と同じ瞳の色をしている。マイヨはコクリと頷いた。

「驚かせてしまって……すみません。先ほどの声の主は、この国の王・バード・アグラです。私の大切な人です。声が大きくて、少々傍若無人（ぼうじゃくぶじん）なところもありますが、寛大で優しい心の持ち主です。決して怖いことはありませんから……貴方を助け出したのも彼なのですよ」

「ボクを助けてくれた人……」

マイヨは一瞬考えようとしたが、助け出された時のことを思い出そうとすると、怖い海賊達の姿が目に浮かんでしまいそうで、またギュッと自分の体を抱きしめるように組んだ腕を強く摑んだ。

「マイヨ、今は何も考えなくていいのです。嫌なことは忘れなさい。ほら私を見て……私のことは怖いですか？」

　マイヨはリーブを見つめて首を振った。するとリーブがニッコリと笑う。

「ありがとう。マイヨはいい子ですね」

　リーブはマイヨの頭を優しく撫でた。

「マイヨはいくつになるのですか？」

「じゅ……十四歳です」

「そうですか。国はどちら？」

「西の……ゴスアラという国です。そこのムリスリという港町に住んでいました」

「ゴスアラ王国ですか？　ああ、私も一度行ったことがあるんですよ。貿易が盛んでたくさん他国の人がいて、とても賑やかな国ですね」

　リーブの言葉に、マイヨの表情が少し明るくなった。懐かしい母国を思い出したのだろう。

「土地が……作物の育たない荒れ地なので……他国と貿易をするしかないと父が言っていました」

「でもゴスアラの、ムーラン織というとても細やかな模様の絨毯は有名ですよね。二年も三年もかかって作られるものもあって、高値で取引されています」

「お、お詳しいのですね」

　マイヨは、母国を褒められて嬉しかったのか、土気色だった頰にほんのり赤みが差してきた。

「私は世界中を旅してきましたから」

　リーブはそう言いながら、内心安堵していた。今はマイヨの精神状態を、安らかに保つことが優先だった。本当は両親のことなども聞きたかったが、恐らく死別してしまったのだろうと思われるので、今は思い出させない方がいいと判断して、敢えてそのことには触れなかった。

　出来るだけ心の傷に触れることは避けて、今は気持ちが上がる話をして、マイヨに自分で生きようと思わせることが大事だ。

この子は絶望し、自ら生きることを拒否してしまっている。確かに体に受けた傷もあったが、衰弱していたのはそのせいではないだろう。

「ゴスアラは割と年中暑いですよね。ここシークも年中暖かいから、きっと貴方にとっても過ごしやすいと思いますよ」

リーブの話を聞いて、マイヨは窓の外に視線を向けた。

「でも……緑が綺麗……ゴスアラとは違う……」

マイヨは否定的ではない言い方で、眩しそうに窓の外の緑を見つめている。

「そうですね。この島は緑豊かな島なんです。歩けるようになったら散歩に行きましょう。私が案内します」

リーブの言葉に、マイヨの表情が和らいだ。

その時扉が叩かれて、リーブが返事をすると、スープを持った侍女が扉を開けて顔を覗かせた。リーブは立ち上がり、侍女からスープの載った盆を受け取った。

「マイヨ、一口でもいいのでスープを飲んでください。もしも飲んで気持ち悪くなったら吐いても構いませんから」

リーブがそう言って、スープの皿を持ってベッド脇に再び座った。マイヨは湯気の立つスープをじっと見つめた。

まともな食事は、しばらくした記憶がない。食べても味がしなくて、飲み込もうとすると吐いてしまっていたからだ。

マイヨが不安を顔に浮かべている。リーブはそんなマイヨを見つめながら、スプーンにスープをひとすくいして、ふぅっと息をかけて冷ました。

「さあ」

リーブにスプーンを差し出されて、マイヨは困ったようにリーブの顔を見た。こんなに優しくされて、吐いてしまったら申し訳ないという気持ちがあるのだ。

マイヨが口を少し開けたので、口の中にスープを入れてやる。マイヨはそれをごくりと飲み込んだ。

次の瞬間、不安そうだったマイヨの表情が、驚いたような表情に変化した。

『美味しい』

マイヨはそう思って驚いたのだ。味がする。ミルク独特のコクと柔らかな甘さに、香辛料が微かに効いていて、忘れていた味覚を取り戻したように感じた。

「大丈夫ですか？」

リーブが尋ねると、マイヨが頷いたので、リーブはもうひとすくいスープを与えた。

「お……美味しい……」

マイヨが小さく呟いたので、リーブは微笑んでスープの器をマイヨに渡した。

「まだ飲めそうならば飲みなさい。ただしゆっくりですよ。それからもしもたくさん飲みたくなっても、半分で止めなさいね。吐いてしまいますから」

リーブは立ち上がって、マイヨにそう告げて部屋を出ていった。廊下を足早に歩き、自室に向かった。

部屋の中に入り、机の上に置かれたいくつかの小瓶を取って、素焼きの小皿にその中身を少しずつ出した。草や木の実を粉末にした様々な色をした粉を、皿の上で混ぜ合わせて山形に盛り、そこに火を点ける。

火は燻り紫煙を立ち昇らせて、ふわりと気持ちのいい薫りが立った。それを大事そうに持って、マイヨのいる客室へ戻った。

「いかがですか？」

リーブがマイヨに声をかけると、マイヨは言われた通りにスープを半分飲んで待っていた。顔色が随分良くなっている。

「気持ち悪くないですか？」

リーブは持ってきた薬香の皿を、ベッド脇の小さなテーブルの上に置いて、マイヨの手からスープの器を受け取った。

「大丈夫です」

「さあ、疲れたでしょう。横になりなさい」

リーブはマイヨを寝かせて上掛けを掛けた。

「今の貴方に必要なのは、十分に睡眠をとって体を休めることです。体が癒えれば食欲も出るでしょう。食事が出来れば元気になります……さあ目を閉じて……」

リーブはマイヨの額をそっと撫でた。マイヨは目を閉じて、一度深く息を吸い込んだ。体の力が抜けていくのが分かる。緊張が解れたようだ。薬香の効き目もあり、マイヨはすぐに眠りに落ちた。

リーブは安堵して、しばらくマイヨの寝顔を見つめていた。

『まだ十四歳の少年が、こんなになるまで……どれほど酷い目に遭わされたのだろう……』

リーブは眉根を寄せて小さく溜息をついた。

「アイシャ、私は所用でタージまで行ってきますので、あの子のことをお願いします。できるだけ早く戻ります」

「かしこまりました。どうぞご心配なく行ってらっしゃいませ」

リーブはアイシャに後のことを頼み、タージの町へ向かった。

マイヨはリーブの献身的な介護により、次第に元気を取り戻していった。食事も少しずつだが食べられるようになった。元通りに動けるようになるには、まだしばらく療養が必要だが、介助なしに自分で体を起こせるまでには回復していた。

「マイヨ、少し話をしましょう」

そんなある日改めてリーブからそう言われて、マイヨは少しばかり緊張した面持ちになった。

「嫌なことを聞くかもしれませんが許してください」

「は、はい」

マイヨはベッドの上に座り、リーブの言葉を待った。

マイヨ自身、体と共に心も回復しているのを感じていた。それは海賊船での出来事を思い出してもパニックに陥らなくなっていたからだ。

海賊達のことは今でも震えるほど怖い。思い出せば嫌悪感で気持ちが悪くなる。だが以前のように、自分の意志とは関係なく体が痙攣するように震えて、息が出来なくなって混迷するようなことはなくなった。

死にたいと考えなくなった。正常な心が戻ってきたと思う。

だがそうなってくると、リーブが何も聞いてこないことにも気づくようになった。いつも何気ない話をして、マイヨを明るい気持ちにしようとしてくれるが、故郷のことなどは尋ねても両親のことや海賊船でのことを聞いてはこない。

それはマイヨを気遣ってそうしてくれているのだと分かり、益々感謝の気持ちでいっぱいになる。

だがずっとこのままでいい訳ではないことを知っている。マイヨも小さな子供ではない。見ず知らずの相手に、命を救ってもらった上に、手厚い看護までしてもらい、このままずっと厚意に甘え続ける訳にはいかない。

少なくとも自分の素性はきちんと語らなければならないし、これからどうするかという話もしなければならないだろう。

世話になった恩に報いる為には、多少嫌だと思うようなことも、きちんと答えなければ……マイヨはそう覚悟した。

「海賊船で一緒に奴隷として捕らわれていた女の人達のことは知っていますか？」

「はい、同じ部屋に……七人くらいいたと思います。他の部屋にもいたかもしれません」

リーブはマイヨが辛い顔をせず、しっかりと答えたので少しばかり安心した。

「女の人は全部で十人いて、全員貴方と一緒に助け出されて我が国に来ています。皆さん療養していましたが、貴方ほど重症な者はいなかったので、今は全員すっかり元気になりました」

「そうですか」

マイヨはホッとした。

「それで今は皆さんそれぞれの国に帰れるように手

配していいます。我が国には毎日色々な国の船が来航するので、それらの船を使って帰ることが出来るように、お手伝いをしています。数日のうちに皆さん帰国されるでしょう。それで……マイヨ、貴方はどうしますか？」

「え？」

「貴方の場合は、まだ動き回れる体ではないので、もうしばらく療養が必要ですが、どうしても早く帰国したいならば、一日でも早く帰国出来るようにお手伝いをしますよ？」

マイヨはとても困惑した表情でリーブを見つめた。

「国にご家族はいますか？」

リーブの問いに、マイヨは少し眉根を寄せて首を振った。

「父も母も……海賊に殺されました」

マイヨは震える声で答えた。

「他に家族は？」

「祖父母は早くに亡くなったので、他に身寄りはありません」

マイヨは話しながら知らず知らず両目から涙を零していた。

「マイヨ、辛いことを聞いてしまってすみません」

リーブが慌ててマイヨを抱きしめた。

「あ、あの……大丈夫……です」

マイヨも慌ててリーブの体をそっと押し返して、服の袖で涙を拭った。

「すみません、大丈夫です」

マイヨはリーブを見つめてもう一度言った。リーブは憐れむように顔を曇らせている。

「それで……その、国には身寄りがないので……急いで帰る理由はないのですが……もしもう少しだけここにいさせていただければ……ありがたいです。ご迷惑をおかけしますが……」

「マイヨ、迷惑など……そんなつもりで言った訳ではありません。ここにはいつまででもいていいのですよ？　ただ貴方のことを何も知らないので、教えてもらわなければなりません。もう少し聞いても大丈夫ですか？」

「そうだったのですか……では故郷に帰っても、もう貴方の家はないのですね」

「はい」

リーブはマイヨの頭を何度も撫でた。

「辛いことを聞いてすみませんでした。心配しないでください。今日はこれくらいにしましょう。貴方がいたいだけここにいてもいいのですよ」

「リーブ様……すみません」

「そんなことよりも、早く元気になることだけ考えなさい。ほら、まだこんなに腕も細いでしょう？　体も痩せていますよ。貴方ぐらいの年頃だったら、お肉をたくさん食べたい盛りではないですか？　今夜も美味しいものを用意しますから、たくさん食べてくださいね。そして歩けるようになったら、その窓から外に出て庭を一緒に歩きましょう」

リーブが明るい口調で励ますように言ったので、マイヨは何度も頭を下げた。

「はい、大丈夫です」

マイヨは頷いて、ぐっと奥歯を嚙みしめた。

今、泣いてしまったのは、両親の死を思い出したからではない。海賊に両親を目の前で無残に殺された時に、声が嗄れるまで泣いた。体中の水分がなくなるほど涙した。心が壊れそうになるまで悲しんだ。今ももちろん思い出せば悲しいが、もうその為の涙は尽きてしまった。

だけど今どこにも身寄りがなく、天涯孤独になってしまったのだと、改めて言葉にしたら、無意識に涙が出てしまったのだ。

「父は商人でした。ムリスリの町で店を繁盛させましたが、ご存じの通り商店は他にもたくさんあったので、父は別の場所で新しい商売がしたいと言って……ムリスリの店を畳んで、使用人も伴って東のキリモア諸島に渡るはずでした。その航海の途中で海賊に襲われて……」

マイヨはそこまで語り、悔しげな表情で唇を嚙んで俯いた。

その夜は月の綺麗な夜だった。辺りは銀色の月明かりに輝いていた。

リーブは誰かを捜すように、屋敷の庭を歩いていた。しばらく歩いて裏庭の大きな古木の下に、人影を見つけた。安堵したように溜息をつくと、ゆっくりと側へ歩いていく。

「バード……ここにいたのですか？　捜しましたよ」

しかしバードはチラリとこちらを見ただけで、何も答えなかった。

「夕食の後どこかに行ってしまったとアイシャが言っていたので……」

「お前は夕食に来なかったではないか」

バードは憮然とした様子で答えた。

リーブは微笑んだまま、バードの隣に腰を下ろすとその体にもたれかかった。

「すみません。でも今日の夕食はマイヨと一緒に食べますと、アイシャから伝えてもらったはずですよ？」

「伝えたからと言って、オレの了承を取っていないじゃないか」

「そんな……拗ねないでください」

「拗ねてなどいない」

バードは腕組みをして口を尖らせて答えた。リーブはクスクスと笑う。

「じゃあここで何をしていたんです？」

「……月を見ていた」

「ふふ、詩人のようですね」

二人はそれからしばらく無言のまま月を眺めていた。

「バード……実はお願いがあるのです」

リーブが月を眺めながら、意を決したように言った。バードは無言のままで返事をしなかった。リーブはチラリとバードを見て、また視線を月へ向けた。

「あの子を……マイヨを私達の養い子として、ここで成人まで育ててはいけませんか？」

言い終わってもう一度チラリとバードを見たが、バードは表情を変えず月を眺めている。

「あの子、両親を海賊に殺されて、他に身寄りがないそうです。家族で別の土地に転居する途中だったから、もう故郷には家がなくて……だから行く当てがないのです。そんな状況では、一人で生きていけるはずがありません。あの子はまだ十四歳です。それに綺麗な容姿ですから……人攫(さら)いに狙われて酷い目に遭うかもしれないし……」

　リーブは一生懸命説得を続けていたが、バードがまったく反応しないので、眉根を寄せて一度口を閉ざした。しばらくじっとバードを見つめていると、バードは月を眺めたままでようやく口を開いた。

「あの子だけが特別じゃない。世界中には親のない子、身寄りのない子なんていっぱいいる。海賊に殺されたのはかわいそうだが、それだって特別な話じゃない。盗賊に殺されたり、病気で亡くなったり、子供が家族を失う理由に優劣はない。この国にだって、病気で親を亡くした子、妖獣討伐で親を亡くした子など孤児は何人もいる。まあナーガ族は、皆家族という意識があるから、親を亡くした子は村で育てたりしているが……お前はそんな子供達を、全員憐れんで引き取るのか？」

　バードが淡々と語るのを聞いて、リーブはカッと耳まで赤くなり、すぐに反論しようとした。だが脳裏に『偽善者』という言葉がよぎる。

『まただ』とリーブは思って愕然(がくぜん)とした。バードの言うことはいつも正しい。今の言葉も決して冷たいことを言っている訳ではない。反論出来ないくらいに正論だ。やはり自分は偽善者なのだろうか？　と思ってしまう。

「お前自身孤児なのだから分かるはずだろう？　教会で養われている孤児はたくさんいる。そういう子はまだ幸運だ。浮浪者のように生活している子供だって世界にはいくらでもいる。ましてや小さな子供ならともかく、十四歳ならば……シークの民なら、海に出て漁の手伝いをしているし、畑の手伝いだってしている。十分働ける。そんな年齢だ」

「もういいです。分かりました。すみません……私が……考えなしでした。申し訳ありません」

　リーブはいたたまれなくなり、羞恥(しゅうち)で頬を染めながら何度も頭を下げた。

「リーブ」

　頭を下げて焦りながら謝罪の言葉を繰り返すリーブに、バードが初めて顔を向けて声をかけた。

「リーブ」

　もう一度名を呼ばれて、リーブは我に返って顔を上げる。

「リーブ、お前らしくないぞ」

　そう言ってリーブを見つめるバードの眼差しは、とても優しかった。

「え？」

「いつもならばオレが話している途中で、反論してくるじゃないか。鼻息荒く理路整然としていて、オレを容赦なく論破するだろう？　それなのになぜそこで謝る」

「え……だって……貴方の言うことが正しいから……」

　リーブは眉根を寄せて羞恥に顔を歪ませながら答えた。リーブの答えに、バードは少しばかり眉を曇らせて短い息を吐いた。

「ならばなぜあんなことを言ったんだ」

「あんなこと……？」

「マイヨを養い子にしたいと言っただろう」

「それは……あの子をこのまま放っておけなくて……だけど貴方の言うように、特別扱いは……」

「違う！　違う、そうじゃない。そういうことを言っているんじゃない」

　バードはリーブの肩を掴んで苛ついたように、語気を強めて言った。リーブは目を丸くして固まってしまった。バードは我に返り、大きな声を出してしまったことを反省したのか、コホンとひとつ咳払いをした。深く息を吸って気持ちを落ち着かせて、少し抑えた声で再び話を始めた。

「リーブ違うんだ。以前のお前ならば、人の忠告はちゃんと聞くが、それも含めて自分がこうだと決めたことは、信念を持って貫いていた。あっさりと言い分を翻（ひるがえ）すようなことはしなかった。時には頑固なくらいに譲（ゆず）らなかった。お前があの子を養い子にしたいと思ったのは、ただの憐れみからではないはずだ。オレに頼むと決めたからには、色んな反対意見も覚悟していたはずだ。それなのになぜオレが一度反対するような言い方をしただけで、そんなに簡単に諦めるんだ？　リーブ……最近のお前は少しおかしい……何があった？」

　リーブはバードの言葉に、酷く動揺してしまった。

「バード……私は……」

　リーブは言いかけたが、口を開いたものの何も言葉が出てこなかった。困惑した様子で、じっとバードを見つめて唇を噛む。

　そんなリーブの肩を、バードは優しく抱きしめた。そっと背中を撫でる。

「少し前になるが……お前が薬師の学校を始めた時、オレはキリクに愚痴を零したことがあったんだ」

　バードはリーブの耳元で囁くように語り始めた。

「オレはリーブにいいようにあしらわれているんじゃないかって……リーブは頭がいいから、単細胞なオレの考えや行動などすべてお見通しで、上手く操られている気がするってね」

　リーブはその言葉に驚いたが、抱きしめられているのでバードの表情は窺えない。でもその口調はとても穏やかで、優しい表情をしているのだろうと、見なくても想像できた。

「そしたらキリクの奴……そんなこと今更だって平気な顔をして言うんだ。以前からオレもそれを承知でいたはずだって……リーブが何かやって、オレが怒ってそれをリーブが宥めてっていういつものやりとりは、オレもリーブもお互いに分かってやっているんだろうってさ……それを聞いて、ああ、なるほどと思ったんだ」

　バードはそこまで言って、ようやくリーブの体を解放した。少し体を離してリーブの顔を見つめながらニッと笑う。そしてまた月を見上げた。

「オレは別にわざと意識して怒ったりしている訳ではないが……相手がお前だから安心して感情のままにいられると思うんだ。焼きもちを焼いて拗ねたり怒鳴ったり……他の相手だったら本気にされて、喧嘩になってしまうだろう。オレはシークの王様だから、そういう訳にはいかない。お前はそれをちゃんと分かっていて……つまりオレが本気で怒っている時と、そうやって甘えで怒っている時とを心得ていて、上手くいなしてくれる。オレ達はお互い何も言わなくても、分かり合っている。お似合いの二人だ。オレはお前のことが分かっている。だからさっきは、あんな風に言ったんだ。だが……オレでも分からないこともある。お前はまだまだ謎が多い」

「バード……」

リーブはバードと見つめ合い、その後ゆっくりと空を見上げた。二人で月を眺めながら、しばらくの間無言でいた。

辺りはほど良い静寂に包まれている。虫の声と、遠くから微かに聞こえる喧騒。城下町の賑わいが海風に乗って届いているのだ。

リーブは肩を抱くバードの腕の温もりを感じながら、明るく輝く月と、その月の光にも負けない満天の星を見つめていた。

動揺していた気持ちは、いつしか落ち着きを取り戻していた。バードの言葉を、自分の中で消化する。

確かにここのところの自分は、かなり消極的というか、後ろ向きの考え方になっていたと思う。自分のことを『偽善者』だと思っていた。

常に呆れるほど前向きで、怖いもの知らずだと言われ続けてきたのに……少なくとも自分を卑下したことはない。それは恩師である大聖官から、絶対に自分を卑下してはならないと、幼い頃から言われ続けてきたからだ。

常々『反省と卑下はまったく違うものだよ』と言われた。

『自分の失敗や過ちを顧みて反省することはとても大切だが、だからと言ってそんなことをした自分を卑下することは決してしてはならない』

そういつも教えられてきた。

聖職者だった自分を『偽善者』だと卑下してしまったら、聖職者を否定してしまうことになるのではないだろうか？

『なぜそんな風に思ってしまったんだろう？』

リーブはバードのおかげで、なんだかすっきりと冴え渡ってきた頭で、自身を省みた。

「バード……私の話を聞いてくれますか？」

「もちろんだ」

リーブの問いに、バードが即答したので、リーブはバードの目を真っ直ぐに見つめた。バードはニッと笑っている。リーブはクスリと笑って空を見上げた。なんだか照れくさくて、バードの顔を見つめたままでは話せそうにない。

『そうか……だからバードは月を見つめながら話したのか』

ふとリーブは納得をして笑みを零した。

「私は怖いもの知らずなところがありますが、それは自分の力に自信があるからだと思います。剣術はバードには勝てませんけど、そこそこの相手にならば勝つ自信があります。魔術においてはルーの称号を与えられた賢者ですから、謙遜はしません。腕に覚えがあると、無謀と思われることも『なんとかなるだろう』と思ってしまうのです。だから今まで世界中を一人で旅をして、面倒なことに巻き込まれたり、危ない目に遭ったりすることもありましたが、すべて一人で乗り越えてきたし、命の危機に遭うことはありませんでした。……だから私自身怖いものはありませんでした」

リーブの脳裏に、今まで経験した色々な出来事が浮かんだ。

「精霊の回廊に入ったことだって、少しも怖くなかったし……この国に来て貴方の伴侶にされた時はさすがに焦りましたけど……でもまあなんとかなるなって」

リーブはバードの顔を見てクスリと笑った。

「貴方を愛してしまったから、私の運命は大きく変わってしまいましたが……聖職者じゃなくなっても、ルーの称号を失っても、シークの王妃になってでも……私は私、何も変わらないのだと思っていました。でも私は……この国で暮らして、貴方を愛して、変わりました。怖いものが出来たんです。貴方を失うのが怖い」

「リーブ」

バードが真剣な顔で見つめるので、リーブはまた視線を逸らして空を見上げた。

「私が怖いもの知らずでいたのは、心から愛する者がなかったからなんだって分かりました。自分に自信があるから、自分の身は守れる……それが『怖いものがない』というただひとつの理由でした。でも愛する人が出来て、その人を絶対に守り切ることなど不可能なのだと知って……だって私の知らないところで、目の届かないところで、その人が事故に遭ったり攻撃を受けてしまったりしたら、私にはどうすることも出来ない。そう思うと怖くなったのです。それと同時に、私はずっと今まで色々な人々に守られていたのだと気づきました。私は人間の本当に醜い部分や残酷な部分を知らずに育ってきたのだと思い知らされました。攻め込んできたガルボスの者達や、先日の海賊達……」

リーブは目を閉じて、辛そうに眉根を寄せた。

「世界中を旅して色々なものを見てきたつもりでした。人が殺されるのを見たこともあります。でも旅先で見るものなど、たかが知れています。ガルボスの得体の知れない悪意や、残忍な海賊達に惨殺された人々の凄惨な現場……そういうものに初めて触れて、私は酷く動揺してしまいました。だから自分の行動に自信が持てなくなっていたのです。どんな状況でも強い意志を持って、堂々としている貴方の意見を聞くと、私の考えや行いが偽善であるように思えてしまったのです」

リーブはそこまで一気に話して、大きく息を吸った。ゆっくりとバードに顔を向けて、真剣な表情で見つめる。

「私はマイヨを養い子として育てたいと思いました。あの子は心に深い傷を負っています。両親を目の前で殺されたという傷と、自身が酷い暴力を受けたという傷。特に……性的な暴力で受けた心の傷は、そう簡単に癒やせるものではありません。貴方の言うように、かわいそうな子はたくさんいます。でも私はあの子を特別扱いしたいのです。髪の色と目の色が同じで、もしかしたら私と同じ人種かもしれません。贔屓だと思われても構いません。偽善者と言われても構いません。私はどうしてもあの子を助けたい。バード……これが理由です」

バードも真剣な顔でリーブを見つめ返した。

「偽善の何が悪いんだ？」

「え？」

思いも寄らない返事に、リーブは言葉を詰まらせた。だがすぐに思い直した。

「偽善とは上辺だけの行い……つまり嘘だからです。善とは無欲なものでなければなりません。見返りなどの欲や、自身の名声の為などに行う善は、偽善なのです」

「だからそれの何が悪い？」

バードは至って真面目に尋ねてくるので、リーブは困惑して言葉を失った。

「偽善だろうとなんだろうと、善は善だろう？　どんな裏があろうと、善行を受けた者は救われるんだ。それの何が悪い」

バードはそう言った後、少し考える素振りをした。

「まあ……聖職者だったお前からすると、そんな風に考えるのかもしれないが……そもそもお前が偽善者だと言うのならば、オレはもっと偽善者だ。ラストン公国の遭難船を丁重に弔って届けたのは、恩を売ってこれからの交易を優位にする為だ。海賊を成敗したのは、我が国の近海を荒らされるのは迷惑だからだ。すべて欲や名声の為だ。オレ自身、それを隠しているつもりもないし、逆に善行をしたなんて思っていない。それでも偽善者なのか？」

バードはしたり顔でリーブを見た。

「マイヨを養い子にしたい理由は十分だと思うぞ。オレには反対する余地もない。そしてマイヨは救われるんだ。マイヨに聞いてみろ。感謝こそすれ、偽善だなんて言うはずもないだろう」

リーブは驚いた顔から、困ったような顔に変わり、やがて笑顔に変わった。

「貴方という人は……どうしてそんなに真っ直ぐで

強いのでしょう。貴方こそ怖いものなどないのではありませんか？」

「リーブ、お前だけじゃないぞ。愛する者が出来て怖くなったのは……オレだってお前を失うのは怖い」

　バードはリーブに口づけた。リーブも目を閉じてそれに応(こた)える。

　啄(ついば)むような口づけが、次第に深い口づけに変わっていく。互いに求め合い、リーブがうっとりとした顔で、ほうっと甘い吐息を漏(も)らした。

「部屋に戻ろう」

　バードが囁いて立ち上がり、リーブを軽々と抱き上げた。

「バード……誰かに見られたら……」

　リーブが恥ずかしそうに言ったが、無理に暴れて抵抗する気配はない。

「見ているのは月くらいのものだよ」

　バードは微笑みながらそう答えて、リーブを抱いたまま部屋へ戻った。

　庭に面したテラスから部屋の中に入り、そのまま寝室へ向かう。バードは歩きながら、時々リーブに口づけて、「愛している」と甘く囁いて、リーブのその気がなくならないように気遣った。

　ベッドにリーブをそっと降ろして、そのまま深く口づけた。

　リーブの腰帯を解き、服を脱がせながら柔肌を撫でるように愛撫(あいぶ)する。リーブの体がピクリと反応して震えた。

　リーブの首筋から鎖骨(さこつ)へ、唇でなぞり舌を這(は)わせる。

「あっ……」

　リーブが抑え気味に小さく声を漏らした。恥ずかしそうに頬を染めて、バードから顔を背(そむ)ける。バードはそれを見て、ニヤリと笑いながら上体を起こし、乱暴に自分の服を脱ぎ捨てた。

『まったく……そそられるな』

　バードは唇を舐めて、心の中で呟いた。いつまでも初々しい反応をするリーブに、毎度のことながら煽られて、一気に昂(たかぶ)ってしまう。

長年連れ添うとマンネリになるなんて言う奴がいるが、いやいやうちに限ってはまったくそんな心配はない。リーブはベッドの上でいつも新妻のように初々しいし、バードはいつだって初めての性交のように、余裕がなくなってしまう。だってリーブが可愛いのだから仕方がない。

『もうオレの息子は荒ぶってるぜ』

バードはクッと口の端を上げて、再びリーブに覆いかぶさった。色の薄い小さな乳首を唇で捉えて、少し強めに吸った。リーブの体が震えて反応を示す。舌で更に愛撫すると、リーブの口から控えめに喘ぎが漏れる。リーブの感じる場所はすべて熟知している。

胸を責めつつ、両手で腰を撫でて内股の柔らかな肌へ手を滑り込ませた。じわりと少し汗ばんだその場所は、とても敏感ですぐにリーブが甘い声を上げる。

半分ほど立ち上がっているリーブの昂りをやんわりと握って、優しく揉みしだくとビクビクと腰が震えて反応している。

「あっ……んんっ……あぁぁっ……」

我慢出来ずに喘ぎが大きくなっていく。リーブの喘ぎ声は、それだけで甘露な媚薬だ。

バードが昂る欲情を抑えながら、更に丹念にリーブの体を味わった。

空いている手を股の奥へ滑り込ませて、ひくつき始めている後孔をまさぐり、指の腹で捏ねるように入り口を解した。中指が難なく吸い込まれていく。熱を持った内壁を擦りながら、リーブの中を味わうように弄った。

指が三本入るくらいに解れた頃には、すっかりリーブの意識が飛んでいて、甘い声で鳴き続けている。可愛い声にそそられて、バードの雄は限界寸前にまで達していた。

両手で腰を抱き、開かせた股の間に腰を進めて、怒張している肉塊を後孔に押し当てた。

「リーブ……愛している。お前のすべてが愛おしい」

バードが熱のこもった低い声で囁くと、リーブが

潤んだ瞳でバードを見つめた。これから訪れる快楽を予感して、頬を上気させて息を乱している。

リーブの体を押し開いて、柔らかな肉に包み込まれる感覚に、バードは目を閉じて眉間にしわを寄せた。

「んっ……くっ……」

堪えなければすぐにでも達してしまいそうだ。リーブの中は、この世の何よりも心地いい。

ゆっくりと奥まで挿入して、ゆるゆると腰を揺する。

「あぅっ……あぁぁっ……あっ……」

腰の動きに合わせて、リーブが身を捩らせて喘いだ。

「ああっ……バード……バード……」

「辛いか？」

次第に腰の動きを速めながら、バードが声をかける。もちろん辛くてリーブが喘いでいる訳ではないことは、表情を見れば分かるのだが、わざと尋ねた。

リーブは少し苦しそうに小さく首を振って、わずかな間も耐えられずにすぐに喘ぎを漏らした。

ベッドを軋ませながら、激しく抽挿を繰り返し、互いの欲望のままに求め合った。


うつぶせで隣に横たわるリーブの白い背中を、そっと優しく撫でた。乱れた長い金の髪が、汗で背中に張り付いている。指でその髪を解くように梳いていると、背中が一度大きく上下に動いた。

リーブが大きく息を吐いたのだ。

熱の引いた気だるそうな顔を、バードの方に向けた。

「愛しているよ」

バードが甘く囁く。するとリーブは困ったように顔を少し歪めた。

「すぐにそう言えば、私が許すと思っているのですか？」

「許す？　お前はオレに怒っているのか？」

「別に……怒ってはいませんけど……今日は……激

しすぎました。少し腰が痛いです」

リーブが恨めしそうに言ったので、バードが大きな声で笑った。リーブは別に腰は痛くないのだが、もう許してと懇願したのに、激しく抱かれた恨みを晴らしたいようだ。

バードはそんなリーブの思惑を察して、思わず笑ってしまった。

「そんな……笑うなんて酷いじゃありませんか」

「すまん、すまん……お前が可愛いから笑ってしまったんだ。許してくれ……だけど愛していると言ったのは、別にお前の機嫌を取る為じゃない。愛しているから愛していると言ったんだ。お前はオレを愛していないのか？」

バードはニッと笑って、手に取ったリーブの美しい金の髪の一房に口づけた。

「なんですか……その屁理屈は……私がいつ愛していないと言いました？　そんなこと……聞かなくても分かっているでしょう？」

「敢えて言わないのは意地悪か？」

「もう……」

リーブは赤くなって枕に顔を伏せた。バードはクスクスと笑いながら背中を撫で続ける。

「リーブ……さっきの話だが……」

「え？」

「いや……さっきは結局話が逸れてしまって、きちんとお前に言ってやれなかったが、お前はまったく偽善者ではないのだから、もう変な風に悩んだりするな。そう言いたかったんだ」

「バード……」

リーブが顔を上げてバードを見つめた。

「ほら、お前がさっき言っただろう？　偽善とは上辺だけの行いで、見返りなどの欲や、自身の名声の為などに行う善は、偽善だって……本当の善とは無欲だって……お前はちゃんと分かっているじゃないか。マイヨを養い子として育てることに、何か見返りや欲でもあるのか？　マイヨが大人になったらいっぱい働かせて、養った礼でもさせるつもりか？　そうじゃないだろう？」

「それはそうですが……」

「お前は真面目に考えすぎだ。まあ……元はと言えば、オレが試すようなことを言ったせいだ。悪かった。お前がマイヨにご執心だから、少しばかり焼けたんだ」

「バードったら……大丈夫ですよ。そんなに気にならなくても、さっきちゃんと私を擁護してくださったじゃないですか。マイヨを養い子にすることも、賛成してくださったし……すみません、私こそ……貴方に心配をかけてしまいましたね」

リーブは申し訳なさそうに眉根を寄せながら微笑んで、左手を伸ばしてバードの頬を撫でた。バードは目を細めて、リーブの手の感触を味わった。

「愛しています。バード」

「分かっているよ」

二人は微笑み合って口づけを交わした。


翌朝、リーブはマイヨの下を訪れて、いつものようにマイヨの体を診て、薬を与えて食事をさせた。

「マイヨ……昨夜バードと二人でよくよく話し合ったのですが……貴方さえ良ければ、私達の養い子になりませんか？」

「え!?」

「あ、別に私達の子になれという訳ではありません。貴方がここに住んで、成人するまで私達が面倒を見るという意味です。だから養い子です」

リーブの提案にマイヨは驚いて、ただ大きく見開かれた目は、何度も激しく瞬きを繰り返していた。

「勉強をして、貴方が将来やりたいことがあれば、それに必要な技術を身に付けて、成人したらあなたが好きなようにして構いません。貴方の故郷に帰ってもいいし、貴方達家族が本来行こうとしていたキリモア諸島に行くのもいいでしょう。もちろんこの国に留まることも出来ます」

「リ、リーブ様、待ってください」

話し続けるリーブを、マイヨが慌てて制した。

「そんなこと……そんなこと本当にいいのですか？」

「そんなことって……もちろんいいですよ。私達は貴方が成人するまで養うだけですから、貴方は自由です」

リーブがクスリと笑って答えた。だがマイヨはまだ信じられないようで、ぽかんとしている。

「私がそれを望んだのです。ただそれにはいくつか条件があります」

「条件……あ！　はい、あのなんでもします。働きます」

リーブの言葉にはっとして、マイヨは何度も頷きながら早口でそう言った。

「いいえいいえ、そんなことではありません。マイヨ、別に働かなくてもいいのですよ。言ったでしょう？　私達はこの国の王と王妃なんです。お金に不自由している訳ではないし、働き手もたくさんいます。そうですね、では条件をひとつ追加します。貴方は働かないこと」

リーブが右手の人差し指を立てて、からかうように言った。

「話を戻しますね。条件はまず健康になること。今の貴方の状態は、酷い扱いを受けていたせいで、そんなに瘦せてしまっているのだと思いますが……よく食べて運動もして、立派な成人男性になれるように努めてください。それから勉強をしてください。知識は貴方を助けてくれます。怠惰な生活は許しません。そしてこれが一番大事なことですが、将来何になるのか、じっくりと考えて決めてください。まあ……条件をざっくりと言えばこんなところです」

リーブは話し終わると、まだ唖然として言葉もないマイヨの頭を優しく撫でた。

「それからこれは条件ではないのですが……貴方が受けた悲しく酷い経験を抱えて生きていけますか？　貴方がどうしても辛くて思い出したくないと言うのであれば、記憶を封印することも出来ます」

「え？　記憶を……封印？」

「以前言ったように、私は賢者です。魔術で記憶を封印することが出来ます。しかしいくら魔術でも万能ではありません。嫌な記憶だけを封印することは出来ません。貴方の過去すべてを封印することになります。貴方の大事な両親のことや、楽しかった思い出もすべて封印され忘れてしまいます。どうしますか？」

マイヨはリーブをじっと見つめながら、考えているようだった。リーブはマイヨの答えを待った。

「封印……」

マイヨは目を伏せて更に深く考え始めた。色々と迷っているのを感じて、リーブは再び頭を撫でた。

「正直に言うと……私は記憶を封印したくありません。過去の記憶がないということは、とても辛いことです。どんなに嫌な思い出があったとしても……マイヨ、実は私は過去の記憶がないのです」

リーブの告白に、マイヨははっとして顔を上げた。リーブは変わらず穏やかな表情で、マイヨを見つめていた。

「私は孤児です。五歳くらいの頃に、ボロボロの姿で教会の前に立っているところを保護されました。私は自分の名前以外何も覚えていなかったのです。父や母の顔も名前も、どこに住んでいたのかも何も覚えていませんでした。わずか五歳の子供ですから、そんなに遠くには行けないはずだと、町中を捜しましたが親と思わしき者は見つからず、どこかの孤児院を抜け出したのかもと、町中の施設を訪ねたようですが、該当する子供が見当たらず……結局私は身元不明の孤児として教会に引き取られて育てていただきました。自分に家族がいたのか、捨て子だったのか、自分が一体何者なのか分からないというのは、とても不安で辛いものです」

マイヨはリーブの話に衝撃を受けながらも自身に鑑(かんが)みて考えていた。

『海賊船での日々は、思い出したくない。忘れたい。でも忘れたくても忘れられず、今でも夢に見てうなされる。特に毎晩……犯されていたことは、記憶から消し去りたい。考えただけで体が震えて吐き気をもよおす。だけど両親のことを忘れてしまうのは嫌だ。楽しかった日々を忘れたくない。その想い出さえも忘れてしまったら、本当に天涯孤独になってしまうような気がする。リーブ様が語ってくれたのがそういうことなんだ』

マイヨは苦悩していた。リーブはマイヨの手をぎゅっと握りしめる。

「マイヨ、今すぐ決断しろという話ではありません。そういう選択もあるのだと知っておいてください。どうしても無理だと思った時に、言ってくれれば封印することが出来ます。まずはそれよりも、私達の養い子になることを、承知してくれますか？」

改めてそう尋ねると、マイヨの表情が和らいだ。リーブを見つめる瞳に、希望の光が差している。

「承知も何も……こんな慈悲深い申し出を、断る理由などありません。ありがとうございます……ありがとうございます」

マイヨは何度も礼を言って、両目に涙を浮かべた。

「さあ、今日から貴方にとって新しい日々の始まりですよ。早く元気にならなければね」

「はい」

初めてマイヨが笑顔を見せた。それまでの陰のある無理に作った笑みではなく、心から喜びを表す笑顔だった。リーブはそれを見て、心から安堵した。

その日の夕方、バードは初めてマイヨと対面した。

「いいですか？　もう一度言っておきますが、くれぐれも大きな声を出さないでください。それから……」

「たとえ頭を掻くつもりであっても、急に手を上げたりしない。急に動いたり、マイヨに触ろうとしたりしない……だろう？　何度も何度も耳にタコが出来るくらい聞いた。分かってる」

バードは面倒くさそうに答えた。

「そんな顔もだめですよ？　別に笑顔でいる必要はありませんが、不機嫌そうな顔は怒って見えますからダメです。貴方は外交で、そういうことには慣れていらっしゃるでしょう？」

「外交とこれは違うだろう……というか、なんだ？　オレの顔は怖いのか？」

バードが不服そうに眉根を寄せて、自分の顔を両手で擦った。するとリーブが、その手を避けて、両手でバードの頬を包み込むように触った。

「貴方はとてもハンサムですよ。でも凛々しい御顔ですから、その男らしい眉を寄せるだけで、厳しい表情になってしまいます。優しい顔で……ね？」

「出来るだけ努力はするが、オレの顔を誰がどんな風に思うかは、オレは分からん。もしも怖がらせたとしても、それは勝手に相手が怖がっただけだ。オレを責めるなよ？　それが嫌なら会わない」

「分かってます。でも私達の養い子ですよ？　このまま会わない訳にはいかないのですから、バードどうかお願いします」

「分かった。分かったよ」

バードは苦笑しながら頷いた。リーブは溜息をつき、気を取り直してすぐ側の扉を叩いて、返事が返ってきたのでゆっくり開いた。

「マイヨ、バードを連れてきました。中に入れても大丈夫ですか？」

マイヨは事前にリーブから言われていたので、ベッドから起き上がりすぐ側に置かれた椅子に座って待っていた。緊張しているのか顔が強張っている。

「はい、大丈夫です」

「貴方は座ったままでいいですからね」

リーブはマイヨにそう告げて、バードを中に招き入れた。

目の前に現れたバードを見て、マイヨは驚いて目を大きく見開いた。想像していた姿とまったく違っていたからだ。

リーブから、この国に住むナーガ族という人種は、黒髪で褐色の肌だと聞かされていた。それはリーブの代わりに世話をしてくれた侍女達の姿がそうだったので、リーブとはまったく姿が異なるということは理解していた。

そしてナーガ族の男達は、とても大柄で逞しいのだということも聞いていた。それも以前、バードらしき人物が、大きな声と大きな足音を立てて、部屋の前まで来たことがあったので、なんとなく想像が出来た。

その時にマイヨが酷く怯えたせいもあって、リーブがとても気を遣い、バードはおろか他の男性達を今までこの部屋に近づかせないようにしてくれていた。

この度リーブの申し出で、リーブ達の養い子として迎え入れられることになったので、さすがにきちんとバードに会って礼を述べた方がいいと、マイヨの方から提案したのだ。

しかし前例があった為かリーブから何度も『バードは見かけほど怖くありませんからね』と念を押されてしまったので、そんなに怖い人なのかと、海賊達のような荒くれ者の姿を想像していたのだ。

『熊みたいな人なのかな?』

そんなことを考えて、内心とてもドキドキしながら待っていた。

リーブに伴われて現れたバードは、端整な顔立ちに、優しい眼差しをしていた。確かにとても逞しい体躯をしている。背もとても高くて、リーブよりも頭ひとつ大きい。

でも恐れるような印象はなかった。

「マイヨ、こうして会うのは初めてだな。オレがこの国の国王で、リーブの伴侶のバード・アグラだ」

「あ、あの……助けていただきありがとうございます。ボクはマイヨ・エネミスです。お礼が遅くなって申し訳ありませんでした」

マイヨは座ったままだが、深く頭を下げて礼を述べた。

「顔色もいい、随分元気になったな。オレが助けた時は、頬がこけて土気色の顔をして、今にも死んでしまうかと思っていた。リーブのおかげだな」

バードはリーブと約束したように、気を遣って穏やかに話していた。にこやかに話しながらリーブに視線を送ったので、リーブも微笑み返して頷いた。

「ボクをここに置いてくださりありがとうございます。勉強して、いつかかならずご恩をお返しいたします」

「恩返しなんて別にいらないが……リーブは大層お

前を気に入っている。リーブと仲良くな」

「は、はい」

マイヨはまだ緊張していたが、安堵したのか少しばかり頬に赤みが差してきた。

「貴方もマイヨと仲良くしてくださいね」

「オ、オレか？　ま、まあ、もちろん……別に仲を悪くするつもりはないぞ」

困ったようなバードの返事に、リーブが思わず笑い出したので、マイヨはようやく緊張が解れて笑顔を見せた。

「マイヨ」

「はい」

バードがふいに名前を呼んだので、マイヨは返事をしてバードを見つめた。

「握手をしよう」

「え……あ、はい」

マイヨの返事を聞いてから、バードはゆっくりとした足取りでマイヨの側に近づき、右手を差し出した。マイヨは恐る恐る右手を出してそれに答えた。

『大きな手……でも温かい手……』

握手をしながら、マイヨはバードの手をじっと見つめた。怖かった大きな男の大きな手のはずなのに、少しも怖いと思わなかった。むしろ優しかった父の手を思い出した。

「オレはお前の父親にはなれないが、頼りになるお兄さんくらいにはなれるぞ」

「あ、ありがとうございます」

リーブは二人を見つめながら、とても嬉しそうに微笑んだ。

†

ワハハハハと、快活な男の笑い声が、静かな廊下に響き渡った。二人の男性が楽しそうに談笑しながら歩いている。

随分ご機嫌な様子なのは、シーク王国第一兵団の団長・ラドルカ・バスカスと、バードだった。バスカスとバードは、悪友の間柄だ。

西方に妖獣討伐の任で一ヶ月ほど行っていたが、帰国後しばらくは静養も兼ねた楽な任務として、シークの島の南端警備と、その周辺の海域の警備をしていた。

今日は、次の任務をバードが伝えると言うので、部下と一緒に館へ戻ってきていた。

「お前の部下達はどこにいるんだ？」

バードがふいに、バスカスに尋ねた。

「ああ、裏庭で第一師団の連中と一緒に剣の稽古をしているはずだ」

「じゃあ……見に行こう」

二人はそう言って裏庭へ向かったが、勇ましい掛け声も、剣を交える音も何も聞こえてこない。不思議に思った二人は顔を見合わせて、足早に庭へ出た。

そこには剣の稽古をする兵士は一人もいなかった。その代わり、奥の生け垣の所に、横一列に並ぶ兵士達の後ろ姿があった。

バード達は再び顔を見合わせた。

「何をやってんだ？　あいつら……」

バスカスがポツリと呟くと、二人は足音を立てずにそっと兵士達の側へ歩み寄った。兵士達の真後ろに立ち、彼らが見ている光景を覗き見た。

生け垣の向こうの王の私庭には、磨かれて天日干しされた第一兵団の鎧や兜がズラリと並べてあり、その側にはリーブとマイヨの姿があった。

いつもの儀式になっていたが、妖獣討伐の任についた兵団が旅立つ前に、その鎧や兜に妖獣除けの守りの術を、リーブがひとつひとつかけていく。

昔はリーブが一人でやっていたが、今はマイヨがそれを手伝っていた。

あの事件から五年。マイヨは十九歳になっていた。

ガリガリに痩せていた小さな少年の姿は、もうそこにはなかった。背も伸びて、リーブとあまり変わらないくらいに成長していた。

美しい金の髪も伸びて、リーブを真似るように後ろでひとつに束ねている。

マイヨはリーブの弟子として、魔術を習っていた。その腕は、『術者』を名乗るにはまだまだだが、リーブの見たて通りとても覚えが良く、魔導師として向いているようだった。

「リーブ様の血筋の方なのでは？」と言われるくらいに、十九歳に成長したマイヨは、どこか面差しが似ていて、とても美しい顔をしていた。

　そんな二人が並ぶ姿を、兵士達は溜息混じりに眺めていたのだ。

「本当に綺麗だなぁ」

「ああ……目の保養だよ、目の保養……」

「あんな綺麗な二人を見ちまったら、どんな女も霞んでしまうよな」

「本当に……」

「ああ……もう眺めているだけで幸せだよな～」

「綺麗すぎて溜息しか出ないよ」

「まあ……それは確かにそうだな」

　突然、別の声が後ろから聞こえたので、兵士達はビクリとして振り返った。

「へ……陛下！」

「団長!!」

　兵士達は、ヒェ～ッと叫ぶと散り散りに逃げ出して、慌てて剣の稽古を始めた。その様子を呆れたように見ていたバスカスは、ワハハハハと笑い出した。

「ザイ……お前まで混ざってたのか」

　バードの前で、所在なく項垂れるザイに、バードは呆れ顔でそう言った。

　ザイはバード直属の家臣の中で一番年若い二十七歳だ。二十二歳の最年少で第一師団長を任命された優秀な男だ。

　バード曰く『バカがつくほどの真面目な男』だ。

「申し訳ありません……皆さんをお止めしようとしたのですが、私まで一緒になって見てしまいました。恥ずかしい限りです。すべては私の責任です。処罰は私が受けます」

　ザイは真剣な表情で真面目に答えた。バードは更に呆れたように溜息をついて苦笑した。

「おいおい……別にこんなことじゃ怒らないし、処罰もしないぞ！　リーブはそりゃ見惚れるくらい美人なんだから仕方ない」

「申し訳ありません」

ザイは深々と頭を下げた。

「宝珠殿！　いつもご苦労様です」

その横でバスカスが大きな声で、リーブに声をかけた。

「ああ……ラディ！　いらしていたんですね」

リーブがニッコリと微笑んでそれに答えた。

「どうです？　少し休んでお茶でもしませんか？」

バスカスは、バードに断りもなく勝手にそんなことを言い出した。

「そうですね……じゃあそうしましょうか。マイヨ、少し休憩しましょう」

「はい」

マイヨもニッコリと笑って頷いた。

「ザイ……もういいから、館の警備に戻れ」

「はい」

バードは苦笑しながらそう言って、ザイを下がらせた。ザイは一礼をして、館の中へ走って戻っていった。


「あの坊やは、あいかわらず真面目だね〜」

その様子をバスカスが眺めながらバードに言った。

「ああ……恋人でも作れば変わると思うんだがな」

「お前みたいにか？」

バスカスが冷やかすように言ったので、バードは肩を竦めた。

「オレがあんな風に真面目だったか？」

「いや、恋人を作って、別人のように変わっちまった例だろ？」

「ケッ」

バードはバスカスの脇腹を小突くと、館の方へと歩き出した。

「どこに行くんだ？」

「お前がお茶にしようって言ったんだろう？」

「ああ、そうだった」

二人は笑いながら館の中へ入っていった。

「それにしても……本当に綺麗だねえ」

お茶を飲みながら、バスカスはしみじみと言った。

「どっちが？」

バードが尋ねると、バスカスは盛大に笑った。

「どっちもだよ……本当に兄弟か親子みたいだ」

向かいに座るリーブとマイヨを眺めながら、バスカスは感心するように言った。

「兄弟はあんまりでしょう。私もマイヨのことは、我が子のように思っていますよ……ねえバード」

「ん……そうだな」

バードは、ぽりぽりと菓子を食べながら、特に何を思うでもなくあっさりと答えた。

「じゃあ、お父様、お母様なんて呼んだりするのかい？」

「そんな、まさか！　恐れ多いことです。バスカス様もご存知なのに、冗談が過ぎます」

マイヨは慌てて否定した。

「いやいやすまん、それにしても、本当にマイヨは綺麗になったね」

「……男ですから、綺麗と言われても嬉しくはありません」

マイヨは口を尖らせた。

「そういう言い方も、宝珠殿にそっくりだ」

バスカスはそう言ってまた笑った。

マイヨは困ったようにリーブを見たが、リーブは微笑み返すだけで何も言わなかった。

「魔術も使えるんだろう？　リーブ様を手伝って偉いな」

「マイヨは、同じくらいの歳の友達がいなくて、私と魔術の勉強ばかりで……それが最近は少し心配です。もう少し私から離れて、時々は一人で遊びに出かけて、民達と親しく出来ればいいのにと思うのですけど……」

「そうだな……リーブのように、勝手に一人で遠出されるのも困りものだがな」

バードが嫌味のように言ったので、リーブがテーブルの下でバードの足を軽く小突いた。

「イテッ」

バードは少し顔を歪めてチラリとリーブを見ると、

リーブは眉根を寄せて見つめているので、苦笑しながら頭を掻いた。

「なんだい、マイヨは女友達もいないのかい？」

バスカスが笑いながら言ったので、マイヨは赤くなった。

「べ……別に……今はまだ欲しくありませんから……」

「でも友達くらいは欲しいでしょう？」

リーブが尋ねたが、マイヨは困ったように俯いてしまった。

そんなマイヨの様子を見て、リーブは少し心配そうに眉根を寄せてバードに視線を送った。だがバードが小さく首を振る素振りをしたので、リーブは仕方なく頷いた。


月明かりの下、裏庭の大きな古木の幹(みき)にもたれ掛かるマイヨの姿があった。そこへ近づく人影に、マイヨが気づいて振り返る。

そこにはバードが立っていた。

「バード様」

「そこはオレの特等席だぞ」

バードが静かな口調でそう言ったので、マイヨは慌てて立ち上がろうとした。

「まあ待て」

バードはそれを制して、マイヨの隣にドカリと腰を下ろした。

「すみません……ここがバード様の場所とは知らなくて」

「ははは、気にするな。リーブもたまに来る。ここはいい場所だろう？」

「はい」

古木の立つその場所は辺りよりも少しばかり盛り上がっていて、なだらかな傾斜の先に城下町を見下ろすことが出来る。

館の裏庭の更に外れにある為、人の気配もなくとても静かだ。時折海風に乗って城下町の喧騒が微かに聞こえる。それが耳に心地良くもあった。

マイヨはなんだか居心地が悪そうに、チラリチラリとバードの様子を窺った。

マイヨは少しだけバードが苦手だ。本当に少しだけだ。もちろん嫌いではない。好きだ。とても尊敬している。

そもそもバードのように大きな体躯の大人の男性全般が苦手だし、声が大きく粗暴な男性も苦手だ。それは五年前のトラウマによるもので、未だに一定の距離を置かなければ、この国の男達とは話すことも出来ない。突然近くで大きな声を上げられたら、無意識に震えが出てしまう。

でもバードはとても優しくて、今までマイヨの前で大きな声を上げたり、粗暴な振る舞いをしたりしたことはない。

バードは天衣無縫な性格で、気性も激しく、何より国一番の闘士だ。年に一、二度は妖獣討伐に出かけて、先頭を切って戦うのだ。

そんなバードが、マイヨの前では一切大きな声を上げたりしないのは、どれほどマイヨに気を遣ってくれているのだろうと思う。だがそれと同時に微妙な距離感があって、バードがマイヨに深く関わることはない。

『当たらず障らず』という感じだ。だから五年も一緒にいて、二人きりで過ごしたことがない。

マイヨにとってはリーブとの関係に比べて、バードとは少しばかり距離があって、家族のような親密な関係は築けていない。だから少し苦手なのだ。

そんなバードが隣に座っている。二人きりでこんなに密に接したことはない。マイヨが居心地が悪く感じるのも無理はなかった。

「リーブが心配していたぞ」

突然バードが言った。

「え？」

「夕食の時お前が元気なかっただろう？　それは自分が余計なことを言ったからじゃないかって、とても気にしていた」

「余計なこと……ですか？」

「バスカスとお茶をしていた時に、友達を作って欲しいみたいなことをリーブが言ったじゃないか」

「あ……」

マイヨは思い出して、思わず俯いた。確かにそれを気にしていない訳ではない。ただマイヨ自身は、そのことを表に出さないように、普通に振る舞っていたつもりだった。

夕食の時に、いつもよりもリーブの口数が少なかったのは、むしろそんなマイヨのせいで気遣わせてしまっていたのだと知って、申し訳ない気持ちになった。

「すみません、そんなつもりはなかったのですが……すぐに謝ってきます」

マイヨがそう言って立ち上がろうとするのを、バードが引き留めた。

「マイヨ、待て……少し話をしよう」

「は……はい」

マイヨは座り直して姿勢を正し、バードの言葉を待った。

「マイヨは将来のことを考えているか？」

「……はっきりと……何になると決めた訳ではありませんが……せっかくリーブ様に魔術を教わっているので、自分が出来るところまでがんばりたいです。魔導師や賢者になるのは無理でも……病気や怪我を治す人助けがしたいです」

「それは……この国で続けていくのか？　それとも故郷に帰って、そうするのか？」

バードに問われて、マイヨは驚いたように目を見開いて、じっとバードを無言で見つめた。そこまでは考えていなかった。ただ漠然（ばくぜん）とリーブのようになりたいとだけ思っていた。

「お前ももうすぐ成人する歳だ。リーブがお前を養い子にしたいと言った時に、お前が成人するまでと約束をした。その時にリーブが条件を出したのを覚えているか？」

「……はい、将来何になるか決めること……」

バードに改めて言われて、マイヨは顔を強張らせた。

もちろん忘れていた訳ではない。覚えているからこそ、憧れのリーブのようになりたいと思って、自ら魔術を習いたいと言った。その時は魔術なんて練習すれば誰でも出来るというものではないなんて、あまり深く考えていなかった。だが奇跡的にもいくらか魔力を持っていると、リーブに診断されたので教えてもらえることになった。

魔術を教えてもらうことによって、それまでよりももっとリーブの側にいることが出来た。魔術を教わり、薬師学校を手伝い、巡回診療も手伝って、ほとんど毎日をリーブと共に過ごしてきた。それはマイヨにとって何よりも幸せな日々だった。

だからバードに改めて言われた言葉によって、まるでその幸せな日々の終わりを告げられたような気がしたのだ。

ただ漠然と『病気や怪我を治す人助けがしたい』というマイヨが出した答えは、最初に約束した条件を違えている。

『術者になる』とも『薬師になる』とも言っていない。結局、リーブの側にいたかっただけなのだ。そんなマイヨの考えを、バードは見抜いていて釘を刺したのだろう。マイヨはそう思って、顔を強張らせた。

「こ……故郷には……帰ることは考えていませんでした……でも、そうですよね。ボクはこの国の者じゃないし……」

「ああ！　待て、待て、勘違いするな！　別に責めるとか、問いただすとか、そういうつもりで話した訳じゃないんだ！　泣くなよ？　お前を泣かしたら、オレがリーブから叱られるじゃないか」

今にも泣き出しそうな顔のマイヨに、バードは酷く焦って必死に宥めた。

「マイヨ、お前を養い子として引き取り、成人するまで育てると言ったのは、あくまでもオレ達にとっての目標だ。あんな状態だったお前を、成人男子になるまで育ててやらなければというオレとリーブの目標みたいなもんだ。だからお前はそれを気にする必要はない。成人したから、もうオレ達の養い子ではなくなるという意味じゃない。そこは勘違いするな。お前がここにいたいならずっといて構わないんだぞ。帰りたくもないのに、誰も待っていない故郷に帰る必要もない。そんな勘違いをしたら、それこそリーブが悲しむぞ？」

バードに宥められて、マイヨはすがるような眼で、バードを見つめた。バードは困ったように頭を掻く。

「将来何になりたいかを決めるという条件の話を今更出したのは、単純な親心みたいなもんだ。お前ももう十九歳だし、リーブの手伝いをしているから、そういう術者とか薬師とかそんなものを目指しているのかと思って聞いただけだ。それはリーブが友達を作るように言ったのと同じ気持ちだ……お前は結局、記憶を封印しなかっただろう？　辛いことにも向き合って生きる道を選んだ。館にいる兵士達や薬師学校の生徒達、城下町の人々、巡回診療先で出会う民達……お前は少しずつだがたくさんの人にも会えるようになっていった。そんな当たり前のことが、お前にとってはとても大変だったことは分かっている。お前は偉いと思うぞ」

バードはそう言って、マイヨの肩をポンポンと労うように優しく叩いた。マイヨは恥ずかしそうに目を伏せる。

今のようになるまで五年もかかってしまった。

まず元の体に戻るまでに半年以上がかかってしまった。リーブの指導の下、勉強と運動を行ったが、リーブは様々な仕事があって忙しいので、つきっきりで教えてもらうことは出来ない。リーブがいない間は一人で勉強や運動を行った。

最初の一年は自分に与えられた部屋と、バード達の部屋以外からは外に出なかった。館の中でさえほとんど出歩くことはない。それは兵士達に会うのが怖かったからだ。

侍女達のような女性と会うのは平気だが、大人の男性は怖かった。何もされないと頭では分かっていても、自分の倍ほどに大きなシークの男性達は、その存在だけでも怖い。話をするどころか、側にいるだけで萎縮してしまって無意識に震えていた。

他の部屋へ行かれるようになっても館での引き籠

もり状態は二年続いた。館の兵士達に慣れて、怖がらなくなったのは三年目を迎えた頃で、それを機に、リーブが度々館の外へ散歩に連れ出すようになった。リーブと一緒ならば、道でシークの男性に会っても怖くなかった。リーブにべったりになってきたのもこの頃からだ。

それでも薬師学校や巡回診療に、リーブの手伝いとして行くようになったのは、まだここ一年くらいだ。ようやくたくさんの人に会っても平気になった。話も出来るようになった。

だがそれはあくまでもリーブが一緒にいるから出来ることだ。

リーブ抜きで、大人の男性達がたくさんいる場所に行く自信はない。ましてや友達を作るなんて……考えただけで緊張してしまう。

マイヨはもう小さな弱い少年ではない。五年経ち十九歳になって背も伸びたし、リーブに剣術も教わった。護身術程度の簡単な攻撃魔法も使えるようになった。今のマイヨならば、普通の男性よりよっぽど強いかもしれない。

しかしマイヨの心の傷は、そう簡単に癒やされるものではない。マイヨにとって大人の男性は、同性の仲間などでは決してなかった。時として性的な暴行を加える相手。それも性行為自体に『恐怖』しか感じることの出来なくなったマイヨには、男性からの好意も嫌悪を感じさせるものでしかない。

シークの民達がマイヨに寄せる純粋な好意なら、ようやく前向きに受けることが出来るようになったが、一人一人と深く縁を結ぶことには、まだ少し抵抗があった。だから『友人を作る』という簡単なことでさえ二の足を踏んでしまう。

故郷にいた頃、まだ悲劇に見舞われる前のマイヨには、たくさんの友達がいた。明るくて素直で優しい性格のマイヨは、誰からも好かれていた。

友達を作るなんて簡単なことだ。好意を示せば、同じ分だけ好意が返ってくる。深い信頼で結ばれた親友の存在は、何物にも代えがたいものだ。

分かっているつもりなのに、今のマイヨはそれさえも怖くてならない。

「マイヨ」

バードが優しく声をかけた。マイヨははっと我に返る。

「マイヨ、リーブは好きか？」

「は、はい好きです」

「オレのことは好きか？」

「す……好きです」

マイヨが少しばかり躊躇しながら答えたので、バードは苦笑した。

「他には誰が好きだ？　キリクは？」

「好きです」

「ラディ……バスカス団長は？」

「好きです」

「キリクやバスカス団長とは、オレやリーブのように一対一で会っても平気か？　二人っきりになっても平気か？」

問われてマイヨは少し考えた。

「たぶん……平気だと思います」

「友達なんて無理に作る必要はない。友達がいない奴なんて他にもたくさんいるだろう。でもお前がこの国で生きていこうと決めたのならば、お前が信頼できる相手というのは絶対に必要になる。男が怖いのなら、女性とだけ仲良くすればいい。だけどたぶん、それでは何も解決しないだろう。同性である男と友人関係を築けないままでは、女性と付き合うことも難しいと思う」

「……はい……ボクも……それは分かっているつもりです」

「オレやリーブはともかく、キリクやバスカス団長も大丈夫なのはなぜだと思う？」

問われて再びマイヨは考え込んだ。

『キリクさんも、バスカスさんも、とても優しいし、いい人だし……』

「信頼だ」

「え？」

「二人は絶対に自分を傷つけるようなことはしないという信頼があるからだろう。違うか？」

言われてみれば確かにそうだとマイヨは思った。バードよりも更に大きく熊みたいな体軀で、声も大きいし態度が粗暴だ。初めて会った時、マイヨは怖くてリーブの後ろに隠れてしまったほどだ。しかし二度、三度と会ううちに、とても優しい人なのだと分かった。大きな声だが、いつも豪快に笑うばかりで、怖い表情など見たことはない。

何よりバードが全幅の信頼を寄せている相手だ。だからマイヨも信頼している。

「そうですね……信頼しています」

「友達を作れるかどうかはともかく、まずは信頼出来る相手を少しずつ作っていったらいい。そしたらリーブも安心するだろう」

「リーブ様が？」

「言っていただろう？　もう少し自分から離れて、一人で遊びにでも行けばって……いきなり友達を作ろうとしなくてもいいから、たまにはリーブと別行動してみたらどうだ？」

「別行動……」

考え込むマイヨの頭を、バードがくしゃくしゃと撫でた。

「ははは、結局お前を悩ませてしまったな……まあお前なりに色々と考えていることは分かっているから……焦らずがんばればいい。さあ、もう中に入ろう」

バードが立ち上がりマイヨに右手を差し出した。マイヨが顔を上げると、月の光の中であっても太陽のように輝く笑顔があった。マイヨはその手を取って立ち上がり、ようやく笑顔になった。

その夜、ベッドに入ったマイヨは暗い天井を見つめながら考えた。

『ボクはバード様とリーブ様に甘えすぎているのではないだろうか？　周りから憐れまれるのが嫌で、だからボクが酷い目に遭ったことを皆に知られているのが嫌だったけど、そんな風に思われる原因はすべてボク自身にあるのじゃないだろうか？　リーブ様は、ボクが悪いことをした訳ではないのだから、胸を張って生きなさいって言ってくれた。ボクのことを一番かわいそうな子って思っているのは、ボク自身なのかもしれない。でも今のボクはかわいそうか？　誰よりも恵まれているのではないのか？』

マイヨはバードやリーブと過ごしてきた幸せな日々を思い浮かべていた。限りない優しさと無償の愛で包んでくれたリーブ、少し不器用だけれどいつも優しく見守ってくれているバード。

赤の他人の自分を、何不自由なく育ててくれた。こんなに幸運なことがあるだろうか？

『世の中にはかわいそうな子供達はたくさんいる。ボクは幸運すぎるくらいだ。それなのにいつまでも守られているままでいい訳がない。お父さん、お母さん……ボクに勇気をください』

マイヨはゆっくりと目を閉じた。

「え？　マイヨ、貴方一人で巡回診療に行くと言うのですか？」

翌朝、朝食の席でマイヨが言い出した言葉に、リーブはとても驚いた。バードも少し驚いている。

「はい、何度もリーブ様と一緒に行って道も覚えたし、診療の仕方も分かりましたから、一人でも大丈夫かな？　って思ったので……リーブ様が薬師学校で教えている間に、ボクが巡回診療に行けば、週末にリーブ様は巡回診療に行かなくても良くなります。その代わり薬師学校のお手伝いが出来なくなりますけど」

「薬師学校の方は気にしなくても良いのです。それよりも貴方一人で行くなんて……大丈夫ですか？」

リーブはとても心配そうな顔をしている。

「この国には妖獣はいないし、シークの民も皆善良です。この国で危険な場所などないでしょう？」

「それはそうですけど……」

リーブはチラリとバードを見た。バードは平然とした様子で食事を続けている。

「でもこの国に犯罪がまったくない訳ではありません。他国から流れ着いた悪い人達もいます。強盗団に遭ったらどうするのですか？　そういう人達がいるから、国内警備師団がいるのですよ？」

「その台詞は、昔オレもよく言っていたな……お前も一応聞いてはくれていたんだ」

バードに横から茶々を入れられて、リーブは眉根を寄せてバードを見た。

「貴方は心配じゃないんですか？」

「心配だよ……マイヨ、行ってもいいが行くなら護衛をつける。オレが最も信頼する者を一人つける。いいな？」

「護衛……ですか？」

マイヨが困惑した様子で聞き返した。

「たまには一人で出かけろとは言ったが、城下町程度ならともかく、いきなり巡回診療に一人で行かせる訳にはいかない。強盗の心配もだが、行き先によっては森や山を通る。落馬など事故の心配もあるからな。一人の遠出に不慣れなお前を心配するのは当然だ」

マイヨは不服そうな顔をしたが、渋々「分かりました」と答えた。

「リーブもそれならいいだろう？」

「……そうですね」

リーブも渋々承知した。

二人揃って、同じように不服そうな顔をしているので、バードは思わず笑ってしまった。

「何がおかしいのですか？」

リーブが咎めるように言ったので、バードは口を押さえて首を振った。

「マイヨ、早速今日から行くつもりか？」

「はい」

「分かった。準備をしなさい。その間に護衛の者を連れてくる」

「はい……ありがとうございます」

マイヨは礼を言うと立ち上がって、自分の部屋へ向かった。

「バード……貴方、昨夜マイヨに何か言ったのですか？」

マイヨが去った後、リーブが眉根を寄せながらバードを問いつめた。

「いや……マイヨはマイヨなりに色々と考えているんだろう。お前も心配しすぎだ。ザイを護衛につける。それならいいだろう？」

リーブは尚も不服そうだったが、それ以上何も言わなかった。

マイヨが支度を整えて玄関に向かうと、そこにはバードとリーブとザイの三人が立っていた。

「マイヨ、これから護衛にはザイがつく。ザイならお前も良く知っているだろう。仲良くするんだぞ」

バードがそう言ってザイを紹介した。

「マイヨ様、巡回診療の護衛をさせていただきます。マイヨ様の足手まといにならないように努めます。よろしくお願いいたします」

ザイが一礼をして堅苦しい挨拶をした。

「マイヨ、くれぐれも無理はせず、道中はザイの言うことを聞くのですよ」

リーブがまだ心配そうにしていた。

三者三様の言葉に迎えられて、マイヨは玄関前にぼんやりと佇んでいた。三人の顔を見回す。それぞれにどう答えるか迷ったが、とりあえずペコリと頭を下げた。

「よろしくお願いします」

シーク王国の城代わりである頑強な造りの館。

小高い丘の上に立つその館は、石造りの低い塀とその周囲を厚く囲むように植えられた低木の垣根によって、一見外から丸見えのようだが逆に見晴らしを良くし、外部からの侵入を容易にさせない要塞だった。

高い城を構えず平屋作りの館なのも、ナーガ族独特の族長の住まいの特徴だ。

遠くから見た時に、外部の者はどれが主城だか一見では目星をつけられない。しかし館の方からは、周囲を良く見渡せた。

　上へ上へと作る代わりに、館の地下にはいくつもの地下室があり、地下迷路が張り巡らされている。

　城下町を出る頃には、振り向いても館を見つけることは出来ない。マイヨは分かっていても城下町を出る時は、決まって振り返ってしまう。

　マイヨが振り返る素振りをしたので、ザイが馬の脚を緩めた。

「あ……いいです、気にしないでください、なんでもありませんから」

　マイヨは慌ててザイに言った。

　館を出てから、これが初めてザイにかけた言葉だ。ザイは黙って頷き再び馬を進めた。緩い駆け足で、東へ向かう。

　マイヨは時々気にするように、並走するザイをチラリと見た。

　バードの人選は確かに間違っていないと思う。ザイは国内警備兵団の第一師団団長に二十二歳という最年少でなり、現在は国内警備兵団総括の団長を務める。とても優秀な人物だ。

　バードが外交に赴く際には、護衛として付き従う。バードの信頼は厚い。

　館の中にいることが多いので、マイヨもよく顔を合わせるからとても良く見知っている。それなのに、実のところほとんど会話を交わしたことがない。

『無口で堅物』。それがマイヨがザイに対して持っている印象だ。

　基本的に海の民だったナーガ族は、荒くれ者ではあるが、大らかで朗らかな性格だ。だからそんな中で、ザイは天然記念物並みに堅くて真面目だと思う。

　マイヨが知っている中で、『堅物』『真面目』な人間といえば、星詠みのクレーナ爺と、老学者のズゥ、元警備兵団師団長で現在剣術指南をやっているギルスぐらいのものだ。

　しかし三人共が、とうに六十歳を超えた年寄りで、昔気質の人間ならではの『厳格さ』のような気もするし……まだ二十七歳の若者であるザイを、同列に見るのも変な感じがした。

　出発して以来ずっと黙ったままで、こちらから話しかけない限り、言葉を交わしてくれそうにもない。

「ねえ、ザイ……ボクと一緒にいる時は、もう少し肩の力を抜いて欲しいんだけど……」

「べつに肩に力は入っていません……これが普通です」

　ザイの答えに、『ダメだ……』と心の中で呟いて、マイヨは小さく溜息をついた。


「おかえり……初めての一人での回診はどうでした？」

　館へ戻ると、リーブがニコニコ顔で出迎えてくれた。出かける時はとても心配そうにしていたので、マイヨは少し安堵した。

「はい、無事に終わりました。クッヅ村では、特に大きな病の者もいませんでした。在任している薬師のおかげで、熱を出した子供や怪我をした人など、軽い症状の人達の治療は滞りなく行われていました」

「それでは薬師は無事に務めをまっとうしているのですね。何か困っていたことはありましたか？」

「手に入らないという薬草をいくつか渡しておきました。他には特にすることもなく、時間が空きましたので、近隣のポルト村、パルマス村まで回りました。両村とも軽い症状の傷病者は、クッヅ村まで薬を買いに行っているようで、とても助かっていると村人達が言ってました」

「そうですか。まだまだすべての村に薬師を在住させることが出来ませんが、以前に比べれば助かっているようで安心しますね。でも疲れたでしょう。湯浴みをして夕食まで少し休みなさい」

「はい……それではそうします」

　マイヨはペコリと頭を下げて、自分の部屋へ戻っていった。

　マイヨはとても疲れていた。

　初めて一人で診療したというせいもあるが、ザイと一日一緒にいて、とても気疲れしてしまったのだ。

そもそもリーブ以外の誰かと、二人きりで出かけたことなど初めてだ。マイヨにとってはそれだけでも、かなり神経を使う。

ザイは、休憩や昼食の時はずっと無言だったし、予定を変更して近隣の村を回ることを告げた時も無言だった。国内警備兵団団長という忙しい役職の者を、巡回診療の護衛をさせて振り回すのは申し訳ない気もした。

あまりにも無言でいられると、怒っているのではないか？　という気持ちまで湧いてきて、とにかく気を遣ったのだ。

「あ……だけど少しも怖くなかったな……」

マイヨはベッドに倒れ込むようにして横になり、ふとそんなことを呟いたが、考える暇もなく眠りに落ちてしまった。


「お、おはようございます」

ダイニングルームに、マイヨが慌てた様子で現れた。昨日の夕方、巡回診療から帰ってきて、夕食までの間少しだけ休むつもりが、目が覚めたら朝だったので慌てて飛び起きたのだ。

「おはよう。昨夜、様子を見に行ったらとてもよく眠っていたからそのまま起こさなかったんですよ」

リーブが微笑みながらそう言ったので、マイヨは赤くなって頭を下げた。

「すみません」

「まあ夕食の分は、朝たくさん食べればいい」

バードが笑いながら、マイヨに座るよう促した。

三人揃って朝食を食べ始めた。

「ザイとはどうだ？　上手くやれそうか？」

バードに尋ねられて、マイヨは一瞬答えに迷ってしまった。その様子を見て、バードは察したように笑い出す。

「堅物だから扱いに困るだろう」

「そ、そういう訳では……」

マイヨは赤くなって返事に困った。

「ザイは真面目で良い青年です。無口ですけど、こちらから話しかければなんでも答えてくれますよ。話したくないから無視するなんてことは、絶対にしませんから安心なさい。彼は不器用なだけで、とても素直な人です」

「リーブは人を褒めるのが上手い」

「でも本当のことしか言いませんよ」

　バードが横から口を挟(はさ)んだので、リーブはそれをさらりとかわした。

「マイヨ、ザイに気を遣う必要はありませんよ。貴方の護衛についているのは、王の命令ですから任務に忠実なザイは、少しも不満になど思っていません。彼が道中無言なのは、真剣に任務を遂行(すいこう)しているからです。常に周囲に気を配り、どんな異変も見逃すまいとして貴方を守っています。だから貴方は安心して、彼を従えていればいいのです。でももしも貴方が、ザイをただの護衛として連れまわすのではなく、せっかくの道中和(なご)やかな雰囲気で行きたいと思うのならば、貴方の方から話しかける努力をしなさい。いつも相手に気を遣わせるばかりではダメですよ」

「気を遣っているのはマイヨの方だろう」

　バードがマイヨの気持ちを代弁してくれたので、マイヨは少し驚いた。目を丸くしてバードを見ると、バードはニッと笑い返す。

「もしもそうだとしたら、マイヨは気の遣い方を間違えているのでしょう」

「え？」

　マイヨは驚いて思わず声を漏らしてしまった。リーブと目が合って、恥ずかしそうに口を押さえる。

　リーブは微笑みながらスープを一口飲んだ。

「さっきも言ったように、ザイはただ真面目に任務を遂行しているだけです。そんなザイに対して、連れまわして申し訳ないとか、機嫌が悪いのではないかとか、そんなことに気を遣っているのならば間違いです。相手が話してくれるのを待つというのは、相手に気を遣わせていることです。貴方が無言でいることに耐えられないのならば、貴方の方から話をしなさい。病人を診察する時、貴方の方から色々と尋ねるでしょう？　それは症状を尋ねないと分からないからということもありますが、こちらから話しかけることによって、相手を安心させるという目的もあります。人間は言葉を使って互いに分かり合うことが出来ます。貴方がザイと少しでも親しくなりたいと思うのならば、貴方の方から話をしなさい」

リーブは決して厳しくはないが、淡々とした口調でマイヨに言い聞かせた。

「わ、分かりました」

「別にザイと親しくならなくてもいいんだぞ」

「バード」

ニヤリと笑ってバードが茶々を入れたので、リーブが窘めるように注意をした。そんな二人の様子を見つめながら、マイヨは考え込むように黙々と食事を続けた。

「おはようございます」

朝食を済ませて、出発の準備をしてから玄関へ向かうと、すでに馬を用意したザイが立っていて、こちらに礼をした。

昨日別れる時に、『明日は少し遠くのエンダの村に行きます』と言っておいたので、早々に用意をしてくれていたのだ。

「おはようございます」

マイヨはニッコリと笑って挨拶に答えた。

元気ハツラツな様子のマイヨに、ザイは少し驚いたらしく一瞬躊躇した後、マイヨの荷物を受け取った。

随分マイヨがニコニコとしているので、ザイは少し不思議そうな顔をしたが、それ以上は深く追及するつもりもないようだ。

マイヨはリーブの言葉を受け入れて、少し前向きにがんばろうとしていた。まずは自分の態度から改めなければならないと思った。昨日は初めて一人で巡回診療をするということもあって、リーブの代理としてがんばらなければと緊張していたし硬くなっていた。

いくらザイが堅物だからといって、マイヨまで硬い表情でいれば、『肩の力を抜いてもいいよ』なんて言っても説得力などない。

『マイヨが笑顔でいれば、周りも笑顔を返してくれますよ』

初めてリーブと一緒に巡回診療に行った時に、緊張して硬くなっているマイヨに、リーブがそう言ってくれた。言われた通りで、初めて行った村の人々は、皆笑顔でマイヨを迎えてくれた。

『まあボクがニコニコしたところで、堅物のザイがニコニコしてくれるとは思っていないけど……きっと少しは効果があるはずだよね』

マイヨはそう思って、馬で並走するザイをチラリと見た。

西にあるエンダの村までは、馬を軽く早足させて三時間弱の道のりだ。昨日行ったクツヅの村の倍の距離だが、昨日よりも早く出発したので時間はたっぷりすぎるほどある。

順調に馬を走らせて、半分ほど経た所で休憩することになった。道を少し外れた小さな池の畔(ほとり)で馬から下りて、ザイが馬に水を与える。

マイヨは側にあった岩に座り、水筒の水を飲んで一息ついた。

「ザイも座りませんか？」

「私は大丈夫です」

マイヨが思い切って声をかけると、ザイは即答して一礼した。

「ザイ……あの……ザイには兄弟っているんでしょう？」

マイヨは唐突に尋ねた。何か話をしたいと思って、勢いで尋ねてしまったのだ。ザイは少し驚いた顔をしたが、「はい」とだけ短く答えた。

唐突な質問の仕方ではあったけれど、口に出すことが出来て、なんだかひとつハードルをクリアしたような気分になった。マイヨは少し気を取り直して、更に質問を試みた。

「ザイは何番目なんですか？」

「私は末っ子です。兄が二人います」

「すごい！　男ばかり三人兄弟だと、家の中がとても賑やかでしょうね？」

「さあ……どうでしょうか……」

ザイは答えに困ったように首を傾げた。その返事を聞いて『まさか兄弟全員無口なのかな？』と思って、更に聞いてみたくなる。

「お兄さん達もザイに似ているのですか？」

「いいえ、私は養子ですから……血の繋がりはないので、家族とは似ていません」

真面目な顔で淡々と答えられて、マイヨは顔色を変えて口を手で押さえた。聞いてはいけないことを聞いてしまったと思い酷く後悔した。

「ご……ごめんなさい……あの、知らなくて……」

「え？　なんのことですか？」

本当に何を謝られているのか分からないという顔で、ザイは不思議そうに聞き返した。

「だから……ザイが養子だったなんて知らなくて……」

「知らなくて当然です。私の口からマイヨ様にお話ししたことはないのですから……それに陛下もそのことについて、わざわざマイヨ様に話されないでしょうし……別にマイヨ様が謝られるようなことは何ひとつありません」

「でも……」

そうは言ってもやはり申し訳ないと、マイヨは困惑しながら目を伏せた。

「私の目の色……何色に見えますか？」

ふいにザイがそう尋ねた。マイヨは戸惑いつつもじっとザイの目を見つめる。

「あ……青色……綺麗な青い色です」

「はい、ナーガ族は、黒髪に黒い瞳が普通です。私の母は異国の者で、私は混血児です。母は私を生んですぐに亡くなり、第一兵団の兵士だった父も、私が幼い頃に妖獣討伐中に亡くなりました。父と友人だったギルスが私を養子に迎えて育ててくれたのです」

「そうだったんですか……」

思いがけず彼の方から生い立ちを告げられて、マイヨはそれにどう答えればいいのか分からなくなってしまった。

「ごめんなさい……あまり言いたくないことだったでしょう？」

「いえ……別に平気です」

あいかわらず表情を崩さずに、ザイは話を続けた。

「両親が亡くなったのは、物心がつく前で……正直なところあまり覚えていないので特に悲しくはないのです。それに養子だとは言っても、実の子のように育てていただいたので、そのことについて感謝はしていますが、別に辛いとか……そういうことは思ってもみませんでした。ですからマイヨ様にそんな風に悲しいお顔をさせてしまって、逆に申し訳なく思います」

「そんな……ボクは……」

「マイヨ様は……本当にお優しい方です」

ふいにザイの口調が変わって、微かに笑みを浮かべたように見えた。


あっとマイヨはその顔を見つめた。『ザイが笑った!!』と心の中では大騒ぎだった。

思いがけない反応に、マイヨはとても嬉しくなって、笑みが零れまくるのを止めようと苦心するほどだった。


何事もなく数日が過ぎた。

その日も巡回診療から戻ってきたマイヨは、バード達と夕食を済ませて、早々に挨拶をして自室に戻っていった。

二人きりになり、バードはリーブを手招きして、自分の隣に座らせた。酒の入ったグラスをリーブに渡して肩を抱き寄せる。

「マイヨはザイと仲良くなっているみたいだな」

「はい、週に三日……三週目ですからお互いに慣れてきたのでしょう。マイヨがとても楽しそうで、安心しました」

「寂しいんじゃないか？」

　バードが酒を飲みながら、ニヤリと笑って言うと、リーブも酒を一口飲んでニッコリと笑い返した。

「寂しいのは貴方の方ではないのですか？」

　言い返されて、バードはムッと眉根を寄せた。だがそんな反応も分かっていたというように、リーブは楽しそうにしている。

「初日にザイとの関係で凹んでいたマイヨに、お前が随分厳しいことを言うから少し心配したんだが……お前が厳しくして良かったみたいだな。マイヨが強くなって驚いた」

「貴方の方が甘やかしていますからね……ふふふ……マイヨを養い子として引き取ろうと最初に言った時は、他人事みたいな顔をして……私に任せて自分は知らんなんて言っていたのに……今じゃあすっかりお父さんですよね」

「馬鹿を言うな！　オレはお兄さんのつもりだ」

　憤慨したようにバードが反論したので、リーブはクスリと笑ってバードに口づけた。

「私はマイヨのおかげで、家族というものを持つことが出来て感謝しています。最初は貴方が私を伴侶にしてくれて、かけがえのない愛する者の存在を知ることが出来て感謝しました。私は貴方がいれば何もいらないと、ずっとそう思っていました。もちろん……今もそうですけど……」

　話を聞きながらバードがリーブの腰を抱いて引き寄せたので、リーブはバードの頬に口づけて応えた。

「マイヨを育てることになって……親の真似ごとのようなことが出来て、貴方と三人で家族みたいになれて……私に見せる顔とは違う表情を、マイヨの前で貴方が見せる時……とても幸せな気持ちになれるのです。家族なんていうものは、自分には一生無縁だと思っていましたから……感謝します。マイヨにも、貴方にも」

「それはオレだって同じだ。だがまあ……最初は余計なものを拾ってしまったって後悔したけどな。お前を完全に独占されていたから……」

　二人は顔を見合わせてクスクスと笑い合った。

「さて、マイヨのおかげでお前は巡回診療に行かなくて良くなったから、毎週半分はオレと過ごす時間が出来て実にいいことだ。薬師学校は今日まで。明日は早起きしなくていいんだろう？」

バードはそう言いながら、持っていたグラスをテーブルの上に置き、リーブのグラスも取り上げて同じくテーブルの上に置いた。

「貴方は朝からお仕事があるでしょう？」

「オレのことは気にするな」

不敵な笑みを浮かべながらリーブを軽々と抱き上げて、そのまま寝室に連れていき、ベッドに下ろしてその上に覆いかぶさった。鼻先が触れるほど顔を近づけて、バードが囁くように言った。

「今まで週一しか出来なかったが、マイヨのおかげで、週三もリーブと睦み合えるようになるなんて……本当に孝行息子だ」

「外出する仕事が減ったからといって、私は暇になった訳ではないのですよ。第一……週三なんて許した覚えはありません」

「まあ、気にするな」

不満そうに反論するリーブの唇を塞ぐように口づけをした。リーブの口内にぬるりと熱い舌が入り込み、舌を絡めとられる。

バードの強引な行為に、リーブは特に抵抗はしなかった。

リーブの服の裾をたくし上げて、柔らかな太腿の間にバードの武骨な手が滑り込む。

「あっ……んんっ……」

リーブはいきなり性器を握られて、驚いたように目を見開き、びくりと体を震わせた。バードの手が容赦なくリーブの性器を扱き始める。リーブは唇を貪るように吸われて、声も出せずに苦し気に眉根を寄せて喉を鳴らした。

ふとバードが唇を離したので、リーブは喘ぎ混じりの荒い息を吐いた。頬を上気させて眉根を寄せながら潤んだ瞳で、目の前にあるバードの瞳を見つめる。

「バード……こんな……いきなり……酷い……あっああっ」

バードは体を起こして、もう片方の空いている右手も、リーブの太腿の間に滑り込ませた。奥まで手を入れて後孔を探り当てると、右手の中指を挿入させた。

「あっああっあっ……バード……ダメっ……ああっ」

前も後ろも同時に愛撫されて、リーブは身悶えながら喘ぎを漏らした。すでに硬くなっている性器からは、蜜が溢れ出している。後孔を解すように指を動かして、リーブの中をまさぐる。

「ああっ……バード……やめて……ああっあああぁぁっ」

リーブの腰がぶるりと震えて、バードが握る性器から白い精液が吐き出された。

リーブは息を乱しながら、薄く目を開けてバードの姿を捜した。するとバードはさっきまでリーブの性器を弄っていた左手を見つめて、そこに付いた精液をペロリと舐めていた。

「バ、バード！」

なんてことをするのですか！　と思いながらも、あまりの衝撃に声にならず、リーブは耳まで赤くして羞恥に震えた。バードはそんなリーブを見つめてニッと笑う。

「酷い……バード、なんてことをするんです」

「たまには酷いことをしてもいいだろう？」

「いい訳がないでしょう！」

「そう怒るな……一度だけ……一度だけ酷くしてみたかったんだ。お前がそうやって狼狽えるのを見たかった。もうしないよ……愛して……うっ」

バフッと枕がバードの顔に直撃したので、バードはそれ以上の言葉を言えなかった。

「もう知りません！　私は別の部屋で寝ます！」

「リ、リーブ！　悪かった！　もうしないから！　リーブ!!」

慌てて謝るバードを置いて、リーブはさっさと寝室を出ていってしまった。

「それで先週からずっとバード様とリーブ様は喧嘩

をしたままなんですよ」

　翌週、巡回診療に向かいながら、マイヨはザイにそんな話をしていた。

「ああ……リーブ様のご機嫌がよろしくないという話は伺っています」

「喧嘩の原因は分からないのですが、バード様が何かをやってリーブ様を怒らせてしまったみたいで、バード様がどんなに謝っても許してもらえないようなのです。もう四日も経つのに……それで心配で……」

「お二人の喧嘩はいつものことですから……一緒に食事は摂られているのでしょう？」

「はい」

「ならば大丈夫ですよ。じきに何事もなかったかのように仲直りなさいます」

「キリクも同じようなことを言っていました」

　マイヨがそう言うと、ザイが少し微笑んだので、マイヨは嬉しくなった。

「ザイ……あのね……」

「なんでしょうか？」

「ザイはボクと……その……友達に……」

　マイヨが嬉しそうにそう言いかけた時、突然馬が激しく嘶き大きく前足を蹴り上げて、後ろ足で立ち上がった。マイヨは振り落とされそうになりながら、必死で手綱を握る。

「ドオ……ドオドオ……どうした！　落ち着け！」

　ザイが手綱を引いて、どうにか馬を宥めながら、マイヨの乗る馬の喉革を摑んで一緒に静めた。二人の乗る馬はひどく興奮していたが、なんとか抑えることが出来た。

　ザイが前方を見ると、道の真ん中に小型だが異様な容姿をした黒い生き物が、こちらに向かって威嚇の姿勢を取っている。

「あれはまさか……妖獣!?」

　ザイは信じられないという顔で呟いた。

　シークには妖獣はいないはずだ。『石』に守られてきたこの国には、妖獣は存在しなかった。それなのに、なぜ目の前に異形の姿の獣がいるのか？

ザイは信じられないながらも、今は戦うしかないと、剣に手を掛けながら馬を下りた。

「マイヨ様……馬を下りて、後ろへお下がりください」

「え!?」

「さあ、お早く」

マイヨは言われた通りに馬から下りた。ザイの馬の手綱も取り、二頭の馬を引いて後ろへ下がる。

「剣士殿……大人しくしてもらおうか」

近くの林の中から、そう言って男達が十人ほど現れた。

「何者だ？　どこの国の者か！」

彼らの服装や容姿から、他国の者だと分かる。

「そちらの金の髪の美しい方は、国王縁の方とお見受けする」

ザイはその言葉に眉根を寄せた。

「貴様らに答える筋合いはない……大人しく道を空けてもらおうか」

ザイは剣を抜いて、男達を牽制した。妖獣は赤い口を開けて今にもこちらに飛びかかろうとしている。

『妖獣と……男達が十人……いけるか？』

ザイは間合いを計りながら考えていた。

「命は大事にするもんだ」

リーダーらしい男が、ニヤリと笑って剣を抜いた。

「同感だ」

ザイは無表情のまま答えると、同時に男達へ斬り込んでいった。その動きはとても素早かった。

最初にザイに一太刀で斬られた男は、剣を交える暇も与えられなかった。一瞬にして腕を斬り落とされて倒れた。続く返しの剣で、隣の男も背中を斬られて倒れた。

「うわっ！」

男達は動揺して陣形を乱す。キィィインッと、リーダーの剣とザイの剣がぶつかり合う激しい金属音が響いた。

「くそぉ!!」

別の男が横から斬りつけてきたが、ザイは素早くかわして左手で短剣を抜き、その男目掛けて投げつけた。短剣は見事に男の右肩に刺さり、男は「うわあ」と呻きながら、剣を落として蹲った。

ザイは一度強く剣を押し付けてリーダーの体を反らせると、反動を使って後ろに退いた。

改めて剣を構え直して、再びリーダーに斬りかかる。その間は一瞬のことで、リーダーの方はまだ体勢を立て直していなかった。

ザイの剣の切っ先が空を切って、リーダーの右手の手首を斬りつけた。リーダーの手から剣が落ちる。その隙をついて、もう一太刀浴びせた。ザイの剣はリーダーの脇腹を斬りつけて、辺りに血しぶきが飛び散る。

リーダーは呻き声を上げながらその場に倒れた。

男達はたじろいで、その場から動けなくなっていた。ほんの一瞬でリーダーを含む四人が倒れたのだ。ザイが只者ではないことは、どんなに愚かな盗賊でも分かるだろう。

『常套手段では敵わない』

残った男達はそう考えた。次の刃が自分達に向けられていることに恐怖を感じながら、ジリリと後退りしてザイとの間合いを取る。

その時シャアアアという奇怪な唸り声に、一同ははっと我に返った。

『我等には妖獣がいた』

男達は一斉にその方を見た。

ザイも視線を向ける。

大きさは大型の犬ぐらいだ。それほど難しい相手ではなさそうだが、ザイは妖獣と戦ったことはまだなかった。

鋭い鈎型の爪が生えた前足、牙も鋭い。後ろ足が体に対してかなり大きいので、ジャンプ力があるのだろう。飛びかかってくる一瞬を逃したら、かなり危険だと思った。

ザイが妖獣を警戒していることに気づいた男達は、今がチャンスとばかりにザイに斬りかかった。

しかし流れるような動きで、ザイは一瞬にして二人の男を斬り倒した。

『相手が悪い』

さすがに男達はそう思って、じりじりと退く。

その時何かを合図にしたように、突然妖獣が地を蹴って飛びかかってきた。

ザイは咄嗟に剣を真横に構えて、妖獣を迎え撃った。妖獣の鋭い爪を、なんとか剣でかわしたが、鋼のように硬い爪は剣で斬れなかった。ずしりと腕に重みを感じて手が痺れるようだ。

妖獣は力が強い。まともにやり合っていては、こちらが不利になる。どう戦えば良いのか……ザイは相手に隙を見せないように、神経を尖らせながら戦法を懸命に考えた。

『来る』

殺気を感じてザイは、剣を強く握り直した。

「クッ……」

二度目に飛びかかられた時に、少し体がグラリとよろめいてしまった。その瞬間、妖獣の鋭い爪が、ザイの肩を裂いた。マントも固い革の甲冑も切り裂かれ、その鋭い爪はザイの左肩の肉を斬った。

痛みに耐えながら力を振り絞り、ザイは剣で妖獣を弾き飛ばした。

ガクリと片膝をつきそうになったが、なんとか踏みとどまる。肩の傷が焼けるように痛んだ。次の攻撃に耐えられるだろうか……一瞬不安を覚えた。

今まで戦ったことのない正体不明の獣。その俊敏な動きも、全身武器のようなその体も、ザイの戦闘経験にないものだ。

それにしてもこれほどまでに凶暴な生き物が、この正体不明の男達の最強の武器だなんて……そう思った時に、ふと違和感を覚えた。飼いならされた家畜ならともかく、妖獣がなぜ自分にだけ攻撃を仕掛けてくるというのだろうか？　なぜこの男達は無事なのか？

目の端に映る他とは違う雰囲気の男に気がついた。頭から黒い布を被り、剣を持っていない男。

少し離れた所から、ずっとこちらを窺っていた。

『妖獣使いか？』

ザイはそう思った瞬間、足元に転がっていた倒した敵の剣を足で蹴り上げて右手に持つと、その黒ずくめの男目掛けて力の限り投げつけた。

ふいを突かれたのか、剣は見事に男の左腹に突き刺さった。

「ぐわぁぁ……」

男はその場に崩れるように倒れた。それが切っ掛けだった。妖獣はまるで鎖を解かれたかのように暴れ始めた。

それまでの規則的な戦い方とは明らかに違っている。近くの目に付く物に、無作為に襲い掛かった。運悪くすぐ側に立っていた敵の男が襲われた。喉笛に深く噛みつき、妖獣は一瞬で男を殺した。

それに驚いた他の男達が悲鳴を上げて逃げ惑う。妖獣はまるで逃げ惑う相手を好んで仕留めるかのように、次々と男達に飛びかかっていった。

それまで戦っていたザイのことは、目にも入っていないようだ。しかし獲物がなくなれば、すぐにザイへ……そしてマイヨへと標的が変わることは分かっている。

『仕留めるのなら今だ』

ザイは剣を構えて、慎重に妖獣へ近づいた。最後の男に襲い掛かっているその背後に素早く近づくと、渾身の力をこめて妖獣の背中を剣で突き刺した。

鳥肌の立つような奇妙な断末魔の叫びを上げて、妖獣がもがき苦しんだが、ザイは力を緩めることなく、全体重をかけながらズブズブと剣を深く刺していった。

剣は妖獣の体を貫き、妖獣が食らいついていた男の体も貫いていた。しかし男の方は、とっくに喉笛を食い破られて果てている。

串刺しにされた男と妖獣はドサリと地面に倒れた。ザイは妖獣を足で踏みつけて、深く刺した剣を力任せに引きぬくと、バッと赤黒い血しぶきが上がったが、返り血にまみれながら、もう一度とどめの一撃を放った。


そこは血の海と化していた。酷い惨状だった。

ザイは肩で息をつきながら、妖獣の屍(しかばね)を見つめていた。ズキズキと肩の傷が痛む。焼けつくような痛みが、肩から腕へと広がっていくようだった。

妖獣の体から剣を引きぬくと、ズキンとまた傷が痛んで「うっ」と思わず唸った。

「マイヨ様……」

放心していたザイは、はっと我に返りマイヨの名を呼んだ。振り返るがそこには誰の姿もなかった。不安になり目が四方をさ迷う。

「マイヨ様！　マイヨ様！」

「ザイ？」

ザイが大声でマイヨを呼ぶと、道外れの林の中から、馬を引いてマイヨが現れた。マイヨは戦闘が始まった時に、馬と共に林の中へ身を隠したのだ。

マイヨは、リーブから剣と防御魔法を教わっていたが、決して自ら戦いには参加してはならないと、リーブからもバードからも強く言われていた。

万が一の為にザイがいてくれるのだ。すべてをザイに任せるようにと言われていた。

敵に囲まれ逃げ場のない時ならともかく、もしも逃げる手段があるのであれば、戦ってくれるザイの足手まといにならない為にも、身を隠すようにと教わった。

『ザイは、貴方を守る為にすべてを懸けるでしょう……だからザイを信じて、貴方はただ彼の足手まといにならないことだけを考えるのです……分かりますね？』

リーブの言葉通り、マイヨはすぐに林の中へと逃げ込んだ。

ザイは強い……きっと大丈夫。そう心の中で何度も思いながら、ずっと祈り続けていた。

何がそこで起きたのかは分からなかった。悲鳴とか色んな音が聞こえてきたが、ずっと耳を塞いで祈り続けていた。

そしてようやくマイヨを呼ぶザイの声に気づいて、喜んで出てきたのだ。

道へと出てきて、ザイの姿を見て、マイヨは思わず悲鳴を上げそうになった。

全身黒い服装だったので一見分かりにくかったが、

る。その顔は血まみれで髪も血に濡れていた。マントの左肩の部分が破れていて、真っ赤な傷口が見えてい

「ザイ！　ザイ！」

マイヨは駆け出していた。

「マイヨ様……」

ザイはその姿を見て、ホッと安堵した。その途端、ズキズキと肩の傷が痛んで、ザイは肩を押さえながらガクリとその場に膝をついた。

「ザイ！」

マイヨはザイに駆け寄り、その体中を調べるように見た。全身が血で濡れていたが、傷は左肩だけのようだ。

「マイヨ様、どこもお怪我はありませんか？」

「ボクはどこも……それよりも肩の傷を見せてください」

破れた服の隙間から、まだ血が流れ出ている傷口を見た。

「これは……剣で斬られた傷ではありませんね？　さっきの妖獣にやられたのですね？」

「はい、爪で裂かれました」

「酷い……早く手当てをしなければ……」

マイヨはキョロキョロと周囲を見た。

「ここはどこの辺りでしょう……一番近い村は……」

「今来た道を半刻ほど戻って、二又に分かれていた所がありましたよね？　あれを右の方へまた半刻ほど走ればクッヅの村へ行けます」

ザイは苦しげに顔を歪めながら説明をした。傷の痛みが酷くなっているようだ。

「それでは一刻もかかってしまう……この近くに川は？」

「その……林の奥にあるはずです」

「ザイ、馬に乗れますよね？　川まで行きましょう」

マイヨは急いで馬を連れてきた。ザイは気力を振り絞って立ち上がり、馬の背になんとかよじ登る。

マイヨは手綱を取り、馬を引いて足早に林の中へ入っていった。木々を避けながら、急いで奥へ進む。

マイヨは酷く焦っていた。ザイの傷が心配でならな

い。妖獣に受けた傷は、普通の傷とは違う。早く治療をしなければ、傷口からどんどん腐っていくのだ。

しばらく歩いていると、やがて水音が遠くに聞こえてきた。

「川だ」

マイヨの顔がようやく明るくなり、更に急いで音のする方へ向かった。林が開けて目の前に流れの速い小川が現れた。

「ザイ……川です」

マイヨはそう言って、馬上のザイを見た。

ザイは辛そうな顔をしていたが、マイヨと目が合うと微笑んでみせた。

「下りられますか?」

「はい」

ザイは小さく唸りながら、なんとか馬から下りることが出来た。マイヨに手を引かれて、川辺まで行くとその場に座らされた。

「上着を脱いでください」

マイヨに言われて、ザイはマントを外して、革の甲冑も外した。マイヨはその間、急いで馬の鞍(くら)に結び付けていた麻袋を下ろしていた。

袋を開けて、中から治療道具を取り出す。革をなめして作られた水筒と、いくつかのガラスの小瓶を手に取り、川の水を水筒に汲んだ。

そして水筒の中に、小瓶の中の液体を数滴垂らしながら呪文を唱える。それが終わると、右手の人差し指と中指を二本真っ直ぐに合わせた形で、何か文字を書きこむように、水筒の側面にクルクルと指を滑らせた。

すべてが終わると、急いでザイの下へ駆け戻った。

上半身裸になったザイは、岩に背中を委ねて横になっていた。顔色が悪い。

左肩の傷口が紫色に変色し、赤黒いドロリとした血が、まるで膿(うみ)のように少しずつ流れ出ていた。

上腕まで青く変色している。

その姿にマイヨは少し動揺したが、心を落ち着けるように大きく深呼吸をして、綺麗な布を傷口に当ててその上から先ほどの水筒の水をゆっくりとかけていった。

「うっ……」

傷が痛むのか、ザイは小さな唸り声を上げた。

「妖獣から受けた傷は、毒に冒されています。このままでは傷口から腐っていくでしょう。まずは聖水で傷口を清めて、毒の進行を抑えます。……痛みますが、耐えてください」

マイヨの言葉に、ザイは黙って頷いた。

水筒の水をすべてかけ終わると、マイヨは道具袋の中から、革張りの小箱を取り出した。蓋を開けて中から乾燥した葉を五枚取り出した。赤い小瓶を手に取り、中の液体を葉に振りかけた。呪文を唱えると、葉が一瞬金色に輝く。

マイヨはザイの傷口に当てていた布をそっと上げて、傷口に直接その葉を押し当て再び布を被せた。袋から包帯を取り出して、傷口に巻いていく。

とりあえずの応急処置を終えて、マイヨは小さく溜息をついた。

そして休む間もなく、再び道具袋から携帯用のランプと素焼きの器を取り出した。器の中に幾種類もの薬草の粉を入れて、青い小瓶の液体も数滴振りかけた。そこに川から再び汲んできた水を少し注いだ。

ランプに火を点けて、その液体の入った器を炙（あぶ）りながら、呪文を唱えてスプーンで中の液体をゆっくりとかき混ぜる。怪しげな色をしていた液体が、やがて水と変わらないほどに無色透明に変わった。

マイヨは火を消して、器を手に取りザイの下へ戻る。

「ザイ……ザイ……これを飲んでください」

マイヨはザイの耳元で囁いて、すでに朦朧としているザイを起こすと、器の液体を飲ませようとした。ザイも口を開いて飲もうとしていたが、体が上手く動かないらしい。

「ザイ……しっかりしてください……ザイ……」

マイヨの呼びかけにザイは、薄く目を開けて唇を動かした。

「何？　……ザイ……何？」

耳をザイの口元へ寄せた。

「マイヨ様……ここで……夜を明かすのは……危険です……私のことはこのまま……ここに置いて……館へ……お戻りください……馬を飛ばせば二刻ほどで……帰れます……陽のあるうちに……早く……」

「ダメ……ザイを置いてなんか行けない」

マイヨは泣きそうになりながら、首を激しく振った。

「私は……大丈夫ですから……先ほどの……奴らの仲間が……他にいないとも……限りません……早く……」

「それならなおさら……このままザイを置き去りになんて出来ません！　ザイが死んでしまう……置いてなんか行けない」

マイヨはポロポロと涙を零して、ザイの体にしがみついた。

「マイヨ様……早く……」

マイヨは泣きながら首を振り続けた。器の中の液体を口に含み、ザイに口移しで与えた。三度それを繰り返して、すべてをザイに飲ませると、ゆっくり唇を離してザイを見つめた。

青白い顔。本当はもっと体を温めて、傷口を聖水に浸さなければいけなかった。ここは少し肌寒いし、川の水も冷たい。

今施している治療は、あくまでも毒の進行を抑える応急処置だ。傷口から完全に毒を取り除くことは出来ない。

それに傷を受けてからかなり動き回ったようだし、時間も経っていたから、毒が体に回り始めている。このままでは左肩も左腕も腐ってしまうだろう。

マイヨには、妖獣から受けた傷口の処置は出来ても、体内に入ってしまった毒を消し去る強力な治癒魔術は使うことが出来なかった。

それに体力も落ちている。ここでこんな状態で寝かせていては、体温も奪われてしまう。

「リーブ様……助けて……ザイを助けて!!」

マイヨは涙が止まらなかった。自分の非力さを恨んだ。

『これがリーブ様だったら……ザイと共に戦えたの

に……そしたらこんなことにはならなかったのに……どうしよう……どうしたらいい？』

　マイヨは天を仰いだ。

「神様……ザイを助けてください……どうか助けて……」

　その時、一羽の黄色い小鳥が空から舞い降りてきて、マイヨの肩にチョンととまった。

「神様……」

　マイヨは小さく呟いて、その小鳥に指を差し出した。小鳥は逃げることなく、マイヨの指に飛び乗った。それを見てマイヨの脳裏に、リーブに教えられた呪文が甦った。こんな長距離で、試したことはないけれど、今はもうそれしか方法がなかった。

　マイヨは小鳥に向かって呪文を唱え始めた。まるで歌を歌うような柔かな旋律の詠唱。小鳥はじっと聞き入るようにしていた。マイヨは呪文を唱え終わると、小鳥を空へ放した。小鳥は真っ直ぐ西の空へ飛んでいった。マイヨは祈るようにそれをいつまでも見つめていた。


「リーブ様……こちらの古文書は、傷みが酷くて読み取りも難しい上に……このままの保存も厳しいですな」

　老学者がそう言いながら、リーブの下へボロボロの本を持ってきた。

「どれ？　ああ……これならまだ大丈夫……読み取り可能ですから、新しく書き写しましょう」

　リーブは定期的に、館の地下にある書庫に眠っているたくさんの古い書物の整理を手伝っていた。

　それまで何年もかけて、学者達がやってきたことだが、リーブが手伝うようになってから、かなり整理も進むようになっていた。

「ん？　なんだか外が騒がしいですね……」

　部屋の外でバタバタと騒ぐ音がする。

「ちょっと見てきます」

　リーブは学者にそう言うと、階段へ向かった。

「危ないことには首を突っ込んではなりませんぞ！」

後ろから学者達の注意の声を受けて、リーブは苦笑した。

「大丈夫ですよ……今まで危ないことに首を突っ込んだことなどないじゃないですか」

リーブは鼻歌を歌いながら階段を駆け上がっていった。

「騒動が大好きなんだから……」

「困ったお人じゃ……」

学者達は、そんなリーブを溜息混じりに見送った。

リーブは階段を上って、一階の廊下に顔を出すと、辺りをきょろきょろと見回した。遠くで兵士達が何やら騒いでいる。その様子は特に緊迫感がないので、悪い事件でもなさそうだ。

「なんだろう?」

リーブが首を傾げていると、兵士が走ってきた。

「何かあったのですか?」

「あ！　リーブ様！　なんだか向こうで、小鳥がリーブ様を呼んでいるらしいんですよ」

「小鳥？　……それ、誰かの名前？」

「いえ……小鳥です……空を飛ぶあの……館の中に突然飛び込んできて、ピイピイ鳴く代わりに『リーブ様、リーブ様』って言うらしいんです。珍しいから、みんなが捕まえようとして追い掛け回しているのです」

「それは……」

リーブは何かを察したのか急いで兵士と一緒にその騒ぎの方へ走っていった。

「リーブ様……リーブ様」

確かに、小鳥はそう鳴いていた。

「あれは……」

リーブが何かに気づいた時、小鳥もリーブに気がついたようだった。真っ直ぐに飛んでくると、リーブの肩にとまった。

「あ！　リーブ様」

「もう大丈夫……貴方達は持ち場に戻りなさい」

「は……はい、失礼しました」

兵士達は赤くなって、慌てて散り散りに自分の持ち場へ戻っていった。

「さあ……どうしたのですか？　貴方はマイヨの使いですね？」

　リーブは手を差し出して、肩に乗っていた小鳥をその手に乗せて、一言呪文を唱えた。

「リーブ様、助けてください。ザイが妖獣に傷を負わされてしまって、このままではザイが死んでしまいます……お願い、助けてください、助けて!!」

　小鳥の口から出てきたのはマイヨの声だった。リーブはそれを聞いて顔色を変えた。

「バード！　バード！」

　リーブは叫びながらバードを捜して、館の中を走り回った。小鳥もその後をついていく。

「リーブ……一体何事だ？　そういえばお前の名前を呼ぶ小鳥が……」

　リーブの声を聞いて、バードが執務室から出てきた。リーブが廊下の向こうから走ってくる。

「バード！　貴方の兵を数人私に貸してください」

「なんだ？　一体どうしたんだ」

　リーブのただならぬ様子に、バードも真剣な表情に変わった。


　その光景は、とても酷いものだった。道には血溜まりがいくつも出来ていた。そこかしこに死体が転がっている。

　バードとリーブは一個小隊を引き連れて、小鳥に先導されながら、全速力で現場に辿り着いていた。辺りは夕日に包まれていて、血の海を更に赤く映えさせている。

　バードとリーブは馬から下りると、その場所を良く見て確認した。まずはその死体の中に、ザイやマイヨがいないことを確認して安堵する。

「こっちは……剣で殺されているな……この一太刀で見事に倒しているところを見ると、ザイの仕業だろう……」

「こっちは獣に嚙み殺されています……あっ……バード……これを」

　リーブが黒い塊を見つけた。妖獣の死骸だった。

二人は顔を見合わせた。

「まさかと思ったが……確かにこれは妖獣だ」

「シークには妖獣はいないはずですよね？」

リーブに改めて言われて、バードは厳しい表情で妖獣の亡骸を見つめた。

「剣でとどめを刺している……ザイが戦ったんだな」

「一体ここで何があったのでしょうか……二人の姿がありません」

リーブは辺りを見回した。小鳥が林の方へと誘っている。

「向こうに行きましょう」

「お前達は、こいつらの身元を調べろ……残りはついてこい」

バードは兵士に指示すると、リーブと共に再び馬に乗った。

「たぶん……池か川を探して移動しているはずです……この奥には小川がありましたよね」

「ああ、小川がある」

馬を走らせて林を駆け抜けた。暗くなる前に二人を捜し出す必要があった。

「川の音だ」

バードの言葉に、リーブは頷いた。

「マイヨ！　マイヨはいますか！」

「リーブ様！」

マイヨの声に、リーブはホッとしてバードを見た。バードも安堵したように頷く。林を抜けると小川があった。泣き顔のマイヨがこちらに走ってきている。

リーブは馬から飛び下りて、マイヨの下へ駆け寄り抱きしめた。

「マイヨ……大丈夫ですか？　怪我は？」

マイヨの額に口づけて、その涙に濡れた頬を袖で拭ってやった。

「ボクはどこも……それよりもザイが……ザイが……」

マイヨに手を引かれて、リーブはザイの下へ向かった。リーブはザイを見て顔を曇らせる。その場に座り、巻いてある布を外して傷口を見た。

「リーブ様」

「大丈夫です……貴方の応急処置は正しいですよ」

リーブはそう言いながら、その傷口にそっと手を当てた。目を閉じて、大きく息を吸い込むと、呪文を唱え始めた。長い長い詠唱だった。リーブの手が、ポォッと光を帯びている。皆はただ黙ってそれを見守り続けていた。

辺りが少し薄暗くなり始めた頃、ようやくリーブの詠唱は終わった。

「リーブ様……ザイは？」

「大丈夫です……体内の毒はほぼ消し去りました。でもこれだけでは、この傷は癒えません……早く聖水で清めなければ、傷口は腐ってしまうでしょう。早く館へ連れ戻りましょう」

バードの指示で、兵士達の手によってザイの体は運ばれた。

「先に帰っていてくれ、オレは残って、あの輩の正体を調べる」

「分かりました……お気をつけて」

リーブはバードに軽くキスをすると、マイヨを自分の馬に乗せた。

「帰りましょう」

リーブはマイヨとザイを連れて館へ戻った。


「ザイ……なんだその格好は？」

バードが呆れ顔で言った。

別にザイが変な格好をしている訳ではない。むしろいつもと変わらぬ軍服をピシリと着ている。だがザイは現在自宅療養中のはずだ。

執務室へ呼び出されたザイは、バードの前に膝をついて一礼すると、バードの言っていることが分からないというような顔をした。

「大変ご迷惑をおかけしてしまいましたが、お蔭様で傷も癒え、今日から野盗捜索の任に加えていただくつもりで参りました」

ザイはいたって真面目な顔でそう告げた。バードは片眉を上げて、呆れたように小さく溜息をついた。

「お前が出てきていると聞いて、まさかと思って呼んだんだ。まあそんなこったろうと思ったが……リーブに見つかったら、また怒られるぞ」

バードの言葉に、ザイは少し困惑した表情を見せて俯いた。

事件があったのは四日前だ。救出されてから丸二日ザイは昏睡状態にあった。意識を取り戻したら、聖水に満たされた桶の中に寝かされていて、その側でマイヨが泣いていた。自分が助かったのだと思うより先に、マイヨが無事だったことに安堵した。

なぜマイヨが泣いているのか分からなくて、宥めようと起き上がっていたらリーブが部屋に入ってきた。絶対安静なのだとリーブに散々叱られて、その上術をかけられて、大人しく（強制的に）さらに丸一日眠らされてしまった。

次に目を覚ました時には、リーブが側で見張っていて『聖水での清めは無事に終わりましたが、まだ貴方の体は療養が必要です。今日はこのまま家に帰って、静かに休んでください。一週間は外出禁止です』と、キッパリと言われてしまったのだ。

しかしザイは一日休んだだけで、こうして出勤してきていた。

ザイは遭遇した男達についての報告をまだしていなかったし、バード達が国内の捜索を行っているのも聞いたから、家で大人しく寝ていられなかったのだ。

「バード様、私の体の方は、お蔭様ですっかり回復致しました。野盗と遭遇致しました唯一の証人としては、この捜索に加わらない訳には参りません。どうぞ私に命令を下してください」

バードはそれを聞いて、困ったように頬を掻いた。

「お前を捜索隊に任命なんかしたら、オレがリーブに怒られちまう。まあ、どちらにしても、詳しい状況は聞くつもりでいたから……報告はさせるつもりだったが……実はリーブから、お前を一週間の自宅謹慎に処するように言われているんだよ。そうでもしないとお前がすぐに出勤してくるってね。まあ実際こうやって来てるし……」

「そんな……」

ザイはバードの話を聞いて、納得し兼ねるというように不満そうな顔をした。

「という訳でお前を呼んだのは、詳しい話を聞きたかっただけだ……そんな甲冑まで付けてこられては困る……平服で構わんのだよ……平服で」

「ですが……」

「ああ……もういい……さっさと話を終わらせよう……そしてお前は即家に帰るのだ」

「バード様！」

「聞かん聞かん……お前の抗議は聞かんぞ……お前にはすでに十分すぎるほどの働きをしてもらった。リーブでなくても、しばらく休んでいて欲しいと誰もが思うだろう。もちろんオレもだ。あれがお前でなかったら、とっくに殺られていたし、マイヨだって無事ではなかった。今はしばらく回診を中断するように、マイヨには言ってあるが、今後もマイヨの護衛をお前に任せたいと思っている。その為にも、万全に体を治してもらう必要がある」

バードに感謝されたのに、ザイは表情を曇らせて深く項垂れた。

「本当は全員殺すはずではありませんでした。彼らの目的を探る為にも、幾人か生かして捕らえるつもりでした。手足を斬る程度で手加減したにもかかわらず、その者達は妖獣に殺されてしまい……妖獣相手が未経験だった為倒すのに手こずりました。そのせいで、捜索が困難になってしまった。どうか汚名返上させてください。私も捜索隊に加えてください」

ザイは必死に訴えた。

「ダメだ……これは、オレの命令だ。とにかく今はお前を働かせる訳にはいかん。一週間とは言わないが、せめてあと二、三日は体を休めろ。お前は今まで妖獣と戦ったことがないから知らないのだろうが、妖獣から受けた傷をなめたらいかん。お前の実の父だってそれで死んだんだぞ！　オレはそうやって命を落とした者をたくさん見てきた。お前はオレの大切な部下だ。お前の働きを誰よりも期待しているのはオレ自身だ……今後の為にも……分かったな？」

バードの強い眼差しと強い口調で、ザイはそれ以上刃向かうことを許されなかった。かなり不本意ながら、従うことにした。

ザイは、野盗の特徴、妖獣のこと、妖獣使いのこと、分かる範囲の情報をすべてつぶさに報告すると、大人しく家へ帰っていった。

「ピクニックに行きません？」

突然リーブがそんなことを言い出したので、バードは目を丸くして返事も出来ずにじっとリーブを見つめていた。

「なんですか？　そんな顔して」

リーブはおかしそうに笑い出した。

「いや……今、お前、なんて言った？」

「え？　聞こえませんでした？　ピクニックに行こうって言ったんですよ」

リーブはニッコリと笑って言った。再びバードは無口になってしまった。しばらくの沈黙の後、ようやく頭の整理がついて、言葉を発することが出来るようになった。

「正気か？」

「え？　ピクニックに行くくらいで……別に正気も何もないでしょう？」

「今……どんな状況か分かっているよな」

バードは敢えて聞きたくなかったことだが、試しに聞いてみた。

「別に関係ないでしょ？」

「何が」

「ピクニックと、先日の野盗とは」

あっけらかんとした様子でリーブが言ったので、バードは大きな溜息をついた。

「ザイの報告によると、マイヨが我々に関係しているのを知った上で、襲ってきたんだぞ？　その目的がなんなのかは分からないが、オレかお前かマイヨか……シークの王と家族を狙っているのは間違いないんだ。そいつらの所在とか、どこの国の者かとか、まだ他に仲間がいるのかとか、そういうものを今全力で捜索しているんだ……オレ達がそんな中、ピクニックになんか行ける訳ないだろう」

「気分転換ですよ……気分転換」

「リーブ」

バードはわざと怖い顔をしてみせて、リーブの手を握って引き寄せた。

「ふざけている場合じゃないだろう」

「ふざけていませんよ」

リーブはそう言って、バードに軽く口づけた。

「例の件で、マイヨが随分ショックを受けていて、なんだか酷く元気がないし……あまりにも館の中が物々しいのも良い気がしません。こんな時だからこそ、気持ちの余裕がないと……遠くには行きませんよ、近くでいいじゃないですか……親子水入らずで、お散歩しましょ？」

リーブはそう言ってニッコリと極上の笑みを浮かべた。

「……親子水入らずねぇ」

バードは溜息をついた。

「ね？」

リーブはもう一度、おねだりするように体を摺り寄せてニッコリと笑った。


マイヨは、不思議そうな顔で、チラリと隣に並んで馬に乗るバードを見た。

バードもこちらをチラリと見たが、何か言いたそうな顔をしただけで、真っ直ぐに前を向いてしまった。マイヨは、恐る恐る後ろにいるリーブの顔を振り返って見た。

リーブは目が合うと、ニッコリと笑ってくれた。

リーブが突然『今からピクニックに出かけましょう』と言って、部屋に入ってきた時はとても驚いた。なんでこんな時に？　と思ったが、何か考えがあるのかも？　とも思った。

バードも一緒だと言われてまた驚いた。三人でこんな風に出かけるのは初めてのことだ。

『なんだろう？　やっぱりバード様が一緒というこ

とは、例の調査の件と何か関係があるのだろうか？『ピクニック』というのは、リーブ様のいつもの独特な言いまわしで、捜索に関係したことを今からするのだろうか？』

マイヨは困惑気味に、そんなことを考えていたら突然馬が止まった。

「やっぱりここがいいですよね」

リーブが明るい声で言った。

館からほど近い小高い丘を登ってきた。周りには緑豊かな林と、少し開けた草原があり、その先には断崖があった。目の前には、青い海原が広がっていて、海風が心地良い。

「マイヨ……ここの景色は良いでしょう」

「はい……とても綺麗ですね」

マイヨは気持ち良さそうに深呼吸をした。下りましょうと言われて、マイヨはリーブと共に馬を下りた。バードも馬を下りると、何やら荷物を下ろし始めた。

「ここはね……私にとって大事な場所なんですよ」

リーブはそう言いながら、マイヨの手を引いて断崖の端近くまで歩いた。

「随分高い崖ですね」

マイヨは恐る恐る下を覗き込むようにして見た。

「気をつけなさいね」

リーブはマイヨの手を握って言った。

「どうして大事な場所なんですか？」

マイヨの問いかけに、リーブはとても嬉しそうな顔をしてチラリとバードの方へ視線を送った。マイヨも釣られて、バードの方へと視線を送った。

バードは何やらせっせと準備をしていた。敷物を地面に広げて、いくつかの編み籠を並べていた。

マイヨは再びリーブの顔を見た。

「ここはね、私がバードのプロポーズを受け入れた思い出の場所なんですよ」

リーブがとても幸せそうに微笑みながら、マイヨに小声で囁いた。

「へえ」

マイヨは驚きつつも嬉しそうに笑って、再びバードを見た。

「なんだ？」

　バードは果実酒の入った瓶を片手に、その場に座りながら、二人の様子に首を傾げた。

「あれ？　……本当にピクニックなんですか!?」

　バードが用意した物を見て、マイヨは驚きの声を上げた。

「だからピクニックに行くって言ったじゃないですか」

　リーブは楽しそうにアハハハと笑うと、バードの側へと戻る。

　呆れた……とマイヨは思った。まさかとは思ったけれど、本当だったのだ。

　リーブはバードの隣に座り、編み籠を次々と開けて中から美味しそうな食べ物を取り出した。

　バードはグラスを手に取り果実酒を注いでいる。

「マイヨ……早くおいで」

　リーブに呼ばれて、マイヨは溜息をつくと、言われるままにリーブの隣に座った。果実酒の入ったグラスを渡されて「乾杯」と言われた。

　どういうつもりなのだろう？　マイヨは何がなんだか分からない。

「あ、これ好きなんだ」

　リーブはとても楽しそうだ。アイシャに急遽用意させた料理を、パクパクと食べている。

　マイヨは、つくづく呆れ顔でリーブを見つめていたが、そんなリーブを優しい眼差しで見つめるバードに気づいて思わず微笑んだ。

　こんな顔のバードを、マイヨは今まで何度も見た。二人の馴れ初めについては、くわしく聞いたことはないけれど、どう見てもバードの方が激惚れしているとしか思えない。

　第一リーブは男性なのだし、族長の伴侶としては、普通有り得ないだろうとも思った。

　ナーガ族の石のしきたりについては、軽く話を聞いていた。族長も、族長の伴侶も、代々『石』が決めるということ。リーブは『白き宝珠』と呼ばれて、バードの伴侶として予言されていたこと。そして旅人だったリーブが偶然この国に来て、『白き宝珠』であることが分かったこと。

　でもくわしい話は、リーブも今まで聞かせてくれなかった。マイヨが今まで尋ねなかったせいもあるけれど、この場所に来たせいもあってか、なんだか今とても知りたくなった。

「バード様は、リーブ様が伴侶と分かってから好きになられたのですか？」

「ん？　……リーブのことは、ずっとずっとず～っと前から好きだ」

　バードは自慢気にそう言った。

　マイヨとリーブは顔を見合わせて笑った。

「リーブ様は、ニーヴェリシアの方なんですよね？」

「ええ……生まれた国はどこだか分からないけれどね……ニーヴェリシアで育ちました」

「リーブ様は、旅をして色々な国を見てこられたのですよね？　私達のような人種には会いましたか？」

　リーブは静かに首を振った。

「金の髪の民は、たまに見かけましたが……やはりちょっと違うみたいですね……私も子供の頃の記憶がないので、自分の国を色々と探してみたのですがね」

「そうですか……」

「私の育ての師が……もしかしたら、私はカリフの民かもしれないと言っていましたよ」

「え？　カリフの民？」

「もう伝説のようになってしまって、本当にそんな国があるのか、どこに存在するのかも分からないのですが……エスカ・ポーリャというカリフの民の住む場所があったそうです」

「エスカ・ポーリャ」

「ええ……『美しき緑の園』って意味の古い言葉らしいんだけど……カリフの民は、金色の髪と、白い肌と緑の瞳を持つ民で……民族としては、とても古い民だそうです。伝説かもしれないけど……祖先は神族だって言われていて……特徴として、生まれながらに魔力を持っているそうです。だけど、戦うことが嫌いで、大人しくて内向的な民だから、他の民族に淘汰されて滅んでしまったと聞いています……緑の楽園に住む精霊のような人々……本当の話でしょうかね？」

「リーブ様……それ……本当の話です」

「え？」

「エスカ・ポーリャの話」

マイヨが突然そう言ったので、リーブは目を丸くした。

「ボクのおばあちゃんはカリフ人で、昔、エスカ・ポーリャに住んでいたそうです。でもエスカ・ポーリャのことも、カリフ人であることも、絶対に誰にも言ってはいけないと言われていたので……今まで話さなくてすみません。でもボクもリーブ様は同じカリフ人じゃないかって思っていました」

マイヨの話に、リーブは動揺したようにしばらくぼんやりとしていた。

「それは怪しいな」

ポツリとバードが呟いた。

「え？」

「容姿は確かに、お前達に似ているが……『大人しくて内向的』というあたりが、まったく当てはまらないな……特にリーブには」

「酷い！」

リーブは頰を膨らませて、バードを小突いた。マイヨはアハハと声を出して笑った。マイヨの笑い声を聞いて、リーブは嬉しそうにバードと見つめ合った。

バードは鼻歌を歌いながら、酒をグラスに注いでご機嫌な様子で一気に飲んでいる。

「あ……その歌……」

バードの鼻歌を聞いて、マイヨが何か言おうとして目を閉じた。

「どうしました？」

リーブが心配そうにその顔を覗き込んだ。

「なんか……バード様の歌われたそのメロディを……知っているような気がして……」

リーブは驚いた顔で、バードを見た。

「バード……どんな歌ですか？　もっとちゃんと歌

ってあげてください」

「あ？　いや……ちゃんとと言われても……オレもここのフレーズしか知らないんだ。ガキの頃に、誰かから聞いたんだと思うけど……覚えてない」

「この国の歌ではないんですか？」

「いや、違う」

バードはそう言うと、同じメロディを何度か繰り返して口ずさんだ。マイヨは真剣な顔でそれを聞いている。マイヨはバードの歌ったところを、口の中で復唱してみた。それを繰り返すうちに、はっとして違うメロディを口ずさんだ。バードもそれを聞いて「お？」という顔をする。

「そうそう……そんな感じだったかも」

バードも嬉しそうに、マイヨの口ずさむメロディを聞いた。

二人のやりとりを黙って聞いていたリーブだったが、突然「あっ!!」と大きな声を上げた。

「ど……どうしたんだ？」

バードは驚いてリーブを見た。

「その歌……私も知っています」

リーブは自分でも驚いているような、嬉しいというような顔をして言った。

「なんだ……今までオレが鼻歌を歌ってもそんなこと言ったことなかったじゃないか」

「だってバードのそのヘンテコなメロディでは気づかなかったんですよ」

「なんだと！　オレが音痴だとでも言うのか!!」

「ま……まあまあ……あの……リーブ様……歌を全部ご存知だったら、ぜひ歌ってください」

「私が？」

リーブはちょっと恥ずかしそうな顔をした。

「そうだな……リーブの歌なんてあまり聞かないからな」

「全部覚えているかどうか自信はありませんが……誰かさんほど、ヘンテコな歌は歌いませんから」

リーブはそう言って立ち上がった。大きく深呼吸をして、少し考えるように宙を見てから目を閉じた。

マイヨはワクワクした顔で、それを見つめていた。

リーブは歌を歌い始めた。その旋律はとても綺麗で、言葉もどこの国の言葉か分からなかったが、とても綺麗な歌だった。

マイヨはウットリとして聞いていた。

バードも驚いた顔でその歌に聞き入っていた。風に揺れるリーブの髪が陽に透けてキラキラと輝いた。不思議な美しい旋律の歌に、二人はしばらく聞き惚れていたが、ふとバードが周囲の異変に気がついた。

「お……おい……あれ……」

バードが慌てた様子で、マイヨの腕を突ついた。

「え？　ああ!!」

二人は辺りを見回して絶句した。それまで緑の短い下草が生えているだけのその丘が、みるみる色とりどりの花で覆われていったからだ。次々と花が開いていき、あっという間に一面がまばゆいばかりの花畑になった。

バードとマイヨは口をポカンと開けて顔を見合わせた。リーブは静かに歌い終わると、ゆっくりと目を開けた。

「どうです？」

リーブがニコニコと笑って言ったが、バードとマイヨは口を開けたままリーブを見上げた。

「どうかしました？」

「……驚いた」

バードが一言言ったので、隣のマイヨもコクコクと頷く。

「え？」

リーブは、そこでようやく辺りを見回すと「これどうしたんですか？」と、驚きながら呟いた。

†

南へ続く街道を、一頭の白馬が駆けていた。背に乗るリーブの金色の髪が風になびく。

「急いで行って帰ってくればいいよね」

リーブは楽しそうに呟いた。妖獣事件以来、リーブも外出禁止を言い渡されていて、野盗の捜索にも加えてもらえなかった。

『つまらない』とリーブは不満でいっぱいだった。

　それでも昨日、ピクニックに行かせてもらったので、マイヨが随分元気になってくれた。バードもあれからご機嫌で、今日はリーブに見張りをつけるのをすっかり忘れていた。

　こんなチャンスを逃すリーブではなかった。

　南の港町バッチェナまで、捜索に行ってみようと思いつきそのままの勢いで館を出てきたのだ。バッチェナは、シーク王国内にいくつかある港町の中でも、南航路の拠点としてかなり栄えている町だ。

　もちろんとっくに、バードが兵を野盗捜索に派遣しているのは分かっているが、今回の件に関しては自分が捜索に加わったほうが良いと考えていた。それはザイの報告にあった『妖獣使い』の存在が気になっていたからだ。

『妖獣使い』は黒魔術師の一種だ。妖獣除けの結界が張られたこの国に、怪しまれることもなく入り込んだのは、黒魔術師の術によるところが大きい。入国を容易に出来たのであれば、国内に潜むことも容易いだろう。それならば、兵士達がどんなに捜索しても見つけることは出来ないかもしれない。

　だがリーブならば、黒魔術師を見つけ出すことが可能だ。

　リーブはそのことをバードに言ったのだが、断固として却下されてしまった。

「本当にバードは頑固なんだから……」

　リーブは口を尖らせて呟いた。

　バッチェナの町に辿り着くと、リーブはフードを深く被ってその目立つ金の髪を隠した。こんな物で、リーブの存在を隠せる訳がないのは分かっていたが気持ちの問題だ。

　活気のある大通りをゆっくり進み、道行く人々を慎重に見定める。外国との玄関口であるナバムの港町に比べれば、外国人の数は少ない。それでも行商人は多く見受けられた。

「さてどうしようか……」

　リーブは呟いて、とりあえず酒場へ向かった。馬を店先に繋いで、辺りを窺いながら店内に入る。

店内に兵士がいないのを確認して、カウンターに座った。

「お客さん、何を飲まれます？」

ふいに店の主人が声をかけてきた。

「ナコナコの酒を貰おうかな」

「あ……宝珠様」

「シィッッ!!」

店主がリーブに気づき驚きの声を上げたので、リーブは慌てて主人を静めた。

「私のことは内緒ですよ」

「どうかなさったんですか？」

二人は顔を近づけ合って、小声で話をした。

「ん……ちょっと人探しでね……」

「バード様が捜していらっしゃる野盗ですか？」

「うん」

「リーブ様……危険なことに首を突っ込まれてはいけませんよ」

「平気ですよ……深入りはしません……それより怪しい者の噂など聞きましたか？」

リーブに尋ねられて、主人はしばらく考え込んだ。

「すでに兵隊さんには通報済みみたいですけどね、二日ほど前に黒ずくめの怪しい連中が、リーブ様のことを聞いて回っていたみたいなんですよ」

「私のことを？」

「はい、正確には『金髪の国王所縁（ゆかり）の者は、外を出歩くことはあるのか？』みたいなことを聞いていたそうです。もちろん我々シークの民は、そんな怪しいよそ者に、リーブ様の話なんてしませんけどね」

「ふうん」

リーブはそれを聞いて、考え込むように腕を組んだ。

『だから外出禁止って言われたのか……』

「ありがとう」

リーブは出された酒を一気飲みして店を出た。辺りを注意深く見回す。

リーブはその連中がまだこの町にいるような気がしていた。潜伏するならば人が多い町の方が都合はいい。逃げるにしても港町ならなおさらだ。

恐らくだが、先日ザイ達を襲った連中は、ナバムの港町に潜伏していた者達で、マイヨ（もしくはリーブ）が巡回診療に出るという情報を手に入れて動いたのだろう。

どこの国の者で、どういう目的なのかは分からないが、黒魔術師や妖獣まで使うのならば、かなり本気の作戦なのだろう。それならば潜入するチャンスを有効に使って、複数が潜入していると考えた方が良い。まだ仲間は間違いなくいる。

どの程度の魔力の持ち主かは分からないが、魔術を使って身を隠しているのであれば、探索は簡単だ。

リーブは町外れまで行くと、辺りを窺い周囲に人がいないことを確認した。一度深呼吸をして目を閉じる。右手の人差し指を額に当てて、呪文を唱え始めた。

『いる……まだ町の中にいる……』

リーブは黒魔術の波動を微かだが感じ取った。

『このまま誘い出そう』

リーブは探索の術を続けて、相手の出方を待った。

しばらくして近くまで黒魔術師が来ているのを感じながら、ゆっくりと目を開けた。

「見つけたぞ」

後方で男の声がした。

「こっちを向け」

男に言われて、リーブはゆっくり振り返った。そこには黒ずくめの格好をした男が五人立っていた。

「馬鹿め……こちらにはお前の魔力を感知する術があるのだ。お前がこうやって現れるのを待っていたんだよ」

一人の男が、ふてぶてしい笑みを浮かべながらそう言った。

「ええ……私も貴方がたから、こちらに来てくださるのを待っていました」

リーブはまったく臆することなく、穏やかに笑みを浮かべながら答えた。

「ふん……まあいい、フードを取れ」

男は不遜な態度でそう言った。リーブは言われるままにフードを下ろした。

「おお」

男達は感嘆の声を上げた。

「これは……まさしくカリフ人」

誰かがそう呟いた。その言葉に、リーブはピクリと反応する。

「シーク王国の王の側に、カリフ人がいるという噂はやはり本当だったのだな。それも……これはかなりの上物……純血種に間違いない……ドムドマ様が大喜びされるだろう」

男達の後ろにひっそりと佇んでいた怪しげな風貌の男がそう言った。真っ黒いフード付きのマントで身を包み、手には古い杖を持っている。

黒魔術師だ。

リーブはその男を一目見て、すべてを察したかのように微笑んだ。黒魔術師の力量を測ったのだ。

「貴方がたはどこの国の者ですか？」

「すぐに分かるだろう……お前は我々と共に、我々の国へ行くのだからな」

「さあ……それはどうでしょうか？」

リーブはニッコリと笑った。リーブの言葉に、男達は一斉に剣を抜く。

「傷をつけるな！　無傷で捕らえるのだ」

黒魔術師がそう指示した。

「こちらもそのつもりです」

リーブは微笑みながらそう呟くと、腰の剣を抜いた。

「ヘタに抵抗されると傷をつけちまう……大人しくオレ達に従うことだ」

「貴方がたを捕らえて、王への手土産とするつもりです。貴方がたこそ大人しく従いなさい」

リーブは余裕の微笑みを浮かべて剣を構えた。

まず一人、リーブに襲い掛かってきた。剣が激しくぶつかり合って、火花が散る。リーブは軽やかな剣さばきで、男の剣をはじき返した。

相手の男は狼狽えた様子で、リーブをジロリと睨んだ。リーブの容姿もさることながら、その手に持つ白銀の細身の剣ならば、相打ちになれば簡単にへし折ることが出来ると思っていた。しかしはじき返されたばかりか、男の剣が刃こぼれさせられている。

リーブの涼やかな表情に、『この者は自分の腕に自信を持っている』と感じて歯ぎしりをした。

「くそぉっ!!」

男がイラついて力任せに剣を下ろした瞬間、ガキッと鈍い音がして男の剣が折れた。折れた剣先が、くるくると宙を舞って、後方の地面に刺さる。

「はっ」

男は驚いて二、三歩退いた。

「ヤロウッ!!」

別の男が左からかかってきた。大きく振られた剣を、体を屈めて軽々とかわし、男の懐に入って剣先をその喉元に突きつけた。

「動くと刺さりますよ」

リーブは耳元で囁いた。男は「ウッ」と唸ったまま動きを止める。

「皆さん、大人しくしてください。……でないと、この男の命はありませんよ」

リーブが他の男達に向かって、大きな声で威嚇した。一瞬彼らは動きを止めて躊躇する。元々そこまで仲間意識を持たない連中ではあったから、誰かが人質に取られたからといって怯む訳はない。しかしまさかと思う展開に、彼らは度肝を抜かれて次の行動に移るのを躊躇してしまっていた。

カリフ人の捕獲など、とても容易い仕事のはずだった。戦いを好まず、大人しくて内向的なカリフ人を捕らえるのは、赤子を捕らえるのに等しいほど楽なはずだ。今回の仕事で難を言えば、いると言われた場所が戦闘部族と名高いナーガ族の国・シークで、それも国王の身辺だというので、近づくことが厄介だと思われるぐらいだった。

万が一シークの屈強な兵士達と戦うことになった時の為に、傭兵が集められ妖獣使いと妖獣を用意して乗り込んだ。妖獣を寄せ付けない結界で守られたシーク王国に潜入する為に、高等魔術も使える黒魔術師も同行した。

黒魔術師の働きで、難なくシーク王国に入国した一行は、二手に分かれてナバムとバッチェナの港町に潜伏し、カリフ人について調査をした。

ナバムにいた連中が、シークの兵士と戦闘になりカリフ人の捕獲に失敗したという知らせを聞いて、今までバッチェナの町に潜んでいた男達の方は時機を窺っていたのだ。

それは黒魔術師が『近々カリフ人が一人でこの町に現れる』という予言をしたからで、一人で現れるのならば、捕獲は容易だと安易に考えていたのだ。

しかし目の前にいるこのカリフ人は、聞いていた話と随分違っていた。これほど戦いに長けていては、傷をつけずに捕らえるとなると簡単にはいきそうにもない。下手をすれば手を抜かなければいけない分、こちらがやられてしまいそうだ。

「剣を下ろしなさい」

リーブが男達に厳しい口調で命令する。

男達はリーブの言葉に従わなかったが、斬りかかることも出来ずにその場で立ち尽くしていた。困惑の色がありありと窺えた。


その時、後方にいた黒魔術師が杖を振り上げて、リーブに向かって黒い影のような丸い塊を放った。それはリーブの目前に迫ると、バッと網のように大きく広がってリーブを飲み込もうとした。

リーブは剣を持たない左手を、それに向かって翳して早口で呪文を唱えた。すると黒い網のような物体は、瞬時に粉々に散り霧のように消え失せてしまった。

男達は息を呑んだ。

「馬鹿な……」

黒魔術師が愕然として呟いた。

「これならどうだ！」

黒魔術師は杖を振り上げながら呪文を唱えた。すると地面からいくつもの石が宙に浮かび上がり、それが一斉にリーブに向かって飛んでいった。

リーブが右手を払うように下へ振り下ろしながら呪文を唱えると、飛んできた石がピタリと空中で止まり、そのままバラバラと地面に落ちた。

黒魔術師は更に杖を振って呪文を続ける。すると今度は地面から太い蔦のような植物が生えてきて、うねりながらリーブに襲い掛かった。

リーブは冷静な表情のままで、両手を前に翳して呪文を唱える。まるで蛇のように意志を持って襲い掛かってきていた蔦は、リーブの目前で動きを止めると、方向を変えて男達の方に向かっていった。

「うわわわっ！」

地面から幾本も生えてきた蔦が、次々と男達に巻き付き身動きが取れないほどに縛り上げていく。

黒魔術師が必死で呪文を唱えるが、蔦はそれを無視するように黒魔術師の体にも巻き付いていった。

完全に動けなくなってしまった男達の下に、リーブがゆっくりと歩いて近づいた。

「おのれ……おのれ……」

目を血走らせた黒魔術師が、必死に手に持つ杖の先をリーブに向けようともがいている。リーブは黒魔術師の前に立ち、とても穏やかな表情で杖の先をぎゅっと握った。

「ごめんなさい。これは危ないので破壊します」

リーブが静かにそう言うと、握っていた所から黒魔術師の杖が塵のように粉々に崩れていった。黒魔術師は驚愕の表情でじっとリーブを見つめる。

「お、お前は何者だ……杖も持たぬくせに……なぜそのような強力な術が使える……」

「私のかつての名は、ルー・リーブ・ヴァーリィ」

「ル……ルーの名を持つ者だと……!?」

黒魔術師は愕然として言葉を失った。

「なんの騒ぎだ！」

兵士達が騒ぎを聞きつけて駆けつけてきた。

「この者達をバードの下へ連れていきましょう」

リーブは兵士達に向かってニッコリと微笑みながら言った。

「リ……リーブ様!?」

兵士達は驚きのあまり同時に叫んでいた。

リーブは寝室でベッドに寝転がって、ぼんやりと天蓋を見上げていた。呆けているという訳ではない。

その顔はとても深刻だった。

リーブが兵士達と共に、捕らえた男達を連れて館に戻ると、怒っているバードが待っていた。その『怒り』が尋常ではなかったのだ。正直なところ初めてリーブは『怖い』と思って、いつものように笑って誤魔化すことも、言い訳をしてバードを宥める気にさえもならないほどだった。

あんなに怒ったバードを見るのは初めてだ。それも怒りの相手は間違いなくリーブだった。

リーブ自身、当然ながら身に覚えがあるし、館に帰る道すがら『バードは怒っているだろうな』などと思いながら、どう言い訳をして宥めようかと考えていた。でもそれはいつもの癇癪（かんしゃく）を起こしているバードが相手のことであって、こんなに怒りに震えるバードを予測してのものではない。

リーブが驚いて立ち尽くしていると、バードはしばらくリーブを怒りの眼差しで見つめた後、側にいたキリクにボソリと一言だけ告げて、それから二度とリーブを見なかった。

リーブはキリクに、部屋に戻るように促された。

それっきりだ。

『もしかして絶対に越えてはならない一線を越えてしまったのだろうか？』

リーブはそう思って眉根を寄せた。

この国の人々には無関係のようだからすっかり忘れていたが、夫婦には『離婚』という別れがある。シークの民が離婚することはないといっても、離婚制度そのものがないという訳ではない。

『バードから別れを告げられるかもしれないな』

ふとそんな風に思ったら、ぞくりと寒気がした。

『怖い』

リーブは得体の知れない恐怖に震えた。さっきのバードを見た時に感じた怖さとはまったく違う……もっと絶望的な怖さだ。

『バードに嫌われた？　バードと別れる？　そんなこと……』

リーブが顔面蒼白になっていると、隣の部屋に人が入ってくる音がした。その足音はバードに違いない。だがすぐに静かになった。

　リーブは体を起こして、そっと扉まで歩いていくと、扉越しに部屋の様子を窺った。やはり物音ひとつしない。恐る恐る少しだけ扉を開いて、中の様子を覗き見た。

　居間には誰の姿もなかった。リーブはゆっくりと扉を開けた。確かに気配はある。

　すでに外は陽が落ちかけていて、部屋の中が薄暗くなっていた。いつもならば、侍女達がランプに火を灯（とも）してくれて、部屋の中が暗いままなんてことはない。

　だがリーブが戻ってきてから、部屋には誰も入ってこなかった。バードの指示なのだろう。

　リーブがこの館に住むようになって、こんなに誰もいない静かな時間を過ごすなど初めてのことだ。

　リーブは居間を横切って、奥の書斎に向かった。バードがいるとすれば書斎ぐらいだ。気配はするから間違いなくいるはずだ。書斎の扉は半分ほど開いたままだった。扉の前まで来て足を止める。

　ここまで来ておきながら、リーブはバードに会うことに躊躇してしまっていた。それはさっき頭に浮かんだ『バードから別れを告げられるかもしれない』という思いが、脳裏にちらついたからだ。

『怖い』とリーブは再び思って足を竦ませた。

『あんなにバードが怒るなんて只事じゃない。今まで一度だってあんなことなかったのに……本当に嫌われてしまったのだとしたら……私はどうすればいいのだろう……』

　リーブはぎゅっと両手の拳（こぶし）を握りしめた。

　開いている扉の隙間から、書斎の中を覗き込んだ。こちらに背を向ける形で、椅子に座るバードがいた。じっと身動きひとつせず、少し項垂れているように見える。

「バード……」

　小さな声で呼びかけてみたが反応はない。リーブは胸元をきゅっと掴みながら、ゆっくりと扉を開けて部屋の中に入った。

「バード」

近づきながら、今度はもう少し大きな声で呼びかける。

「お前はちっとも分かっていないんだ」

バードは返事をする代わりに、独り言を呟いた。

「え？」

側まで歩み寄ったリーブは、思わず足を止めて声を漏らす。するとバードは大きな溜息をついた。わざとのように肩を揺らして、声まで出しての溜息だ。

リーブは困惑して眉根を寄せた。

「あの時のような思いはもうたくさんだ……オレはそう言ったのに……お前はちっとも分かっていない」

それは感情を必死で押し殺しているような呟きだった。微かに声が震えている。バードの呟きの意味を、リーブは察して息を呑んだ。

それはかつてのガルボスとの一戦のことを言っていた。シークに攻め込んできたガルボスの艦隊を退ける為、バードの命を救う為、リーブはとても強力な魔法を使った。そして魔力を使いすぎて、死にかけたのだ。


意識を取り戻したリーブの前で、バードが泣いていた。いや、正確には泣いていたように見えた。あんなに取り乱して憔悴（しょうすい）しきった顔のバードを見るのは初めてだった。そしてバードは『もう二度とこんな無茶はしないでくれ……お前を亡くしてしまっては、オレはもう生きてはいけない……こんな思いはもうたくさんだ』と言った。

あの時のバードと、今のバードが重なって見えた。

そこでようやく、バードの『怒り』の意味を悟った。

「すみません……ごめんなさいバード……ごめんなさい」

リーブは何度も謝りながら、バードを後ろから抱きしめていた。


優しく口づけられて、リーブは薄く目を開けた。何度も何度も繰り返し、額や頬や唇にバードが優しく口づける。壊れ物に触れるようなその繊細な口づけに、リーブは胸が苦しくなってバードの背中に両手を回した。

「バード」

リーブの呼びかけに、バードは何も答えずにただ口づけを続ける。

「バード」

リーブが何度も名前を呼ぶが、バードは黙って優しい口づけで応えるだけだった。ベッドの上で抱き合いながら、それ以上の行為をしないバードに、リーブは少しばかりの焦れったさと、せつなさを感じていた。

「バード……意地悪をしているのですか？」

リーブは少しばかり熱のこもった眼差しでバードを見つめながら、熱い息遣いと共に囁いた。それでもバードは答えずに口づけを続ける。

「バード」

「お前を感じていた」

「え？」

「抱いて……疲れて、眠ってしまったらもったいないから……もっとずっと……一晩中でもお前を感じていたいから……お前の白い肌や、碧の瞳や、柔らかな唇、細い首筋、しなやかな体……すべてをゆっくり感じていたいんだ」

「バード……バード、私がどれほど怖いと思ったか分かりますか？」

「オレが怒ったからか？」

バードは少しばかり顔を上げて、リーブを見つめながら答えた。リーブはきゅっと眉間にしわを寄せた。

「それもありますが……怒っている貴方を怖いと思ったのではありません。そんな貴方は初めてだから……愛想をつかされたのかと思ったんです。貴方に別れを告げられるのではないかと思って怖くなったのです」

「オレがお前に愛想をつかす？　天と地がひっくり返ったってそんなことがあるものか……あの怒りは……色々だ。もちろんお前への腹立たしさもある。さっき言ったことだ。オレ自身への怒りもある。お前がじっとしていられないことを分かっていたのに、オレは何もしなかった。お前に甘くなってしまうのは仕方ないが、後悔するくらいならばもっとしっかり守る努力をしろと……自分自身が腹立たしかった。家臣達への怒りもある。半分は八つ当たりだ。結局、すべて自分自身が悪いのだが、そう思えば思うほど感情を抑えられなかった」

バードは自嘲気味に笑いながら、リーブの髪を撫でた。

「お前を不安にさせて悪かった」

「いいえ、バード……私こそ……あの時……もう二度とバードにあんな思いはさせないと誓ったはずなのに……すみませんでした。私は貴方に甘えていたのです。何をやっても最後は許してくれると……でも今回初めて思い知りました。愛されることに過信して、私は鈍感になっていたのかもしれないと」

「どういうことだ？」

バードが不思議そうに首を傾げた。

「貴方の絶対的な愛はとても貴重なものだというのに……いつしか私はそれを当たり前に思っていて、貴方から離別される可能性をまったく考えてもみなかったのです。そういう人の感情、愛情など、心の機微に鈍感になってしまっていたと……思い知らされました」

リーブはそう言って苦し気に顔を歪めた。

「私のそういう無自覚で鈍感で無神経なところが……時には愛する貴方を傷つけてしまうのだと……そう思ったのです」

「リーブ、リーブ、分かった。すまない。オレも悪かった。お前も悪い。これはあれだ。夫婦喧嘩だ。でもお互い謝ったんだ。仲直りしよう。愛しているよ。さあ、お前も愛していると言ってくれ」

「愛しています。バード、愛しています」

二人は激しく求め合うように口づけを交わした。息をするのも忘れるほど深く唇を吸って、舌を絡め合う。体の熱が一気に上がるような劣情に、リーブは身を震わせた。

バードの武骨な手が、リーブの体を弄る。白い肌を撫で回し、胸の突起を執拗に愛撫する。

「あっ……ああぁっ」

リーブの唇から甘い喘ぎが漏れた。恥ずかしさよりも、次なる快楽への期待が増し、バードを誘うように喘ぐ。

腰を撫でて、下腹から下肢をバードの手が弄ると、リーブの口から更に喘ぎが漏れ出す。

「んんっ……あっ……ああっ……あっ」

リーブは敏感な部分を愛撫されて、腰の震えが止まらなくなる。背中を反らせて大きく喘いで、リーブは精を放った。

バードの手が、白い飛沫を受け止めて、ねっとりとしたその液体を、後孔の周りに塗り込んだ。後孔は次に来る行為を予感しているように、ヒクヒクと蠢いている。

「リーブ」

バードが優しく名前を呼んで、唇を食むように何度も吸った。

「バード……ああっ……バード……」

熱い息を吐きながら、バードの求めに答えた。両手をバードの首に回し縋りつく。

リーブはすっかり衣服を剝ぎ取られて、白い裸体をバードの鍛え抜かれた褐色の体に絡みつかせていた。

バードはリーブの後孔を、指で解すように弄っていたが、リーブの誘いに煽られる。

「リーブ、いいのか？」

バードが尋ねると、リーブは紅潮させた顔で何度も頷いた。

「ああっあっ……あぁぁぁっ」

怒張した熱い昂りが、リーブの中に入ってくる。思わず大きく喘いで、体を反らせた。

バードは両手でしっかりとリーブの腰を抱き、ゆっくりとした律動で腰を前後に動かした。

「あっあっあっあっ」

突き上げられる度に声が漏れる。体の中で熱い肉塊が暴れているのを感じながら、リーブは恍惚としれる。

内壁を擦られて通常では得られない刺激がもたらさ

た表情で喘いでいる。男根が抽挿を繰り返すたびに、

「きつくないか？」

バードはあまり余裕のない口ぶりで尋ねた。

「あっあっ……んんっ……気持ち……いい……ああっ……バード……」

リーブが鼻に掛かった甘い声で囁いたので、バードは火が点いたように、さらに激しく腰を突き上げた。肉の交わる厭らしい音を立てながら、最奥まで犯されて、リーブは痺れるような快楽の波に、腰を揺らして喘ぎ続けた。

「リーブ……リーブ……愛している……」

バードはリーブの中に何度も熱い迸りを注ぎ込んだ。

リーブは、バードや兵士達と共に地下牢に来ていた。

目の前には手足を縛られ、猿轡を嵌められて床に転がっている黒魔術師がいた。

「大人しく従えば、水と食べ物をあげましょう……私の質問に答えなさい……いいですね？」

鉄格子越しに中を覗きながらリーブが黒魔術師に話しかけた。黒魔術師は身動きひとつせず、じっとリーブを見つめていた。

「鍵を開けてください」

兵士に指示をして牢の鍵を開けさせた。リーブは中に入ろうとしたが、後に続こうとするバード達を制した。

「ここは私に任せてください。皆さんは出来るだけ牢から離れていてください……決して中には入らないように」

「しかしリーブ……」

バードが心配そうな顔をしたので、リーブは微笑みを浮かべた。

「大丈夫です。魔術師のことは魔術師にお任せください。バード、私を信じてください」

バードはリーブと見つめ合い、黙って頷いた。

リーブは一人で中へと入っていった。バードは兵士に命じて、鉄格子から少し離れて待機した。

「もう一度言います。大人しく私に従ってくださいい……いいですね？」

リーブは黒魔術師に向かって言った。リーブは側まで近づいて、黒魔術師の口に嵌められた猿轡を外した。黒魔術師は大人しくしていて、抵抗する様子は見られなかった。

「良かった。貴方が聞き分けが良くて安心しました」

「杖をなくした私が何も出来ぬことは知っていよう……そもそも杖があったとしても、ルーの名を持つ者に最初から敵うはずなどないが……」

黒魔術師はそう言って自嘲気味に笑った。

「お前はカリフ人だろう。なぜ魔術を使う」

「質問に答えるのは貴方の方ですよ？　それになぜ私がカリフ人だと？」

リーブが苦笑して尋ね返した。黒魔術師は顔を歪めながら、しばらく黙り込んでリーブを見つめた。

「お前が破壊した私の杖の先には、カリフ人の魔力に反応する魔石が付いていたのだ。お前に反応して激しく緑に光っていた。紛れもなくカリフ人である証拠だ」

リーブは一瞬驚いて目を丸くした。それと同時に様々な疑問が湧き上がる。

「貴方がたは意図してカリフ人を攫っているのですか？　今まで一体何人のカリフ人を攫ったのですか？　そしてその目的は？　一体誰の命令なのですか？」

矢継ぎ早に質問をするリーブを、黒魔術師は不遜な態度で見つめている。しばらく無言でいたが、嘲笑を浮かべた。

「どんな拷問でもするがいい……答えてやるものか」

黒魔術師はそう言うと同時に、何か小さな声で呟き始めた。呪文を唱えているようだ。だがそれもすぐに止められた。リーブの右手が、黒魔術師の口元に当てられると、黒魔術師の呟きが止み、驚愕の表情でリーブを見つめ返した。なぜなら黒魔術師は強制的に呪文を止められてしまったのだ。いや、正確に言えば舌の動きを止められてしまっていた。声を発しようとしても、呻くような息が漏れるだけだ。リーブが魔術を使って、黒魔術師の術を封印してしまったのだ。

　黒魔術師は杖がなければ魔術を使うことが出来ない。杖が魔力を増幅させて唱えた呪文を形にする作用があるのだ。杖なしで魔術を使う手段としては、魔法陣を描くという方法があるが、それにはある程度の場所と時間が必要になってしまう。

　杖も魔法陣もなしで魔術を使えるのは、魔導師（黒魔術師・白魔術師の総称）の更に最高位である賢者くらいのものだ。

　この捕らえられていた黒魔術師は、最後の手段を取ろうとしていた。万が一このような事態に陥った時に、自決する為の魔術があった。掌にその為の魔法陣が、あらかじめ刺青として彫られており、もしもの時にその魔法陣に指先を触れながら呪文を唱えれば発動するという仕組みだ。

　だが呪文を封じられては、自決の魔術は使えない。

「死のうとしてもダメですよ。貴方にはすべてを語っていただかなくてはなりません。拷問などという野蛮なことは致しません。ご安心ください」

『ルーの名を持つ者とはこれほどまでに圧倒的な力を持っているのか……』

　涼しい顔のリーブを見つめながら、黒魔術師はすべてを悟って絶望した。

「さあ、早く話して楽になりましょう」

　リーブは黒魔術師の額に右の掌を翳して、呪文の詠唱を始めた。黒魔術師は抵抗することも出来ず、そのまま深い眠りに落ちるようにゆっくり目を閉じた。詠唱が終わり、リーブが右手を離した。

「目を開けて、まずは貴方の名前を教えてください」

　リーブがそう話しかけると、黒魔術師はゆっくり目を開けてリーブを見つめた。その眼差しは少し虚ろで、夢でも見ているようだった。

「はい、私の名前はゴーリオといいます」

「どこから来ましたか？」

「ロンサイです」

黒魔術師はスラスラとよどみなく話し始めた。

「ロンサイ……北の大陸にある大都市だな」

執務室でバードは腕組みをして呟いた。

リーブはその側に立ったまま、目を閉じて考え込んでいた。

「お前は行ったことはあるのか？」

「いいえ……しかし、領主のドムドマが、魔術師の育成に熱心だという話は、伝え聞いていましたから、一度訪ねてみたいとは思っていましたが……まさか、そのような汚れたことをやっていたとは……」

リーブは眉を寄せて不愉快そうに言った。

黒魔術師がすべてを白状した。他の連中は雇われの傭兵だと思うから、尋問するなら黒魔術師が良いと提案したのはリーブだった。

「お前のことを二度と狙わないのなら、このまま無視しても良いと思っていたが……一体何を企んでいるのか……厄介だな」

「もう二十年以上も、裏でコソコソとカリフ人を捕らえては、魔力を奪って殺していたなんて……信じられない……」

「だが……その線を調べれば、お前の出生が分かるかもしれないな」

「私の出生は別にどうでもいいのです。それよりも……ニーヴェリシアへこのことをすぐに知らせます……このままにはしておけません。黒魔術師であっても、正しくその魔術を使う者はたくさんいます……本来、黒魔術とは、闇の力……悪しき心に捕らわれ易いものですが、それを正しき方向へと使うべく、皆苦しい修行をして、術を習得しているのです。……それなのに、黒魔術師の心の暗き部分を上手く利用して、その手で掌握しようと企んでいるドムドマを許す訳にはいきません。その上、カリフ人をそのように……このままにはしません」

「我々も協力する……事は一大事だ……慎重にしよう」

バードの言葉に、リーブはコクリと頷いた。

「ギルス様」

マイヨは館の廊下で、剣術指南のギルスを呼びとめた。

「これはマイヨ様……私のことは、ギルスと呼び捨てで結構でございます」

白い立派な口髭をたたえた老剣士は、朗々とした大きな声で答えた。

「ではギルス……あの……ザイは……ザイの具合はいかがですか？」

「ええ、バード様には大変お気遣いいただき、療養の命令などをいただいたので、家で大人しくしております」

「あの……傷の具合を診たいのですが……」

マイヨは恐る恐る尋ねた。それを聞いて、ギルスは驚いた。

「そんな……もったいないお言葉。あれは丈夫ですので、治療など必要ありません。それでなくても、リーブ様から治療していただくという、十分すぎるほどのことをしていただいたというのに……」

「でも……でも、ボクを助ける為に、傷を負わせてしまいました。どうか、会わせてください。お礼もちゃんと言ってないのに……」

「礼など……マイヨ様をお助けするのは当たり前のことです。マイヨ様の代わりに傷を負ったというのなら、あれも本望でしょう」

この父にして、この子あり……と言ったところだろうか。ギルスとこうして直接話をするのは初めてだったが、まったくもって堅物だ。

「どうしても会わせてはいただけないのですか？」

マイヨが必死で言うので、さすがのギルスも困ったように眉根を寄せた。

「いえ……ダメだと申しているのではありません。ただ……」

「お願いします！　会わせてください」

「マイヨ様は今、外出禁止のはずでは？」

ギルスは窘めるように言った。それを言われると、マイヨは黙るしかない。しかし諦めなかった。

「ギルスの屋敷は、城下町にあるのでしょう？　近いし……ギルスと一緒だったらいいと、きっとバード様も言うはずです。ギルス、私を貴方の屋敷まで連れていってください。バード様にはきちんと許しを貰ってきます。それならばよろしいでしょう？　どうかお願いします」

必死に訴えるマイヨの勢いに、今度はギルスが黙ってしまった。

「分かりました。そういうことでしたら……」

マイヨはパアッと顔を輝かせた。

「少しお待ちください」

マイヨはギルスをそのまま待たせて、バードの所へ向かった。

「バード様、お願いがあるのですが……あ……」

マイヨは扉を叩いて返事を待たずに勢い良く扉を開けた。すると部屋の中では、バードとリーブが何やら難しい顔をして話をしていた。

「なんだ？」

「あ……いえ……お話中なのにすみません」

マイヨは赤くなって、慌ててペコリと頭を下げた。

「いいですよ……なんですか？」

リーブが優しくマイヨに言った。

「あの……ザイのお見舞いに行きたいのですが……傷の様子も見たいし……ギルスと一緒ならいいですよね？」

マイヨの言葉に、二人は顔を見合わせた。

「いいですよ。バード、いいでしょ？　ギルスの館はここから近いし……ギルスが送り迎えをしてくれるのであれば……」

「まあ……そうだな」

バードは心配なのか、少しばかり不服そうに顔をしかめて、仕方なく同意した。マイヨはそれを聞いて、嬉しそうに「ありがとうございます」と言って出ていった。


「マイヨ様、これが私の家です」

ギルスはマイヨを家まで案内した。

ギルスの屋敷は城下町にあり、バードの館から近かった。とても立派な屋敷だ。初めて見るギルスの屋敷を、マイヨは興味深げにきょろきょろと見回している。

「マイヨ様、中へお入りください」

ギルスに促されて、屋敷の中へ入っていった。

「誰かいるか？」

玄関を開けてギルスがそう言うと、奥から年配の女性が現れた。少しふくよかで上品そうな人だ。

「まあ……これはマイヨ様」

彼女はマイヨを見るなり、嬉しそうに笑った。ギルスの妻だ。マイヨは宴の席で何度か挨拶したことがある。

「マイヨ様がザイを診てくださるそうだ……ザイは？」

「裏庭にいます」

「呼んできてくれ」

「あ！　ボクが行きます。裏庭へはどちらから行けばよろしいですか？」

マイヨにそう言われて、ギルスの妻が戸惑った様子でギルスを見た。ギルスは表情を変えず、いつもの固い顔で黙って頷いた。

「この廊下を真っ直ぐ行った突き当たりが、裏庭へ出る扉になります」

「分かりました。行って参ります」

一礼をして早速奥へと向かうマイヨに、ギルスの妻が慌てて声をかけた。

「マイヨ様、後でお茶でもいかがですか？」

「はい、いただきます」

マイヨは元気に返事をして裏庭へと向かった。

廊下の突き当たりにある扉を開くと、言われた通り裏庭に辿り着いた。そこでは、ザイが剣を振るっていた。

「ザイ！」

マイヨの声に、ザイはとても驚いて振り返り、慌てて剣を鞘に納めた。

「マイヨ様……」

「そんなことをしてはいけません……静かに療養してください」

マイヨはザイの側まで歩み寄り、眉間にしわを寄せてそう言った。

「どうしてここに……」

「ザイが大人しく療養しているか見に来たんです……またリーブ様に叱られますよ？」

それを言われると、ザイは困ってしまう。何も言い返せず視線を落としてしまった。

「さあ……部屋に戻って横になってください。傷痕を診ます」

「いえ、もう大丈夫です」

「大丈夫かどうかは私が判断します。……さあ」

マイヨはザイの後ろに回ると、背中を押した。

「マ……マイヨ様……」

ザイは困惑しながら、マイヨに言われるままに屋敷の中へ入った。


ザイは自分の部屋に戻り、上半身裸で大人しく椅子に座っていた。マイヨは、ザイの左肩の包帯を取って傷痕を診ている。

「この貼り薬をいつも貼っておくように、リーブ様に言われていたはずでしょう？」

「寝る時は貼っています」

ザイはポツリと答えた。

「一日中貼っていないと意味がありません」

「剣の稽古の間は汗をかくので、外しているのです」

「剣の稽古をしてはいけません」

何を言っても正論で返されてしまうので、ザイは諦めて黙り込んでしまった。

「なぜ言うことを聞かないのですか？　貴方はもっと自分を大切にするべきです。妖獣に受けた傷を甘く見すぎています。きちんと治さなければ、後々どのような障害が出るか分かりません。腕を失っても良いのですか？」

マイヨは傷痕を聖水に浸した布で丁寧に拭きながら、ザイを窘めるように言った。ザイは「すみません」とだけ言った。

　傷口は塞がっていて、どす黒い色になっていた肌も元の綺麗な褐色に戻っていた。闇の毒はリーブの治療で完全に消え去っていた。

　マイヨはホッとしながら、包帯を巻いた。ザイはその間、まるで銅像のようにじっとしていた。下手に動いたらまた叱られると思っているようだ。マイヨの金色の髪が、フワリとザイの頬を撫でる。甘い花の香りがした。

『マイヨ様の香りだ』

　ザイはそう思ったと同時に、はっと我に返って頬を少し赤らめた。

『何を考えていると言うのだ。マイヨ様に失礼だ』

　マイヨは、包帯の端を止めて治療を終えると、そっとその上からザイの肩を撫でた。

「マイヨ様……」

「リーブ様が怒るのも仕方ありません」

　溜息混じりにマイヨが言うと、ザイは困ったような顔をした。

「マイヨ様も怒っていらっしゃる」

「当たり前です」

　ザイは顔を上げて、マイヨと視線を合わせた。心配そうに眉根を寄せるマイヨを見て、あの時の泣き顔が脳裏に浮かんだ。妖獣事件以来何度も夢に出てきて、その度にザイは胸が痛んだ。もう決して自分などの為に、この人を悲しませる訳にはいかないと思った。

「ザイは……これからも私を護衛してくれるのでしょう？」

「それはバード様の命令次第です。私が力不足であれば、他の適任者がマイヨ様を護衛するでしょう」

　ザイの言葉を聞いて、マイヨは悲しそうに目を伏せた。

「ボクは……ザイがいい……他の人では嫌です」

「マイヨ様……」

「せっかく親しくなれたと思ったのに……ボクはザイが好き……ザイはボクのことが嫌いですか？」

「え？」

ザイは驚いて言葉を詰まらせた。

「ボクはこの国に来て、こんなに親しくなれた方は初めてなのです。友達になって欲しいと思っています」

マイヨが続けた言葉に、ザイはホッと息を吐いた。『そういう意味か』と思って安堵したのだ。

「マイヨ様を嫌いな者など、この国には一人もいません」

「ザイは？」

「私ですか？　す、す……好きです」

ザイはその言葉を口に出すのに、大変な努力が必要だった。別に深い意味がないのだとしても、誰かに面と向かって『好き』と言うなんて、ザイにとっては妖獣と戦うことよりも難しいことだ。

「本当に？」

マイヨに再度聞かれたが、もう二度と言えない言葉なので、ただ黙って頷いた。その返事でもマイヨには十分で、満面の笑顔を返した。

「嬉しい」

マイヨが心からそう呟いたので、ザイは言おうとした言葉を飲み込んだ。

『しかしマイヨ様と友達になるなど恐れ多いことです』と言いかけたが、今のマイヨの嬉しそうな笑顔を見たら、さすがにそれは言えないと、ザイも空気を読んだのだ。

「マイヨ様、お茶の準備が整いましたが、いかがですか？」

扉が叩かれて、ギルスの妻が声をかけてきた。

「あ……はい、ありがとうございます。すぐに参ります」

マイヨは元気な声で答えた。

「ザイ、お茶にしましょう」

マイヨがザイに上着を掛けながらニッコリ笑って言ったので、ザイは戸惑いながらもコクリと頷いた。

「リーブ様、バード様がお呼びです」

リーブの下へキリクがやってきてそう伝えた。それが何を意味するのか、リーブには分かっていた。今朝方港に、使者を乗せた船が帰港したとの報告を聞いていたからだ。

ロンサイから来た黒魔術師達を捕らえて尋問をした結果、ロンサイの領主ドムドマの恐るべき企みが発覚した。これはシークだけの問題ではないとバードと話し合った末、リーブはニーヴェリシアへ事の詳細を記した書簡を送ったのだ。

その書簡を届けた使者が戻ってきた。リーブのかつての師である大聖官からの返事を遣わされているはずだ。

「すぐに行きます」

薬の調合中であったが、その手を止めてキリクに返事をした。

「リーブ様」

手伝いをしていたマイヨが心配そうな顔をしたが、リーブは微笑んで頭を撫でた。

「すみません、私は離席しますが続きをお願いしてもいいですか?」

「あ……はい、こちらはお任せください」

マイヨが力強く頷いたので、リーブは一瞬はっとした。最近のマイヨは、随分頼もしくなった。何事もリーブにベッタリで、自信なさげにいつも不安そうにしていた面影はなくなっている。

「では任せましたよ」

リーブはそう言って部屋を出ていった。

リーブはキリクと共に、バードの執務室へ向かった。部屋に着くと、すでに使者を任された兵士が、ニーヴェリシアからの書簡をバードに渡していた。リーブはバードの側まで行き、視線を交わして頷いた。兵士がリーブに一礼をする。

「ご苦労様でした」

リーブが優しく声をかけると、兵士は少しばかり赤くなり改めて姿勢を正した。

「我々がリーブ様からの書簡を、大聖官様にお渡ししたところ、国王に会って欲しいと言われました。

それで国王陛下に拝謁し、大聖官様より書簡のことを伝えていただいた上で、更にくわしく話が聞きたいと言われまして、我々が知る限りの情報をお伝えいたしました」

「では返事の書簡は？」

「はい、ニーヴェリシアの国王陛下よりバード様宛の書簡と、大聖官様よりリーブ様への書簡をお預かりいたしました。書簡をいただくまで、ニーヴェリシアでも随分話し合いが重ねられたようで、二日間滞在して返事を待たされました」

「国王からも……」

バードは驚いたようにそう呟きながら、書簡が収められている縦長の木箱を開けた。確かに中には二通の書簡が入っている。

バードは大聖官からの書簡をリーブに渡して、自分は国王からの書簡を開いた。二人はそれぞれの書簡を読み終わると、交換をして読み始めた。

二通とも読み終わり、バードとリーブは顔を見合わせた。

「ああ……ご苦労だった。もう下がっていいぞ」

バードは兵士を下がらせて、改めてリーブを見つめた。

「バード」

「ああ」

リーブが神妙な面持ちで何か言いかけたが、バードが承知しているという顔で頷き返した。

大聖官からの書状は、魔道を統率する聖堂としては、以前よりロンサイの黒魔術師を使った不穏な動きには注意をしており、今回のリーブの報告を受けて、議会は魔導師団を結成しロンサイへ向かうことを決めたという内容のものだった。

また国王からの書状は、バード宛で、シーク王国へ正式に応援を要請するものだった。近日中に、魔導師団と騎士団をシーク王国へ向かわせるので、共にロンサイへ行って欲しいという要請だった。

「どうしますか？」

「どうするもこうするも……ここへ魔導師団と騎士団が来るんだろう？」

「でも……だからといって、軍隊を我が国が出す義理はありません」

リーブの言葉に、バードは不思議そうな顔をした。

「なんだ？　反対なのか？」

「え？」

「その言い方……まるでニーヴェリシアに協力したくないみたいじゃないか」

「別にそういうつもりは……」

リーブは戸惑い気味に目を伏せた。

「オレに遠慮しているのか？」

リーブが何も答えないので、バードは立ち上がってリーブと対峙(たいじ)した。

「リーブ」

「ロンサイでの問題は、黒魔術師を使った悪行で……魔道を統(す)べるニーヴェリシアが、それを放っておく訳にはいかないのは当然です。でも我が国が他国の問題に口を出すのは、外交上……問題があるかと……私がニーヴェリシア出身だからといって、手を貸す必要はないと思うのです」

リーブは眉根を寄せて少し俯き加減でそう話した。バードは腰を屈めてリーブの顔を覗き込む。

「リーブ」

バードが優しく名を呼んで、リーブの両手をそっと握る。リーブははっとして、覗き込んでいるバードと視線を合わせた。

「お前自身に危険が及ぶかもしれない問題だ。オレにとっては、お前もこの国も同じ重さだ。危険の芽を取り去る為なら、どんなことだってしよう。何をそんなに心配する？　戦争になんかならないよ。ニーヴェリシアの魔導師団は強いんだろう？　それに我が最強の兵団を加えれば天下無敵だ。ロンサイもすぐに降参するさ」

「バード」

バードはニヤリと笑って、握っているリーブの手の甲に口づけた。


「さあ、もう一度やってみましょうか」

リーブがマイヨに言った。マイヨは肩を落として俯いている。リーブはそんなマイヨを見て、微笑みながら寄り添うように隣に立った。

「マイヨ……魔術というのは、呪文を唱えれば使えるものではありませんよ」

「はい……」

マイヨは小さく返事をした。すっかり自信をなくしているようだ。

マイヨには簡単な治癒魔術と、護身術程度の攻撃魔術を教えていたが、マイヨの方からもっと本格的に魔術を教わりたいと言ってきた。

妖獣に襲われて以来、マイヨは変わったと思う。しばらく塞ぎ込んで部屋に閉じ籠もっていたので、怖くて更に心に傷を負ってしまったのかと心配していた。だが違っていた。

マイヨは護衛してくれていたザイが、深手を負ってしまったことをとても気に病んでいた。自分は何も出来なかったことが悔しかったのだろう。両親を目の前で殺されてしまった時のことを思い出して、また同じことが繰り返されてしまうと思ったようだ。

自分にもっと力があれば……マイヨはリーブに魔術を習いたいと言ってきた時に、そんなことを呟いた。マイヨは強くなったと、リーブは嬉しく思った。

「ボクには魔術の才がないのでしょうか？」

マイヨが溜息混じりに呟いた。

「マイヨ、貴方はすでにいくつかの術が使えているではありませんか」

「ですが簡単な治癒魔術と護身術程度の攻撃魔法です」

「簡単な？　護身術程度？　貴方は何も分かっていません。私以外の魔術師を見たのは一度だけだと言いましたね？」

突然問いかけられて、マイヨは戸惑いながら頷いた。

「はい、子供の頃に町で黒魔術師を見たことがあります。その黒魔術師は悪い人ではありませんでした。近くの村に妖獣が来て……ボクが襲われたようなものではなく、小型の妖獣ですが……家畜が襲われる被害に遭っているので、雇われて退治しに来ていたと聞きました。黒魔術師を見るのは初めてだったので、友達と見に行ったんです」

「その時、黒魔術師が杖を持っていたのを覚えていますか？」

　更に尋ねられて、マイヨは思い出すようにしばらく考えていた。

「はい、そうですね。杖を持っていました。古そうな木の杖です」

　マイヨの答えにリーブは微笑みながら頷いた。

「黒魔術師も白魔術師も……総じて魔導師と呼びますが……魔導師は魔術を使う為に杖か魔法陣を必要とします。そもそも魔導師とは誰でもなれるものではありません。古代文字を覚えて魔術書が読めるようになったからといって、呪文を唱えれば魔術が使える訳ではないのです。魔術を使うには当然魔力が必要です。魔術の原理とは自分の持つ魔力を媒介して、精霊と会話し精霊の力を借りることなのです。古代語は精霊の話す言葉。呪文とは精霊に話しかけている言葉です。でもただ呪文を唱えても精霊には聞こえません。魔力を使って精霊に聞こえる言葉にします。精霊にその言葉が届き力を貸してもらえて初めて魔術となります。これは最初に話しましたね？」

　リーブの説明を聞きながらマイヨは頷いた。魔術を習いたいと言った時に、最初に古代文字の勉強をさせられて、魔術書を読み解くところから教わった。その時に同じような説明を受けた。

　マイヨはまだ勉強の途中で、読める古代文字も少なく簡単な魔術の呪文しか知らなかった。

「大きな魔法ほど呪文が長く複雑で、それを詠唱するにはそれなりの魔力を必要とします。杖や魔法陣は、その魔力を増幅させてくれる道具です。魔導師達は杖がなければ魔術を使うことが出来ません。生まれながら魔力を持っている者は限られますが、そのほとんどが杖を必要とするのです」

　そこまで話して、リーブは改めてマイヨを見つめた。マイヨは目を丸くしている。言われていることを察して驚いているようだ。

「私は貴方からお願いされたから魔術を教えているのではありません。貴方に相応の魔力があるから教えているのです。そして貴方は杖を使わずとも魔術が使える。貴方は簡単な治癒魔術と言いましたね？確かに初歩的な術ではありますが、ほとんどの白魔術師は杖がなければ、その簡単な治癒魔術さえ使えないのです」

マイヨは驚きながら、自分の両手をじっと見つめている。

「貴方はカリフ人ですから生まれつき強い魔力を持っているのでしょう。でもカリフ人は魔術を使わなかったと聞いています。使わないという掟があったのか、真相は分かりかねますが、カリフ人の魔力を欲する者がいるほど、かなりの強い魔力を持っているのでしょう。私がもしも本当にカリフ人だというのなら……カリフ人は皆、賢者になれるほどの魔力を持っているということになります。貴方に魔術の才がない訳ではありません。ただ、まだまだ修行が必要なだけですよ」

リーブは微笑みながらマイヨの頭を撫でた。そしてそのまま撫でていた手を、マイヨの額にそっと当てる。

「目を閉じて風を感じなさい。風の魔術を使う時は風を、火の魔術を使う時は火を……それぞれの魔術の属性である精霊のことを思うのです。そして口先で呪文を唱えるのではなく、体の奥にある光を吐き出すような感じで、それと共に呪文を唱えるのです。体の奥に光を感じませんか？」

「光……？」

マイヨは言われるままに探した。体の奥にある光……。

リーブはマイヨの額に当てている右手で、マイヨの魔力を引き出す手助けをした。

「あ……」

マイヨは体の奥底にある淡い熱を持った蒼い光を感じた。それは気づいた途端に、どんどんはっきりとしたものに変わっていくような気がしていた。

頬を掠めて吹く風の声までも聞こえる気がする。

「分かりましたか？」

リーブの問いかけに、マイヨは目を開けて頷く。

「ではもう一度やってごらんなさい」

リーブはそう促してマイヨから少し離れた。

マイヨは大きく深呼吸をして目を閉じる。自分の中の魔力を感じて、言葉をしゃべるのではなく、体の中の魔力を息のように吐き出す感覚で呪文を唱えた。

マイヨの口から放たれた呪文が、光を帯びているように見えた。もちろん他の人には何も見えない。そう見えるのは、マイヨとリーブだけだ。

風が動いた。

マイヨの長い髪がフワリとなびいて、体の周りに風が巻き起こると、それは真っ直ぐ前方に置かれた木箱に向かって突風となって駆け抜けた。

バァアンッッと激しい音と共に、風が木箱を真っ二つに切り裂いた。

マイヨは大きく肩で息をしながら、リーブを振り返って見た。リーブは嬉しそうに微笑みながら手を叩いた。

「おめでとう……大成功ですよ」

「リーブ様」

「こんなに教え甲斐のある生徒は初めてですよ」

マイヨは嬉しくて、リーブに駆け寄りギュッと抱きついた。

「ほらほら……まだ授業は続きますよ？」

「はい！」

マイヨはようやく笑顔になった。

†

リーブが目を開けると、そこは眩しい陽だまりの中だった。その目が眩むほどの光に、思わず目を細めた。辺りの景色がぼんやりと霞んでいる。

辺りは緑色に輝く下生えの柔かな草が一面に広がっている。

『ここはどこだろう』

見覚えがあるような、ないようなその景色にぼんやりとした。

『これは夢だ』

リーブはそう思った。こういう状況は今まで何度かある。普段見る夢とは少し違う。どこか現実味を感じて変な錯覚に陥るが、間違いなく夢だ。ただ自分の失った記憶が、時折こうして夢として現れる。その中で自分が現実に過ごしているような感覚があるから混乱するのだ。

知らないようで知っているような、どこか懐かしい気持ち。

「リーブ」

名前を呼ばれてその方へ視線を送った。いつの間に来たのか、すぐ目の前に男性の足が見える。

「こんな所で寝ていたのかい？　風邪をひいてしまうぞ？」

優しい声。見上げると金髪の優しい笑顔をした男性が、こちらを覗き込んでいた。だが顔は少しぼやけてはっきりと見えない。

「どうした？　リーブ……寝ぼけているのか？」

「父様……」

無意識に、リーブの口からその言葉が出ていた。

「いい子だ」

彼はニッコリ笑うと、リーブをヒョイッと抱き上げる。リーブは、小さな子供の体をしていた。抱きしめられて、その腕の強さを懐かしく思った。

「父様はまた仕事で外に行くけれど、母様やみんなのことを頼んだよ」

彼はそう言って、何度もリーブの頰に口づけてそっと地面に下ろした。

「じゃあ、行ってくるよ」

優しい笑顔で手を振りながら歩き出すその人の後ろ姿を、とても不安な気持ちで見送った。

『そっちに行ったらダメだ』

そんな不安に駆られた。

「父様！　行かないで‼」

リーブは叫びながら後を追おうとした。しかし上手く前へ進むことが出来ず、彼との距離は広がる一方だ。彼の行く先には、暗黒の闇が見える。

「ダメ！　行ったらダメ！」

　リーブは泣きながら必死に後を追いかけた。彼の側に、黒い大きな人影が集まり始めた。とても邪悪な気配がする。リーブは恐怖で足が竦んでしまった。とても嫌な感じだ。

　黒い影のひとつが、怪しく光る剣を抜いた。

「お前達への見せしめとしよう」

　悍ましい声がそう言って、次の瞬間剣が空を切った。目の前が真っ赤に染まり、父と呼んだ男の首がゴトリと落ちる。

「キャアアアッ！」

　リーブは悲痛な叫び声を上げた。

「リーブ！　リーブ！」

　激しく体を揺さぶられて、目を覚ました。目の前には心配そうなバードの顔がある。

「……バード」

　リーブは、驚いたような顔でその名を呼んだ。一瞬今自分がどこにいるのか分からなくて、目の前にいるのがバードだと認識するのに、少しばかり時間を要した。

「大丈夫か？　随分うなされていたが……」

　バードが気遣うように声をかける。リーブはゆっくりと体を起こした。全身に酷く汗をかいている。まだ心臓がドキドキと早鐘のように打っていた。夢を見ていたのだと自分に言い聞かせて、なんとか気持ちを落ち着けようとした。

「そんなにうなされていましたか？」

「ああ……酷くな」

「すみません……起こしてしまって……」

「オレはいい……それより大丈夫か？」

「はい……」

　リーブはハアと溜息をついて、額に手を当てた。いつもならば、過去の記憶らしい夢を見た後は、夢の内容を忘れてしまうのだが、今回は断片的ではあるが覚えていた。

　父らしき人物との思い出と、父が誰かに『見せしめ』と言われて殺された場面……。リーブは汗ばんだ手を強く握りしめた。

「リーブ」

バードがいつの間にかベッドを離れて、リーブの為に水を持ってきてくれた。差し出されたグラスを受け取り、ゆっくりと水を飲む。落ち着きを取り戻して、静かに息を吐いてバードを見た。

「すみません……怖い夢を見ただけですから……」

「怖い夢？　化け物でも出てきたか？」

「近いですね……」

リーブが苦笑していると、バードが隣に座り肩を抱いてくれた。

「バード……しばらく抱きしめていてください」

「ああ」

バードは頷いて、優しくリーブの体を抱きしめた。リーブはバードに身を預けて、深く息を吸う。

『見せしめとは……なんなのだろう……』

リーブはぼんやりと考えていた。


シークの港町タージ。

その沖合に、船団の姿が確認出来たのは早朝だった。見張りの兵士が、早駆けで第一報の知らせを入れ、そのすぐ後に第二報がやってきた。

「バード様、船団の旗印はニーヴェリシアのものです。寄港の要請が出ています」

「おお、そうか、ようやく到着されたか……よし、すぐに湾内に先導し、停泊していただくように……それからキリク、使者として出迎え館まで案内して差し上げろ」

「はい、すぐに」

バードの命令で、キリクは出迎えの為の馬車と馬を手配して、すぐにタージへと向かった。

「ニーヴェリシアの船団が到着したそうですね」

リーブがその知らせを聞いて、執務室に駆け込んできた。

「ああ、今キリクが出迎えに行った……楽しみか？」

「ええ……まあ……私がこの国に来てから、もう八年ほど経ちます。それ以前から旅に出ていたので、かれこれ十年近くニーヴェリシアの方々にはお会いしていませんから……どなたがいらしているのか分かりませんが、魔導師の方々でしたら大概は知り合いです。とても楽しみです」

　リーブがとても嬉しそうに話すので、バードはなんとも複雑な面持ちで眺めていた。

「どれくらいの人数がいらしているのでしょうか？」

「さあ……帆船が四隻だという報告は聞いている」

「そんな大部隊で？　書簡の返事が届いてから十五日……我が国の使者がニーヴェリシアを発ってから、すぐに準備を始めて……十日ほどで部隊を整えたことになります」

「我が国の船は足が速いから、ニーヴェリシアの近くの港からなら二十日でシークまで戻れるが、普通の船ならもっとかかる。それも四隻もの船団だ。三十日はかかっているのではないか？」

　バードがニッと笑って言ったので、リーブは目を丸くして、指折り数えた。

「では五日ほどで出発したというのですか？　それにしてもよくそんな短期間で……王も本気で、ロンサイを戒(いまし)めるつもりなのですね……」

「それにウチの戦力が加われば、さすがのロンサイも戦意喪失して、白旗を揚げるだろう……戦わずに済めばそれが一番いい」

「そうですね」

　二人がそんな話をしているところへ、兵士が入ってきて一礼した。

「陛下、客人がご到着になりました」

「ああ、謁見の間にお通ししろ、オレもすぐに行く」

「はい」

　兵士が去るのを見届けて、バードは立ち上がった。

「さてリーブ、行こうか」

「はい」

　バード達が身支度を整えて謁見の間に向かうと、広間には白い聖衣にローブ姿の魔導師らしき人物四人と騎士が二人並んで立っていた。

バード達が玉座の前に立つのと同時に、一同はその場で深く礼をした。

「国王陛下、この度は快く我々をお受け入れいただきありがとうございます。先日、我がニーヴェリシア王より書状をお送りしておりますので、今回の我々の来訪の意味をご理解いただいた上での謁見だと思ってよろしいのでしょうか？」

「もちろんです。皆様の訪問を心から歓迎します。難しい話は、また後ほどということで、まずは長旅の疲れを癒やしてください……船上の皆様も上陸いただいて、ゆっくりと休息されますように……今夜は歓迎の宴を準備しています」

「ありがたきお言葉、感謝致します……申し遅れましたが、私は魔導師団団長を務めますフィル・オーケン……こちらから、魔導師団リーダーのジンダ、キリオン、エダハン……後ろに控えますのは、王立聖騎士団の団長エクセオ・ローヴァルと、副長ビョードル・リンドンです」

オーケンが、一人一人紹介すると、彼らは軽く会釈をした。バードもそれに応えるように頭を下げた。

「オーケン様」

それまで黙っていたリーブが、我慢しきれずに前へと進み出た。

「ルー・リーブ・ヴァーリィ……元気そうで何よりです」

「オーケン様もお元気そうで……もう私は『ルー』ではありませんよ？」

リーブはそう言いながらオーケンの前に跪き、ローブの裾を手に取り口づけた。

「以前にも増して、幸せそうで安心しました。大聖官も貴方のことをとても気にかけておられましたよ」

「すみません。いつも勝手ばかりをして……でも本当に皆様に会えて嬉しいです。まさかオーケン様が団長としていらっしゃるとは思いませんでした」

オーケンは笑いながら、白髪交じりの豊かな顎髭を擦った。

「私もまだまだ役には立つつもりですよ……こんな年寄りですがね」

リーブも釣られて笑った。そして立ち上がり、みんなの顔を順番に見つめた。

「ジンダ様、キリオン様、エダハン様……皆様お元気そうで……マスター……マスター・ローヴァル」

後方に立つ騎士と目が合うと、リーブは瞳を輝かせて嬉しそうに名を呼んだ。

亜麻色(あまいろ)の髪に、青灰色の瞳の精悍な顔立ちの中年の騎士だった。彼はリーブを見つめて、ニヤリと笑ってみせた。

「マスター……」

リーブは嬉しさのあまり駆け寄って、騎士に抱きついた。

「マスター・ローヴァル……ああ……お会いしたかった……」

「こらこら……リーブ……子供じゃあるまいし……」

彼はクスクスと笑いながら、抱きつくリーブの背を撫でた。

「だって……一体何年ぶりだと思うのですか？　私がニーヴェリシアを旅立って十年。その前はマスターが仕事でニーヴェリシアを留守にしていましたから……十五年は会っていません」

「そうだったか？」

「はい……マスターは全然お変わりありませんね」

「いや、もう歳を取ったよ」

「そんなことはありません」

「リーブ……ほら、あんまりいつまでもそんなに抱きついていては、君の王様が、変な顔をしてこちらを睨んでいるぞ？」

「あ……」

リーブは慌てて離れると、チラリと後ろにいるバードの方を見た。バードは腕組みをして片眉を上げながら、いぶかしげな表情でこちらを見ていた。

リーブは少し赤くなって苦笑する。

「皆様、どうぞ宴までの間部屋でお寛(くつろ)ぎください。難しい話は明日いたしましょう。……キリク、お願いします」

リーブはキリクを呼んで、彼らを部屋へ案内させた。

皆が去ってから、リーブはゆっくりとした足取りでバードの下へ戻り、顔色を窺うようにニッコリと笑ってみせた。

「あ～……すみません、ちょっと懐かしくて、嬉しくてつい……怒ってます？」

「お前が……マスターと呼んでいたあの男は誰だ？」

バードがとても不機嫌そうな顔で、腕組みをしながら尋ねてきたので、リーブは思わず微笑んだ。

「ああ……エクセオ・ローヴァル様は、ニーヴェリシアの王立聖騎士団の団長です。大陸で最も強い騎士です。私の剣の先生でもあり、護身術や旅をする上でのすべての術を教えてくださったのもマスター・ローヴァルです……私が最も尊敬する方です」

「今もか？」

「え？」

「今もあいつが、お前にとって最も尊敬する者なのか？」

その言葉を聞いて、リーブは一瞬目を丸くして思わず噴き出した。

「バード……貴方、もしかして、嫉妬しているのですか？　彼に？」

笑うリーブに、バードは眉間にしわを寄せた。

「自分の妻が他の男に抱きついて、なんとも思わない夫がいたらぜひ会ってみたいもんだ！　誰だって腹を立てる」

バードが憤慨した様子で、リーブに向かって訴えた。リーブは少しオーバーな仕草で首を竦めている。

「ちょっと待ってください。私とマスターは、ただの師弟関係です……貴方の考え過ぎですよ」

「マスター、マスターって……お前の『主人』はオレだけだ」

「呆れた」

リーブは溜息をついてバードの手を握った。

「ええ……そうですよ。私のマスターは貴方だけです。ただの呼び方だけで、そんな怒るなんて……貴方は誰よりも心の広い王ではないですか……」

「お前のことに関しては別だ」

「ワガママな人」

リーブはそう言って、バードに口づけた。

その日の夕刻、館では盛大な歓迎の宴が開かれた。館の大広間に入りきれない兵士達は、城下町で労いを受けた。

「兵士千人と魔導師二百人ですか……それは大規模な兵団だ」

バードはオーケンと杯を交わしながら、にこやかに話をしていた。

「我が方は、海軍第一兵団と国内の警備師団から大隊を編成して、総勢千五百人の兵を出すつもりです」

「それは心強い……ありがとうございます」

「そして……オレも行きましょう」

「え？　国王陛下自ら？」

「ええ……我々はそういう民族なんですよ。昔から族長自ら先頭に立って戦う。そうでなければ民の心を掴むことは出来ません。民に血を流させて、平和な国内で安穏と過ごすなど、我らナーガ族では許されないことです。もちろん他国では事情が違うことや、国王の役目がそれだけではないことも承知している。だが我らはそんな風にしか生きられないのです」

バードは上機嫌で酒を飲みながら語った。

「ナーガ族の王は、勇猛果敢と伝え聞きます……それにしてもこんなにお若いとは思いませんでした」

隣りにいたローヴァルがそう言ったので、バードは無言のままで視線だけを彼に向けた。

「歳を重ねるだけで、王の器となれる訳ではない……そして闇雲に戦うだけの荒くれ者でもない」

「これは……失礼。私の言い方で、陛下の機嫌を損ねたようであれば、無礼をお詫びします」

「別に機嫌を損ねた訳ではない」

二人は睨み合うように視線を交わした。表向きは和やかにしているが、互いを見る視線は鋭い。先に視線を逸らしたのは、ローヴァルの方だった。ローヴァルは、目を伏せて溜息混じりに笑った。

「陛下は……いたくリーブにご執心のようですね。

あの子のどこを気に入られたのですか？」

　バードはすぐに返事をしなかった。堅く口を閉じたまま、じっと強い眼差しでローヴァルを見ていた。

『食えない男だ』そう思った。何もかも熟知しているように思う。

　ただの大国の王に仕えるお飾りの鈍ら騎士ではなさそうだ。それなりの修羅場を潜りぬけてきた勇者の目をしていた。年の頃は四十歳後半くらいだろうか？　だがまだまだ剣の腕は鈍っていなさそうだ。

　どうもバードのことを『ハナタレ小僧』呼ばわりしそうな顔をしているのが気に食わない。その上、顔がいいのも気に食わない。

　リーブはバードに『嫉妬して』と言っていたが、この男の方がバードに対して好戦的な匂いを発している。可愛い愛弟子を取られて、きっと面白くないはずだ。

「オレとリーブは、運命で結ばれていたのだ……どこが気に入ったかなど愚問だ」

「ハハハ……これは一本取られましたな」

　ローヴァルは笑って、グイッと杯の酒を飲み干した。バードがその杯に酒を注ぐ。

『目が笑ってねえよ』

　バードは内心そう呟きながら、ローヴァルの様子を見守った。

「それにしても……しばらく見ない内にリーブが、随分美しくなっていて驚いた。男に『美しい』と言うのも変かもしれないがな。これもすべて王の寵愛の賜物かな？　小さな頃から天使のように綺麗な子ではあったが……」

　ローヴァルが、懐かしむように目を伏せて言ったので、隣に座るオーケンも頷いた。

「本当に綺麗な子でした。あの子を見た者は、誰もが心を奪われた。教会でも修道士達にとてもかわいがられていましたな……あの子にはよく色々なイタズラをされたけれど、あの顔で『ごめんなさい』と謝られては、誰もそれ以上叱ることが出来なかった」

「オーケン様も、随分手を焼いていらっしゃいましたね……そういえば」

「だがリーブはローヴァル殿にベッタリでした。魔術の勉強よりもローヴァル殿から聞く、外の世界の話に夢中でした」

「ではあの子の放浪癖は私のせいでしょうか？」

二人がリーブの昔話で盛り上がるのを、面白くなさそうな顔でバードは酒を飲みながら聞いていた。

「なんのお話ですか？」

他の魔導師達と話をしていたリーブが、バードの下へ戻ってきた。

バードの隣に座ると、ローヴァルとオーケンの顔をニコニコと笑いながら見つめた。

「お前の子供の頃の話をしていたんだよ」

「イタズラが多くて困っていたという話だ」

「そんな……私はそんなにイタズラ好きではありませんでしたよ？　酷いですね！　バード、この人達の話を信じないでくださいね。特に……マス……ローヴァル様は、戯言(たわごと)がお好きな方ですから」

リーブがローヴァルの呼び方を言い直したことに、ローヴァルはすぐに気づいたが、何も言わずにただバードをチラリと見て微笑んだ。その反応に、バードもすぐに感づいてムッとする。

「リーブ……陛下も一緒にロンサイへ行っていただけるそうだが……お前も一緒に来るのかい？」

ローヴァルがそう尋ねたので、リーブは驚いてバードを見た。

「バード……貴方も行くのですか？」

「ああ、当然だ」

バードが憮然としたまま答えたので、リーブも口を閉ざしてそれ以上何も言わずにただ見つめ続けた。ローヴァルは、そんな二人を交互に見て、『ほほう』と面白そうに顎を擦る。

「リーブは行かないのかい？」

もう一度尋ねられたので、リーブはローヴァルの顔をチラリと見てから小さく溜息をついた。

「私は……この国から出ることは出来ないのです」

「ああ……そういえば大聖官がおっしゃっていたな……なんでもこの国を守る『石』の力で束縛されているそうだね」

「はい、この国を離れたら私は死ぬことになります」

その言葉に、オーケンとローヴァルは顔を見合わせた。

「それは随分物騒な話だ。『石』の呪縛を解く方法はないのか？　陛下、仮にも愛する后をそんな物騒な方法で束縛するのはいかがなものか？」

「ローヴァル様いいのです！　これは私も承知していることです。どうかこの国のしきたりに口を出さないでください」

リーブが慌ててローヴァル達を制した。

「お前がそう言うのならば……」

ローヴァルはそう言ってバードを見つめたが、バードは無言で視線を逸らしている。

リーブはバードとローヴァルの間にある険悪な空気を察して、困ったように溜息をついた。


その夜リーブが寝室に入ると、すでにバードがベッドに横になっていた。宴がお開きになった後、てっきりバードはいつものように別の部屋で、バスカス達と飲み続けているものだと思っていた。

ローヴァルの件で機嫌が悪いことは分かっていたので、飲みに行かずにベッドで横になっているというのならばふて寝しているのだろう。リーブはそう思って、声をかけずにそっとベッドの側まで歩み寄った。

脇のテーブルにランプを置いて、静かにベッドへ腰を下ろした。

バードの様子を覗き見ようとしたが、バードは上掛けを頭まで被せて丸まっている。後頭部が少し出ているだけで顔は見えない。

リーブはその見えている部分の髪をそっと撫でた。

「明日、星詠み達と話をしようと思う」

突然バードがポツリと呟いたので、リーブは驚いて「え？」と聞き返した。

「石の呪縛を解く為に、ニーヴェリシアの魔導師達に石を見せたいという話をしようと思う」

「バード、そのことについては呪縛を解く必要はないと、きちんと話し合いをしたはずですよね？」

リーブは眉間にしわを寄せながら、少し怒っているような口ぶりで言った。

以前、ガルボスの船団がシークに攻め込んできた時に、バードはリーブを逃がす為に、星詠み達に命じて、石の呪縛についての古い術書をリーブに託そうとしたことがあった。

もちろんリーブはそれを断り、バードと話し合いをした。リーブはこの国に骨をうずめるつもりでいるから、呪縛を解く必要はないのだと言って、なんとかバードを納得させたのだ。

「お前は呪縛を解くことが出来るくせに、解かないと言い張るから……ニーヴェリシアの魔導師達が二百人もいるのならば、彼らで解くことが出来るだろう」

「ですからそれは！」

「お前は知りたくないのか？」

リーブが苛立ったように声を荒らげると、それよりも更に大きな声でバードが怒鳴るように言いながら起き上がった。

「お前の出生が分かるのかもしれないのだぞ？　捕らえられたというカリフ人達がまだ生きているのならば、お前の出生が分かるのかもしれない。知りたくないのか？」

「バード……」

リーブは更に眉根を寄せて苦し気に顔を歪めた。バードが誰よりも、リーブのことを思ってくれているからこそとても辛い。

「知りたくないと言えば嘘になります。確かに以前はとても知りたかった。バード、前にも話しましたが、今の私はもうそこまで自分の出生を知りたいとは思っていないのです。それは貴方がいるから……私がずっと自分の出生や故郷を知りたくて旅をしていたのは、何もない自分が嫌だったからなのです。生まれてすぐに捨てられたのならば、まだ諦めもつきます。でも私は五、六歳くらいの頃に、教会の前で倒れていました。だからそれまで誰かに育てられていたはずなのに、それまでの記憶がない。そのことがとても不安で心細かったのです。捨てられたのか、自分で逃げ出したのか、それすらも分からない。自分の存在意義が欲しくて、探す旅をしていたのかもしれません。でも私は貴方に会えた。貴方が私を必要としてくれて、私の居場所を作ってくれた。だからもう出生の謎は解けなくても良いのです」

リーブは切々と語った。バードは複雑そうな表情で聞いている。話し終わったリーブは、なぜバードがそんな顔をしているのか不思議で仕方なかった。

「バード……この話は散々したはずです。貴方も納得してくれたはずなのに……なぜまたそんなことを言い出すのですか？」

「オレは……正直なところ分からなくなったんだ」

「え？」

バードは眉根を寄せて呟くようにそう言った。

「何が……ですか？」

「オレはお前からそう話をされた時に、勘違いしてしまったんだ。つまりその……ニーヴェリシアの連中と上手くいっていなかったのかと……教会にはお前の居場所がなくて、大聖官もお前の親代わりではなかったのかって……ほらよくあるじゃないか、孤児がいじめにあったりとか、寂しい思いをしているだとか……だけどお前がオーケン殿達との再会を、あんなに喜んでいて……皆と一緒にいるお前を見ていたら、自分の勘違いに気づいたんだ。だから……結局どういうことなんだ？　って分からなくなった」

バードは困惑している様子で、ぼそぼそと話した。リーブはそれを聞いて、ようやくすべてを理解した。

「バード……すみません。私の言い方が悪かったのですね。大聖官様も、教会の修道士の方達も、魔導師の方達も、みんな私に優しくしてくれていました。意地悪などされたことは一度もありません。でも確かに大聖官様は親子のように接してくれた訳ではないし、修道士の方達も家族ではありませんでした。私は修道士見習いとして教育されたし、魔導師見習いとして指導を受けました。私に求められていたのは、次期大聖官としての職務です。私も育てていただいた恩を返す為に、次期大聖官になるのは当然だと思っていました」

　リーブはそこまで話して、バードの手を両手でそっと握った。バードが驚いたようにリーブを見つめると、リーブはニッコリと微笑んでみせた。

「次期大聖官は私でなくてもなれます。でも貴方の伴侶は私しかなれないのでしょう？　私をずっと待ち続けて、私が必要だと言ってくれたのは貴方だけなのです、バード。それが分かったから、私はここに居続けることを選んだのです。それなのに、石の呪縛を解くなどと言わないでください。貴方の方からこの手を離さないでください」

「リーブ」

　バードはようやくすべてを悟ったように、神妙な面持ちでリーブの手を握り返した。

「私は貴方を信じて、貴方の無事を祈りながら、ここに残ってシークを守ります。あなたがそこまで私の出生について気にかけてくださるのでしたら、私の代わりにカリフ人達を救ってください。そして私に会わせてください」

「分かったリーブ、約束しよう。カリフ人達を救い出しシークに連れてこよう」

　二人は微笑み合い口づけを交わした。


　翌日、リーブの部屋にローヴァルが訪ねてきた。リーブが招いたのだ。部屋の中に通されてソファに座り、お茶を煎れるリーブの様子を、頬杖を突きながらローヴァルは黙って眺めていた。

　テーブルにお茶を並べて、ローヴァルの向かいに腰を下ろしたリーブは、じっと見つめるローヴァルの様子に、首を少し傾げて微笑んでみせた。

「何を見ていらっしゃるのですか？」

「いや……お前が変わったと思って」

「私が変わった？　どんな風に変わったのですか？」

　リーブが笑いながら尋ねたが、ローヴァルは何も答えず笑みを浮かべて、出されたお茶を一口飲んだ。

「シークはいかがですか？　騎士の皆様は寛いでいただけていますか？　ニーヴェリシアからここまで

も結構な長旅でしたから、ロンサイに向かう前に十分体調を整えていただきたいと思っています」

「ああ、ここはいい国だな。気候はいいし、食べ物も旨い。ニーヴェリシアの者達は皆寛がせてもらっているよ。で？　オレに何か話があるんだろう？」

「はい」

リーブは真面目な顔で姿勢を正した。

「マスターがどのように思っていらっしゃるか分かりませんが、一度私の口からきちんと話をしておいた方が良いと思ったので、お呼びだていたしました」

「そうか」

ローヴァルは頷いて、同じように姿勢を正して聞く姿勢を取った。

「私がこの国に来たのは、たまたま旅先で『精霊の回廊』を見つけたからです。それがこの国に私を導きました。そしてこの国で私を待っていたのは、この国の王の伴侶となることでした。私の存在は、この国の星詠み達によって何年も前から予言されていたのです。当然ながら、最初は私も抵抗しました。男性の伴侶になるなど有り得ないと思ったからです。でも……バードのことを知っていくうちに、私は彼に惹かれました。始まりはどうであれ、今の私は彼を愛しています。今思えば、私が『精霊の回廊』を見つけたのも、それによってこの国に運ばれたのも、すべて偶然ではなく、決まっていた運命のように思うのです」

リーブはそこまで一気に話して、一度ローヴァルの様子を窺った。ローヴァルは何も言わずに、真剣な面持ちでリーブを見つめている。

「たぶん……マスターも、大聖官様や他の方々も、私がどう説明したところで、私がこの国のご神体である『石』と命を繋げる呪縛を掛けられてしまっていることに、とても不信感を持たれてしまっていると思います。これはこの国の民族であるナーガ族が遥か昔海賊だった時の名残で、族長の伴侶が逃げ出さないようにする為とも言われています。でも実際には、この国に張られている結界の効力を高める役目を果たす為のものです。王と后の繋がりが、この国の繁栄の力になっています。石は媒介になっているだけです」

「それが本当ならば、王も呪縛に掛けられなければならないのではないか？」

「王になる者は『石の導き手』なのです。石に『王になる者』と予言されて生まれてきた者が王位を継ぎます。つまり王は世襲ではありません。この国の王になる者は、生まれながらすでに石の呪縛を負っているようなものなのです。これは私の勝手な推測ですが……私達魔術を使う者が、生まれつき魔力を持っているように、王になる者は石の力を持って生まれるのではないかと……」

「だから『石の導き手』と言うのか？」

ローヴァルが首を傾げながら尋ねた。リーブはそれを受けて苦笑する。

「すみません、それらしいことを申しましたが、『石の導き手』というのは私が勝手につけた呼び名です。この『石の力』を上手く表現する為にそう呼んでいるだけです。まあとにかく……王になる者は生まれつき石と繋がる力を持っていて、伴侶を迎えて石と繋げることで、石の力を強くしてこの国を守るのです。ですから……石の呪縛のことは、マスター達が思っているようなものではありません。第一……私はやろうと思えば、呪縛を解くことが出来るのですから、それをやらないということが、私の答えであり真実なのです。マスター……分かっていただけましたか？」

リーブが切々と訴えたのに対して、ローヴァルは無言のまましばらく考え込んで、すぐには返事をしなかった。その表情はなんとも捉えがたく、納得したのかしていないのか、リーブにもすぐには分からなかった。

沈黙は随分長く続いた。だがリーブは辛抱強く、ローヴァルの第一声を待ち続けた。どれほどの時間が経ったのか、それは長いようで短い時間だったかもしれない。

ようやくローヴァルが口を開いた。

「お前の言い分は分かった。それも真実なのだろう。

お前に限って、誰かに脅されて……とは思わない。だがオレは自分の目で見て、自分で判断したことがすべてだと思っている。その為に遥々ここまで来たんだ」

「それは……どういう意味ですか？」

ローヴァルの返事が何を言わんとしているのか、リーブは分からずに怪訝そうに眉根を寄せた。リーブの話を聞いた上で、別に反論する訳ではないが同意もせずに、まるでそれとは別に何か策略があるかのような言い草だと思ったからだ。

「お前はこれが何か分かるな？」

ローヴァルがそう言って懐から何かを取り出した。それは陶器で出来た丸い板のようなものだ。表面に細かい文字で複雑な魔法陣のようなものが描かれてあった。

「それは……イシリスの護符」

「そうだ。どんな魔術も無効化できるイシリスの護符だ。魔術を使えないオレでも使用することが出来る」

ローヴァルが差し出したそれを見て、リーブの顔色が変わった。

「なぜマスターがそれを持っているのですか？　なんの為に……まさか石の呪縛をそれで解くつもりですか？」

「その通りだ。大聖官様からいただいてきた」

リーブは思わず立ち上がった。緊張した面持ちで身構えたので、ローヴァルは苦笑して護符を懐に仕舞った。

「まあ待てリーブ、今すぐこれを使うつもりはない。とりあえず座りなさい」

ローヴァルに宥められて、リーブは渋々座り直した。

「先に言っておくが、これは大聖官様の命令ではない。あくまでもオレの一存だ。オレが無理を言って大聖官様を説き伏せて、この護符を貰ってきたんだ。そこは誤解してくれるな」

「ですが少なくともマスターはそれを使う気でいるのですね？」

リーブが厳しい眼差しを向けながら、強張った表情でそう言ったので、ローヴァルは首を竦めて笑みを浮かべる。

「いやいや、それも違うよ。言っただろう？　オレは自分の目で見て、自分で判断したことがすべてだと思っているって。ニーヴェリシアを発つ段階で、オレが聞いた話から受けた印象は正直あまり良くない。お前が言う通り『石の呪縛』など愛する后に対して掛けるもんじゃない。それは単なる拉致監禁じゃないかってね。大聖官様はリーブが納得しているなら問題ないだろうとおっしゃったが、オレは納得出来ない。それならばこれがいい機会だ。自分の目で見て判断すると言って、これを借りてきた。オレがこの目で見て、お前が本当に幸せで、シークの王が心からお前を愛し、『石の呪縛』の件を差し引いても、お前を預けられる相手だと、オレが判断しない限りこれを使って、無理矢理にでもお前を連れて帰るつもりだ」

ローヴァルの話を聞いて、リーブは更に眉間にしわを寄せた。しばらくの間、二人はじっと見つめ合った。リーブの方の眼差しはとても厳しいものだったが、ローヴァルは飄々とした様子で、その眼差しを真っ向から受け止めている。

「今の私は、幸せそうに見えないのですか？」

「お前がそう装っていないとは言えまい」

「頑固なんだから」

「それはお前もだろう」

ああ言えばこう言い返されるやり取りに、リーブは閉口してしまった。

「まあ、とにかくそういう訳だから、当面は観察させてもらうよ。もしもこれを実行するとしても、ロンサイの件がすべて済んでからだ。安心しろ」

「分かりました。好きになさるといいです。でも私が幸せなのは間違いないし、バードと愛し合っていることも確かです。それを傍から見て勝手に判断されるのは、とても不愉快ですし、間違った見方をされるのも嫌ですけど……もしもマスターが、その護符を使うことになったら、私は全力でそれを阻止します。たとえマスターと戦うことになったとしても……」

リーブが真剣な顔でそう言ったので、ローヴァルは肩を竦めた。

「それは怖いね。そうならないことを祈るよ」

ローヴァルは立ち上がり、部屋を出ていこうとしたが、扉の前で足を止めた。

「ところで王の前で、オレのことをマスターと言わないのは、焼きもちでも焼かれたのか？」

ローヴァルがニヤリと笑って言ったので、リーブは一瞬驚いたがニッコリと笑い返した。

「ええ、私の伴侶は焼きもち焼きなんです。愛されている証拠ですから、私も彼が不愉快な気持ちにならないようにしてあげます。夫婦ですから」

リーブの返事を聞いたローヴァルは苦笑しながら部屋を出ていった。

マイヨは先ほどから何度も、リーブ達の部屋の前の廊下をウロウロと行ったり来たりしていた。時折人が通りかかると、慌てて素知らぬ振りをしたりしてその場をやり過ごした。

マイヨは溜息をつきながら扉の前に立ち、ドアノブに手を掛けてはその手を引っ込めてまた溜息をつく……という行動を何度も繰り返していた。

やがてとうとう決心をつけたのか、大きく深呼吸をして扉をノックした。

返事がないのでもう一度ノックをして「失礼します」と言いながら、ゆっくりと扉を開けた。明るい居間には、人影はなかった。

マイヨは少し出鼻をくじかれたようで、戸惑いながら辺りを見回した。リーブは部屋にいると聞いてきたからだ。「リーブ様？」と呼びかける。

「はい」と、少し遠くから声が返ってきたので、マイヨは安堵した。

「書斎です」と、もう一度声がしたので、マイヨは中へ入り奥の書斎へ向かった。

「マイヨです。リーブ様」

半分ほど開いている扉から、中を覗き込みながら声をかけた。何かゴトゴトと、物を動かす音が聞こえる。

「どうぞ……お入りなさい」

リーブの返事を聞いて、マイヨは恐る恐る中に入った。

リーブは、窓際の机にたくさん置かれた瓶を、ひとつずつ棚へ片付けていた。

「どうかしましたか？」

リーブは手を止めて、マイヨの方を振り返る。マイヨはリーブの顔を見つめて、大きく深呼吸をした。

「あの……お願いがあります」

真面目な顔でマイヨがそう言ったので、リーブは何事かという表情で持っていた瓶を机に置いて、改めてマイヨの方に向き直った。

「あの……今リーブ様は、色々と大変そうで……それなのにお願い事をするなんて……非常識だと思うんですけど……」

「何？　……別に構わないですよ？　言ってごらんなさい？」

随分萎縮した様子で、マイヨが申し訳なさそうに言うので、リーブは宥めるように微笑んで促した。

マイヨは俯いてモジモジとしている。

リーブはマイヨが言い出すまで辛抱強く見守った。

「あの……ボクも……ロンサイに行きたいので……バード様にお願いしていただけませんか？」

「え!?」

思いも寄らないマイヨの言葉に、リーブはとても驚いて目を丸くした。

「ロンサイに行きたいって……意味は分かっているのですよね？」

「はい、もちろんです。ボクも何か役に立ちたいんです。ニーヴェリシアの魔導師の方々がいらっしゃるので、ボクの魔術などあまり役には立たないかもしれませんが……でもザイの側で……ザイを手助け出来るのなら……ボクも行きたいんです」

マイヨはとても真剣だった。

リーブは目を丸くしたまま、マイヨの真剣さに圧倒されて、息を呑んで聞いていた。

「お願いします。明日には出発だし……もう時間がないんです。本当はもっと早くにお願いするつもりだったんですけど……リーブ様がお忙しそうで、今まで言い出すことが出来ませんでした」

リーブは一度頷いて、しばらく考え込んだ。

「ザイの側にいたいのですね？　マイヨ、貴方にとってザイの存在とはなんですか？」

「え？」

逆に質問を返されて、マイヨは戸惑ってしまった。

「家臣ですか？」

「ち、違います！　ザイはバード様の家臣です」

「ではなんですか？」

「それは……友達です。とても大切な友達です。ボクのこの国での初めての……そして一番の友達です」

マイヨが頬を上気させながら一生懸命に答えるのを、リーブは微笑みながら聞いていた。

「本当に友達というだけですか？」

「え？」

「友達というだけでそんなに側にいたいと思いますか？」

「リーブ様……それはどういう意味ですか？」

マイヨが首を傾げるので、リーブはクスリと笑った。

「貴方には、まだ自覚がないのですね……マイヨ、貴方の気持ちはとてもよく分かります。大切な人の側にいたいという気持ち……貴方はザイに守られてばかりではなく、ザイの為に役立ちたいのですね？」

「そうです！　そ、その通りです！」

マイヨは自分が思っていたことを的確に言われて、驚いたように目を丸くして声を弾ませた。

「でもね、マイヨ……たぶんザイが一番の友達だからというだけでは、バードを納得させることは出来ませんよ？　それにザイも……ザイは貴方が一緒に行きたがっていることを知っていますか？」

「いいえ……それは……」

マイヨは目を伏せて困ったように呟いた。

「ザイも反対しそうですね。バードとザイの二人を納得させるのはとても難しいですよ？」

　リーブに言われて、マイヨは眉根を寄せて困ったように顔を歪めた。

「遠い異国の地に、それもカリフ人である貴方が行くというのは、とても危険です。貴方は巡回診療に向かっている時に襲われましたよね？　あれよりももっと怖い目に遭うかもしれませんよ？　ザイは貴方を護ろうとして、また怪我を負うかもしれません。それでも貴方は行くと言うのですね？」

　リーブは特に責めるような口ぶりではなかった。とても優しく穏やかで、勢いだけのマイヨの決心を、もう一度確かめているようだ。だからマイヨも、自分の気持ちを確かめるように目を閉じた。

「それでも……ザイの側にいたいです。あの時襲ってきたような者達のいる所へ向かうザイを、黙って見送ってずっと心配しながら待つよりも、一緒に行って手助けをしたいです。あの時のボクよりも、少しは役に立つと思います。だから……」

　マイヨは考えた末の答えを出した。意志は変わっていなかった。それを聞いてリーブは微笑みながら、小さく溜息をついた。

「マイヨ、それならば私から貴方に頼みがあります」

「え？」

「私の代わりにカリフ人達を助けて、私の過去を探る手掛かりを見つけてきてください」

「リーブ様……」

　マイヨは驚いて目を丸くした。突然リーブがそんなことを言うとは思ってもみなくて驚いたのだ。

「私からそう頼まれたのだと言えば、免罪符になるでしょう。バードにもザイにも」

　リーブがニッコリ笑って、付け加えるように言ったので、そこでようやく真意を理解して、マイヨは笑みを浮かべた。

「それじゃあ……」

「バードには私から言っておきます」

「あ、ありがとうございます」

　マイヨは満面の笑顔で何度も頭を下げて感謝した。

「さあ、部屋に戻って旅の支度をなさい」

「はい！」

マイヨが元気に返事をして、書斎を飛び出そうとした。それをリーブが引き留める。

「マイヨ」

「はい？」

笑顔で振り返るマイヨの側に歩み寄り、頭を優しく撫でて、両手でマイヨの顔を包み込んだ。

「貴方のそのザイに対する気持ちがなんなのか、一度ゆっくり考えてみなさい」

「え？」

「それは決して友達に対する思いではないはずです」

「ど、どういう意味ですか？」

マイヨは訳が分からず、動揺しながらもなぜか頬が熱くなった。

「ザイのことが好きなのでしょう？」

「は……はい」

「離れるのが辛いくらいに好きなのでしょう？」

「……はい」

「貴方に自覚がなくても、貴方の強い想いは周りに伝わることもあります。別に貴方がザイと友達という関係のままで良いのならば、それでも構わないと思いますが、自分の本当の気持ちだけは自覚しないと、後々困ることが起きるかもしれません。貴方にとっても、ザイにとっても……だから貴方は貴方の本当の気持ちをきちんと理解しなさい」

「ボクの……本当の気持ち？」

マイヨは本当に分かっていないようで、不思議そうに首を傾げた。

「貴方がザイを好きだという気持ちは、恋愛感情でしょう？　ということです」

「恋愛……え？　ええ!?　そ、そんな……ボクは別に……第一男同士だし……あっ……すみません」

マイヨは狼狽えて出た言葉に、慌てて謝罪して赤くなった。リーブを前にして『男同士』を否定することはだめだと思ったのだ。もちろんマイヨは否定的には思っていない。ただ自分がそうだと言われた時、咄嗟に出てしまったのだ。そもそもそんな風に考えたことはない。

「いいんですよ、マイヨ。違ってもいいのです。ただ私から見て、貴方がザイを好きだという気持ちは、恋愛感情ではないかと前から感じていただけです。それは私の勝手な思い込みですから、貴方が違うと言うのならば別にいいのですよ」

リーブはマイヨから手を放して、微笑みかけた。マイヨはまだ赤い顔で、かなり狼狽えている。

「余計なことを言ってすみません……さあ、旅支度をなさい」

「は、はい……失礼します！」

マイヨは赤い顔で、慌てて書斎を後にした。


バードは腕組みをして、とても不満そうに口を歪めて椅子にふんぞり返っている。向かいのソファにはリーブが座っていた。

リーブはマイヨと別れてすぐに、バードの執務室に行って話をしていたのだ。話をする前に『絶対に何も言わずに最後まで黙って聞くこと』と約束させられていた為、バードは今そんな態度でいるのだ。

「それで私はマイヨに、私の代わりとしてカリフ人達を助けて欲しいとお願いしたのです。出来ることならば私の出生の手掛かりも探して欲しいと……もちろんカリフ人を攫っている敵地に、マイヨを行かせるなんて危険だということは承知しています。でもあのマイヨが、そこまでの強い意志で行きたいと言うなんて。その気持ちを尊重する方が私には大切なことだと思ったのです。マイヨのことは、貴方とザイが守ってくださるでしょう？　だから私は心配していません。魔術も以前より上手くなっていますし、自分の身は自分で守るでしょう。いつまでも籠の中で守ってやる訳にはいかないでしょう？」

リーブがそう言ってバードをじっと見つめた。バードは眉間にしわを寄せて、苛立っている様子だ。

「もういいのか？」

「え？」

「もうオレは口を開いてもいいのか？」

「ああ、はい、どうぞ」

リーブはニッコリと笑って頷いた。するとバードは大きく深呼吸をした。

「ダメだ！」

開口一番、とても強い口調で一言言った。それを聞いたリーブは目を丸くして肩を竦めた。

「バード……もっと私が納得するような反対理由を述べてください。『ダメだ』では納得出来ません」

「お前は分かって言っているんだろう？　だったら別に説明する必要もない」

「バード……もちろん貴方が反対することは分かっていて、だから私は懇々と説得したつもりです。それなのに、そんな一言では、私が納得できるはずがないでしょう？　貴方は私をロンサイに連れて行こうとしていたくせに、マイヨはダメなのですか？」

リーブにそれを言われると、バードは言い返す言葉が見つからず口をへの字に曲げた。

「私は自分で行かない代わりに、マイヨにすべてを託したのです。それでいいではありませんか」

「お前は……すごい賢者様だろう。マイヨとは違う」

バードが言い返すので、リーブは溜息をついた。

「ですからそれについては……バード、マイヨはザイのことが好きなのです。ザイの側にいたいのです。危険なことは承知で……いえ、危険だからこそ側にいたいのです。その気持ちを汲んであげましょう」

バードは憮然とした様子でしばらく考えていたが、ふいに何かに気づいたようにはっと表情を変えた。

「お前、今の話……ザイのことが好きってまさか……いかん！　いかんぞ！　ザイとそんな……それは絶対に反対だ」

「なぜです？　ザイは優秀な家臣でしょう？」

「ダメだ。ダメだ！　ロンサイに行くことよりももっとダメだ!!」

バードがさっきよりも怒り始めたので、リーブは唖然としながらそんなバードを見つめて、思わず笑い始めた。怒っているのにリーブに笑われて、バードは眉根を寄せながら前のめりになった。

「何を笑っている」

「だって……さっきよりも更に訳の分からない反対

の仕方……どれだけ狼狽なさっているんです？　そんなにマイヨが、ザイに好意を寄せるのがダメなのですか？　第一まだ二人が付き合うと言っている訳ではないのですよ？　ザイに振られるかもしれないのに……」

「ザイがマイヨを振るだと！　けしからん！」

「もう……どっちなんですか……」

リーブは涙を浮かべながら笑い続けている。

「何がそんなにおかしい！」

「だってバードったら、本当に娘の父親みたいで……バード、貴方がそこまでマイヨを愛してくれていることは、本当に嬉しいです。貴方が私だけじゃなくて本当に良かった」

「な、なんだよ……別にオレは……お前だけだぞ？　愛しているのは」

「だからいいんですってば……ねえ、バード。子を持つ親の気持ちってこんな感じなのですね。心配したり、喜んだり、怒ったり、嬉しかったり……マイヨのおかげで、私達は幸せですね」

リーブが心から嬉しそうに言ったので、バードは何も言えなくなり複雑そうな表情で口を閉じた。

「私は……マイヨが誰かに恋をするということが嬉しいのです。別に相手は女性でも男性でも構いません。あの子が……あんな辛い過去を乗り越えて、誰かと愛し合おうという気持ちになってくれただけで嬉しいのです。それも……男性であるザイに対してそう思えるなんて、それだけザイがマイヨに対して真摯に向き合ってくれているのでしょう。ザイがマイヨのことをどう思っているか分かりませんが……この旅に連れていってあげてください。私は貴方とザイを信じていますから、マイヨを送り出せるのです」

バードはそれを聞いて、大きく溜息をついた後、頭を乱暴にグシャグシャと掻いた。

「まったく……お前にそう言われたら許すしかないじゃないか……お前はずるい……オレの頼みは何も聞いてくれないくせに……」

「聞きますよ？　だって最初に貴方が願ったでしょ

う？　オレの伴侶になれと」

　バードは再び溜息をついた。そして大きく両手を広げた。

「じゃあ、オレもお願いするぞ！　こっちに来てオレに抱きしめさせろ！　しばらく離れていても、オレがお前の温もりを忘れないくらい」

「貴方は昨夜もそんなことを言って散々私を抱いたような気がしますけど……仕方ありませんね。私も貴方の温もりを忘れないようにしたいですから」

　リーブはわざと渋々というような素振りをしながら立ち上がり、バードの側まで歩み寄ってそっと膝の上に座った。二人は見つめ合い互いに愛しむように抱き合った。


　出発の朝、タージの港はかなり騒然としていた。シークの兵士達とニーヴェリシアの騎士や魔導師達、そして荷物を運ぶ人で溢れかえっている。

　バードは、マイヨやリーブと共に出発予定ギリギリに港に着いた。

「準備は整っているのか？」

　バードが走り回っているキリクを捕まえて尋ねた。

「我が国の準備は概ね出来ています。ニーヴェリシアの船に積み込む水や食料も準備完了です」

「そうか」

　そこへバスカスが走り寄ってきた。

「なんだかバタバタしちまっているが、念には念を入れた確認をさせているだけだ。基本的に準備は完了している。ニーヴェリシアの船さえ出発可能なら、こっちはいつでもいいぜ」

　バスカスがドンッと胸を叩いて言ったので、バードは満足そうに頷き返した。

　改めてリーブを見つめると、リーブは懐から何かを取り出した。

「バード……これを私と思って、常に肌身離さず持っていてください」

　リーブがそう言って差し出したものを、バードは受け取ってじっと見つめた。それは小さな人形だった。白い服を着て金色の長い髪までつけている。リーブ人形といったところだろうか？

バードは思わずニヤリと笑った。

「この前から部屋に籠もって何かやっていると思ったら、こんなのを作っていたのか？」

「はい、とても苦心して作ったのですから大事にしてくださいね」

リーブが微笑みながら言っている側から、バードが人形の服をめくったりし始めたので、リーブはペチンと軽くバードの頭を叩いた。

「もう……いたずらは禁止ですよ」

「はは……大事にするよ」

「いつも持っていてくださいね。必ずですよ？」

「分かった。分かった」

リーブが何度も言うので、バードは笑いながら人形を懐に仕舞った。

「ここにいつも入れておくよ」

バードがそう言ってリーブの頬に口づけたので、リーブは少しだけ安堵して口づけを返した。


「どうかご無事で……無理はなさらないでください。もしも危ない状況に陥ったら一番に逃げてください」

「馬鹿なことを……家臣を置いて逃げる訳がないだろう。だが大丈夫だ。いくらロンサイの馬鹿どもでもこれだけの兵団と戦おうなどと思うはずがない。さっさと解決して一刻も早く戻るよ」

バードはリーブを抱きしめて、優しく囁いた。

「それじゃあ行ってくる……国のことはまかせたぞ」

「はい、シークのことはご心配なく」

二人は何度か口づけを交わして、名残惜しそうに体を離した。

リーブはマイヨに向き直り、その頬を優しく撫でた。

「オーケン様に、あなたのことを頼んでおきました。魔術で不安になることがあったら、オーケン様になんでも尋ねなさい……それからバードやザイの言うことはよく聞いて、無理な行動をしてはいけませんよ？」

「はい、分かりました」

「行ってらっしゃい」

　リーブはニッコリと笑うと、二人を船の方へ行くように背中を押して送り出した。

　二人は仕方なく歩き出したが、気になって何度も後ろを振り返る。リーブは笑顔で手を振っていた。

　二人は船に乗り込み、甲板の上から他の兵士達と共に、港に見送りに来ているたくさんの人達に手を振った。

　出港を告げる鐘の音が響き渡り、一斉に帆が張られた。錨（いかり）を上げる男達の掛け声が聞こえてくると、港から見送る人々の激励の声が沸き上がった。

　港には溢れんばかりの人々がいたが、リーブの金の髪は一際（ひときわ）目立っていて、どこにいてもすぐに分かる。マイヨは大きく手を振り返した。

「行ってきます！」

　大きな声で叫んだが、リーブにその声が届いたかは分からない。リーブの姿が段々遠く小さくなっていくと、マイヨはなんだか心細くなって、涙が出そうになった。

「すぐ帰るから大丈夫だ」

　その肩をバードが抱きしめてくれた。

「はい」

　マイヨは力強く頷いて涙を堪えた。

†

　航海の間、マイヨはバードの部屋に寝泊まりしていたが、日中もずっと部屋にいることが多かった。特にマイヨには手伝えることがないと分かったし、船の中をうろうろしては、むしろ邪魔になると思ったからだ。

　もっぱら部屋の中で、魔術書を読んで過ごした。部屋を出ない理由にはもうひとつあった。それはザイに会わないようにしていたのだ。リーブからザイが反対するだろうと言われたので、それを気にしていた。

　船が出てしまったら、降りろと言われてももうどうしようもないから、会っても大丈夫だとは思うが、ザイが怒ったら嫌だなと思ってしまったのだ。

「どうせもうお前が船に乗っていることは、ザイにはバレているよ」とバードには言われた。マイヨもそうだと思っているが、それならばなぜ会いに来てくれないのだろう？　と考えるとやはり怒っているのではないかと思ってしまう。

そんなマイヨの様子を、バードは気にしつつも黙って見守っていた。

出港から数日経ったある日のこと、急病人が出たとマイヨの下に知らせが届いた。船医もお手上げで、マイヨに助けて欲しいと泣きついてきたのだ。

マイヨは薬箱を抱えて、案内されながら船内を走った。その途中でザイにばったり遭遇したが、互いに何か言いかけて、そのままマイヨは先を促されて走っていった。

案内された部屋に入ると、ベッドの上でのたうち回る兵士と、それに付き添う船医が待っていた。部屋の外の廊下には、やじ馬がたくさんいる。

「どうされたのですか？」

マイヨが尋ねると、船医は困惑した様子で首を振った。

「突然、腹が痛いと言って倒れたらしいのです。悪い物でも食べたのかと聞いても、皆と同じ物しか食べていないと言うし、痛くなったのも食後という訳でもなくて……痛み止めの薬を飲ませようと思っても、水さえも吐き出してしまうありさまで……」

マイヨは船医の話を聞きながら、のたうち回って苦しむ男の様子を観察していた。

「どの辺が痛いのですか？　この辺りですか？」

マイヨが男の腹を触りながら尋ねると、男は額に脂汗を浮かべて苦痛に顔を歪めながら、辛うじて頷く素振りをした。

「内臓が捩(ね)じれてしまっているのかもしれませんね」

マイヨの言葉に、皆がどよめいた。

「怪我の手術は出来ますが、そういうのはここでは……」

船医が動揺してそう言ったので、マイヨは微笑んで首を振った。

「お腹を開く必要はありません。大丈夫です」

マイヨはそう言って、男の腹に両手を当てた。

「一瞬だけとても痛くなりますが我慢してくださいね。すぐに楽になりますから」

マイヨは男にそう声をかけると、目を閉じて呪文の詠唱を始めた。呪文を唱え終わった瞬間、男が悲鳴を上げて悶絶したが、すぐに唸り声もなくなり嘘のように静かになった。息遣いも穏やかだ。

「大丈夫ですか？」

マイヨが声をかけると、男はゆっくり目を開けてマイヨを見つめると笑顔を浮かべた。

「マイヨ様、嘘みたいに痛くなくなりました。ああ……ありがとうございます」

「捩じれていた内臓を元の位置に戻しました。もう大丈夫です。でも内臓は炎症を起こしてますから、しばらく安静にしていてください」

マイヨは優しく男にそう告げて、カバンから薬を取り出した。

「今日一日は何も食べさせないでください。水だけを飲ませて、昼と夜にこの薬を服用させてください。明日には元気になるでしょう」

マイヨは船医に薬を渡した。

廊下で歓声が上がる。

「マイヨ様ありがとうございます」

「マイヨ様がいてくれて良かった」

「そんな……船医さんにも治せる病気です。ただここでは道具が揃っていないから難しいだけです」

マイヨは赤くなって、船医に「ね」と言ってその場を静めようとしたが、皆の興奮が治まらないので、困ったようにその場を逃げ出してしまった。

慌ててバードの部屋に戻ろうと、皆を掻き分けて廊下を歩いていると、再びザイに会った。

「あ……」

「マイヨ様」

少しばかり怒っているような表情のザイを見て、マイヨは困ったように眉根を寄せた。

二人は甲板に出て、縁にもたれかかりながら海を見つめていた。二人ともずっと無言だった。どちらも話し出す切っ掛けを探っているようだった。他の兵士達が遠巻きに見守っている。誰が呼んだのか、バードまで見守る群衆の中にいた。

「ザイ……あの……怒ってますか？」

先に口を開いたのはマイヨだった。無言に耐えられなくなったのだ。ザイと喧嘩をしたい訳ではない。なんだか怖くて説明するのを後回しにしてきたが、こうして会えた以上は、早々に嫌なことは解決してしまいたかった。

「別に……怒ってはいません。貴方が船に乗っていることを知ったのは、出航直後で……出発の際は私も忙しくしていたので、貴方が乗船したことを知りませんでした。その後、陛下からリーブ様の代理として同行されたのだと聞きましたから……陛下やリーブ様が承認されていらしているのに、それを私が怒る権利などありません」

ザイはポツポツと話した。ザイは普段からそれほど愛想が良い訳ではなく、話し方も朴訥(ぼくとつ)としていて機嫌が悪く見えるので誤解されることも多い。だがマイヨは、ザイと長く側にいて、本当に機嫌が悪い時、機嫌がいい時を見分けることが出来るようになっていたので、基本的には誤解することはなくなっていた。

だが今のザイは明らかに機嫌が悪い。

「でも怒っていますよね？」

もう一度マイヨがそう言ったので、ザイは少しの間をおいて「はい」と答えた。

「陛下やリーブ様が、危険な場所にマイヨ様を望んで送り出すはずがありませんから、貴方が懇願して参加されたのだろうと容易に想像できます……なぜですか？　この一行の中で、貴方が一番狙われて危険だということはお分かりですよね？」

ザイが少しばかり強い口調で言ったが、マイヨは両手の拳をぎゅっと握って、負けまいと強い眼差しでザイを見つめた。

「分かってます。あの時ボク達を襲ってきた人達のこと……あの恐ろしい妖獣や黒魔術師のことも、身をもって知っています。だからこそ行かなければと思いました。シークの兵士達はとても強いです。妖獣との戦いにも慣れています。でも相手はただの妖獣ではありません。悪い人達が……悪い黒魔術師が操っています。そしてボクのようなカリフ人を攫っている。カリフ人を助け出せば、伝説のエスカ・ポーリャの謎が解けるかもしれないし、そしたらリーブ様の過去を知る手掛かりを掴めるかもしれない。ボクはボクを今まで助けて守ってくれたリーブ様に恩返しがしたい。バード様やザイの手助けがしたい。ザイ、ボクは貴方に護ってもらう為についてきた訳ではありません」

マイヨが珍しく大きな声で啖呵を切ったので、ザイは驚いて目を見開いた。周囲からどよめきが起きる。

「それにザイ、貴方こそ傷が完治した訳でもないのに、この船団に同行しているではありませんか！　後で傷を診せに来てください。ボクの見立て次第では、戦線に立つことは許しませんからね！」

マイヨは勢いのままにそう言い放って、ザイの傷口のある肩をパンッと叩いて、そのまま逃げるように船内に駆けていった。

ザイは叩かれた瞬間、少しばかり傷が疼いて顔を歪めたが、思いもかけないマイヨの反撃に、呆気に取られて駆けていく後ろ姿を見送った。

だが同時に、わあっと歓声が上がり振り返ると、甲板にいたやじ馬達が大笑いしながら拍手して、ザイをはやし立てていた。その中にはバード様の姿もあり、腕組みをしてニヤニヤと笑っている。

ザイは赤くなって、ぷいっとそっぽを向くと、同じく逃げるように船内に消えていった。

その日の夕方、マイヨのいる部屋にザイが訪ねてきた。

扉を開けて、そこに立つザイの姿に、マイヨはとても驚いた。ザイは少しばかり気まずそうな顔で、一礼をした。

「傷痕を……診てください」

ザイがもう怒っていないのだと分かり、マイヨは安堵して部屋の中へ招き入れた。ザイに椅子を勧めて、治療道具の入ったカバンを机の上に用意する。

ザイは大人しく言われた通り椅子に座り、上着を脱いで上半身裸になった。包帯などはもう巻いていない。まだ傷痕は痛々しかったが、膿もなく色も普通で、毒に冒されている様子は、外観からは感じられなかった。傷口も随分塞がって以前よりも小さくなっている。

マイヨは聖水で濡らした布で、傷口を丁寧に拭いた。

「先ほどはすみませんでした。叩いたりして……まだ痛みますよね」

マイヨが申し訳なさそうに言うと、ザイは首を振って苦笑した。

「確かに……少し痛みましたが、おかげで冷静になれました。私こそ先ほどは、頭ごなしに責めるような言い方をして申し訳ありませんでした。ですが……マイヨ様のことを心配していることはご理解ください」

ザイがとても穏やかに話してくれたので、マイヨは安心して笑みを浮かべた。

「はい、分かっています。本当にありがたいと思っています」

マイヨはそう言いながら傷口に両手を当てて目を閉じた。静かに呪文の詠唱を始める。ザイはそれを見て、話すのをやめてじっと待った。

マイヨはとても嬉しかった。こうしてザイの傷を診たり、ゆっくり話をしたりするのは久しぶりだ。マイヨがザイの家に押しかけて以来だ。

あれからマイヨは、魔術や剣術の訓練に没頭したし、ザイも療養中に溜まった仕事を片付けるので忙しそうだった。巡回診療も中断されたままで、何度か館で会うことはあっても、こうして二人きりでゆっくり話をする機会などなかったのだ。

だからこそ喧嘩はしたくないと思っていたし、言えなかったことを伝えたかった。そしてこうして二人きりになってみると、話したいとかそういうことよりも、とにかく側にいられるだけで本当に嬉しかった。心が躍るとはこういうことだろう。今まで味わったことのないような感覚だった。

「もういいですよ」

マイヨは癒やしの術を掛け終わり、顔を上げてザイに服を着るように促した。

「すっかり毒は抜けているみたいです。リーブ様の治療が効いたのです。良かった」

「リーブ様ももちろんですが……マイヨ様のおかげもあります。叱られましたからね」

ザイが少し笑みを浮かべてそう言ったので、マイヨは赤くなった。

「あ、あれはザイが無茶をなさるからです。でもあれからは、ちゃんと言いつけを守って薬を付けていたのですね？」

「はい、こうなることは予想出来ていたので、陛下に随行出来るように完治させなければと思いました」

「それはボクも同じです」

マイヨが頬を上気させて言ったので、ザイは一瞬なんのことか分からず返答に困ってじっとマイヨを見つめた。

「あの事件の後ボクはとても後悔しました。シークはとても平和な国です。それでもバード様がボクやリーブ様に対して必要以上に……過保護と思われるほどに、ちょっと出かけるにも護衛をつけようとします。ボクはそれをよく分かっていませんでした。ボクが生まれ育った町は、同じように港町で人の出入りも多くて、だからとても治安が悪かった。子供は出来るだけ集団で遊び、知っている大人の目の届く所で遊ぶようにといつも言われていました。ボク達も子供ながらに、そういう空気を感じていたし、知らない大人が怖かった。だから無茶なことをしようとは思いませんでした。あれが普通なんです。シークの平和は、むしろおかしいくらいです。なのにボクは、みんなに守られて優しくされて、それが当たり前のようになっていて、危険ということを忘れていました」

マイヨはそこまで話しながら、ザイが神妙な面持ちで聞いているので笑みを浮かべてみせた。

「ザイも知っているように……ボクはとても酷い状態でバード様に助けられたから、余計にボクが怖がらないように周りが気を遣ってくれたというのもあると思います。まるで、もうこの世界には何ひとつ怖いものはなくなったとボクに思い込ませるみたいに……でもシークが平和なのは、石に守られているだけではなく、シークの男達がとても強いというせいもあるんですよね。シークにもたくさんの来訪者がある。ならず者だってたくさん入国するでしょう。問題が起きないのは、国内を守るザイ達のような国内警備師団の皆さんのおかげ……ボクは巡回診療で、ザイがボクの護衛としてついてきてくれている意味をすっかり忘れていたんです」

「マイヨ様」

「ザイが優しくしてくれたおかげで、ボクはザイのことが好きになって、友達になれるような気持ちでさえいました。友達と遠出しているような気分でいたんです。あの時まで……あんなたくさんの敵を相手に一人で戦い、妖獣までも倒してボクを守り切ってくれたザイ……ボクは後悔しました。ボクがもっとしっかりしていたら……リーブ様のようにいかなくても、自分の身は自分で守れるくらいだったら、もしかしたらあの時もっとどうにかなったんじゃないか？　ザイがボクのことを気にせず存分に戦えたら……ボクが少しでも助太刀出来たら……ザイがあんな酷い怪我をせずに済んだんじゃないかって……」

マイヨは少し辛そうに顔を歪めたが、すぐに笑顔に戻って真っ直ぐにザイを見つめた。

「だから強くなりました。少しだけど……リーブ様に特訓してもらって、魔術を覚えました。剣術も覚えました。ザイに比べたら、まだまだ全然弱いかもしれないけど……ボク……ザイの側にいたくてがんばりました」

ザイは驚いて目を丸くした。

「わ、私の側にいたくて？　それは……どういう……」

「そうですよね、意味分かんないですよね……ボクも最初は、ザイは大事な友達だから、友達を助けたいって気持ちだと思っていました。だけどリーブ様にそれは違うと言われて……考えたんです。確かにそもそもで言えば、友達になりたいと思っていたのはボクだけで、ザイに友達になって欲しいと言えないままだったし……まだボク達は友達ではなかったですよね」

マイヨがクスクスと自分の言葉に笑うので、ザイは動揺して目をうろうろとさせている。

「それに一番強く思ったのは、さっきも言ったけど、ザイの側にいたいってことなんです。離れたくない……遠くの危険な任務に赴くザイを、ただシークで待っているのは嫌だって思いました。それって友達の好きとは違うのかもしれないって思って……ごめんなさい。変なことを言って……ボク、今でもやっぱりちょっと男の人が怖いです。だけどザイは少しも怖くないです。こんなこと言ったら、ザイは気持ち悪いって思うかもしれないけど……ボク、ザイが好き……大好きです。だから付いてきちゃったこと許してください」

マイヨは必死になって最後まで言い切ると、真っ赤な顔で頭を深く下げた。しばらくの間顔を上げられずにいたが、ザイの反応がないので、恐る恐る顔を上げた。するとそこには、同じように真っ赤な顔をしたザイが、困ったように眉根を寄せてわなわなと震えていた。

「ザ、ザイ……」

「気持ち悪いなんてとんでもないことです……しかし……私は……どうしたらいいのか……」

「あ、あの、いいんです！　無理にボクの気持ちに応えなくても……嫌じゃないなら……」

「嫌な訳はありません！　ただ私は、そのような目でマイヨ様を見たことなどなくて……」

「嫌ではないんですね？　ボクがザイを好きでいてもいいんですね？」

マイヨが頬を上気させて、少し興奮したように問いただすので、ザイは更に顔を赤くして困ったように目を伏せた。

「あ、あ、ありがたいと思います」

「良かった！　ザイ、いいんです。ボク、それだけでもいいんです。ザイがこんなボクを、嫌だと思わないならそれだけで……」

「こんなって……マイヨ様！　それは私の方の台詞です。私のような者が、マイヨ様に好きになっていただくなど、身に余る光栄です」

「だけどザイは知っているでしょう？　ボクが海賊船でどんな扱いを受けていたか……ボクはとても汚れていて穢れた体だってこと……」

「何を言うのですか！」

　突然ザイが大きな声を上げて、マイヨの手をギュッと握ったので、マイヨはとても驚いた。

「貴方ほど美しい人はいません。貴方を穢そうとしてもそう簡単に穢れるものではない。私には眩しすぎるほどです」

「ザ……ザイ」

　二人とも真っ赤な顔でお互いを直視できずに目を逸らした。しばらくの間沈黙が続いた。その状況に先に耐えられなくなったのはザイの方だった。

「あ、あの……そろそろ仕事に戻らなければならないので……」

　ザイは勢いよく立ち上がり、ペコリと頭を下げた。

「そ、そうですね……あの……ザイ、ありがとうございます」

「いえ……こちらこそ」

　二人ともぎくしゃくしながら、変な挨拶を交わしてザイは部屋を後にした。

　扉が閉まったのを確認して、マイヨは大きく息をついて両手で顔を煽いだ。顔から火が出そうだ。

「言っちゃった……でも良かった……嬉しい……」

　マイヨは独り言を呟きながら笑みを零した。


「シークの王様は働き者だな」

　甲板で夜風に当たりながら、真っ暗な海を眺めていたバードに声がかけられた。振り返るとローヴァルが立っていて、手にはグラスとワインの瓶を持っている。

「自分の船だ。航海を恙なく行う為に動くのは当たり前だ」

「それがすごいって言っているんですよ。普通王様は一番いい部屋で、のんびり寛ぎながら海の旅を満喫するものです。マストに登って方位を確認したり、帆を繕う手伝いをしたり、甲板の掃除をしたりなんて、王様の仕事じゃない」

「船の上ではオレもただの船乗りだ。航海中はこの船の船長だというだけで、王様なんかじゃない……それにしても、貴方こそ自分の国の船に乗らずに、こっちの船に乗ったと思ったら、ずっとオレの観察なんかしていたんですか？　よほど退屈してるんですね」

ローヴァルがグラスにワインを注いでバードに渡した。バードはそれを受け取ると、不可解そうな顔でローヴァルを見つめる。

「見てますよ……オレは貴方を見る為にこの船に乗ったんですから、少しも退屈しませんよ」

「オレを？」

バードは更に怪訝そうに眉根を寄せた。ローヴァルは楽しそうに笑みを浮かべながらワインを飲んでいる。

「オレがもしも……リーブを連れ戻すことが目的で来たんだって言ったら、貴方はどうしますか？」

ローヴァルが鎌を掛けるように言ったが、バードは表情を変えなかった。

「別にどうもしない。残るか、ニーヴェリシアに帰るかはリーブが決めることだ」

「貴方は引き留めないのですか？」

「だから……オレが引き留めたところで、リーブがもしも帰ると決めたら、どうやってでも帰るだろう。だからオレは見守るだけだ」

バードは淡々とした口調で答えた。だがそれを聞いてローヴァルは苦笑する。

「だが貴方がたはリーブを石の呪縛に掛けている。

言っていることと矛盾していませんか？」

「リーブにはあんな呪縛など無意味だ。言っただろう。オレは見守るだけだ。オレはリーブが一番やりたいことが出来ることを望んでいる。束縛しているつもりはない。貴方が連れ帰りたいのなら好きにするといい。だが無理強いはダメだ。リーブを説得して自分から帰ると言ったら……というのが条件だ」

「リーブは優しい子だから、石の呪縛を解くことでシークに災いが起きることを良しとしないだろう。自分のことよりも、そういうことを優先する子だ。それでも束縛していないと言えるのかい？」

バードは皮肉めいた眼差しを向けるローヴァルを、苦々しい思いで睨み返した。

「よそ者の貴方に、我が国の秘密を教えてやる謂れはないが、そこまで『石の呪縛』について拘っているというなら教えてやろう。もしもリーブが呪縛を解いて、ニーヴェリシアに帰るならば、オレが王の座を退位して、新しい王が即位するだけだ。新しい王が伴侶を迎えて、新しく石との繋がりをもって島を守る。リーブのせいで災いが起こることはない。リーブもそれは分かっている。以前、オレをとても怒らせた時に、離婚されるのではないかと、リーブがとても不安に思って落ち込んでいたぐらいだ。まあ、オレがリーブを嫌いになったり、別れたりすることなど天地がひっくり返っても有り得ない話だけどな」

バードが不遜な態度で言ったので、ローヴァルは眉根を寄せて苦笑した。

「ちなみにその……貴方がとても怒った理由を聞いてもよろしいか？」

「リーブが危険なことに首を突っ込んだからだ。どんなに言っても、すぐにそういうことをする。こっちの気持ちも知らないで……」

「初めて貴方に同意しましたよ」

ローヴァルが先ほどまでの苦い表情ではなく、明るい顔でそう言ったので、バードは肩を竦めて溜息をついた。

「とにかく……ニーヴェリシアに戻るかどうかは、

リーブが決めたことを尊重する。オレはどんな結果になろうとも、ただひたすらにリーブを愛するだけだ」

「石ではなく貴方が束縛しているのでは？　貴方の執着はよく分かった」

「……ニーヴェリシアの船に投げ込んでやろうか？」

「それは勘弁してくれ、オレはこの船が気に入っているんだ。乗り心地がいいし、食事も酒もこっちの方が旨い」

　ローヴァルが肩を竦めながら笑った。バードは眉根を寄せてプイッとそっぽを向いた。

「勝手にしろ」

　バードはそのまま自分の部屋へ去っていった。ローヴァルはそれを見送りながら、興味深いという顔でグラスに残るワインを飲み干した。


　シークを出航してから十八日目に、ガルボスのある北東の大陸に辿り着いた。目指すロンサイは、大国ガルボスの南端にある。

　ロンサイは、かつてガルボスに従属する小さな町に過ぎなかったが、今や『町』と呼ぶには、大きすぎるほどに発展し、独立した大都市になっていた。

　すでにガルボスも手を出せないほどの力を持っているロンサイ。そしてすでに崩壊寸前の国ガルボス。

　かつてシークを制圧しようとするほどに、勢いを持っていた大国ガルボス。しかしシークとの戦い（正しくはリーブとの戦い）に負けて、大半の戦力と国王を失ってからは、目に見えて崩れていっていた。

　今回のロンサイ攻めに関して、バードが先にガルボスへ使者を送っていた。ガルボスからの返答は、『ロンサイには今後も関与するつもりはないので遠慮は無用』との簡単なものだった。

　ガルボスとしては、シークとは二度と関わり合いたくないというところが本音なのだろう。そもそもシークに攻め込んだのも、当時の国王アッガイが、ロンサイから何か吹き込まれて、けしかけられたのではないか？　とバードは考えていた。ガルボスが突然攻め込んできた理由がいまだに分からず、その後のロンサイの動きを見ても、そう考えるのが妥当だろう。

ロンサイから一番近い所にある港町ゼーレに入港しようとしたが、その小さな湾内には、シークとニーヴェリシアの大型船は全部入れそうになかったので、港近くの海岸線沿いに停泊し、交替で港に入って武器や馬などの大きな荷物を下ろすことになった。

一通りの下船が済むと、ゼーレの町の外に陣を張って、その夜は一泊休憩を取った。ここからロンサイまでは、歩いても半日の距離。馬の体調を整える為にも、今夜一泊地面の上での休息を取ってから、明日もう少し近い所まで移動することにした。

翌朝バードは使者を出した。ロンサイの領主ドムドマに、警告を交えたシークとニーヴェリシア両方の王の書簡を届ける為の使者だ。

使者が発つと同時に、シークとニーヴェリシアの大部隊は、ロンサイの手前一ガラン（約二km）の距離まで移動した。そこに改めて陣を張る。シークの兵もニーヴェリシアの騎士や魔導師達も、皆緊張した面持ちで使者の帰りを待った。

昼近くになって、一頭の馬が陣へ戻ってきた。その背には使者の亡骸（なきがら）が載っていた。

「これが……ドムドマの返事という訳か……」

バードは怒りに震えながら、ロンサイのある方角を睨みつけた。

「バード王！」

そこへ知らせを聞いたオーケンとローヴァルが駆けつけた。兵士の亡骸を馬から下ろして、丁重に布で包んでいるところだった。それを見た二人は顔を歪める。

「バード王……いかがなさいますか？」

ローヴァルが眉根を寄せながら、バードに尋ねた。バードは今にも爆発しそうな怒りを、懸命に抑えようとしていた。大きく息を吸い込みゆっくりと吐き出して両手の拳を握りしめた。

「大丈夫だ……奴の安易な挑発には乗らない。戦争はしてはならないことは十分分かっているし、我らは戦争をしに来たわけではない」

バードは押し殺すような声で、ボソリとそう語った。もう一度大きく深呼吸をする。

「だが奴らが大人しく我らの忠告を聞くつもりがないことはこれで十分に分かった。力ずくで言うことを聞かせるしかないようだ」

バードの言葉を聞いて、ローヴァルとオーケンは顔を見合わせた。

「至急、作戦会議をいたしましょう。そちらの主要幹部を集めてください」

「分かりました」

ローヴァルは神妙な面持ちで頷いた。


陣の中に張られた天幕のひとつに、シークとニーヴェリシアの主要幹部が集まり、緊急会議が開かれた。

「皆も知っての通り、こちらから送った使者は、無残な姿で戻ってきた。使者の懐にはご丁寧に、我らが送った書簡を細かく引きちぎった物を入れてあった。これがドムドマからの返事だと理解した。正攻法で話の通じる相手ではない。そして彼らは、自分達の行いを改めるつもりもないということだ。そこで強硬手段を取ることとする」

バードが険しい表情でそう語ったので、戦争でも始めるのかと皆の顔に緊張の色が浮かんだ。

「ドムドマを捕らえる」

バードが言い放った一言に、一瞬ざわめきが起きた。

「領主であるドムドマを捕らえれば、恐らくすべてが解決するだろう。彼らが何を企てているのかは二の次だ。とにかくドムドマを捕らえて、この町の機能を停止させよう」

バードはそう言って、中央に置かれたテーブルの上に、ロンサイの地図を広げた。

「我が兵とニーヴェリシアの騎士団で、まずは町を制圧する。出来るだけ戦わない方向で制圧したい。今夜、暗闇に紛れて町の周囲を取り囲むように兵を配置し、夜明けと共に町に侵入する。恐らく中央にあるドムドマの居城には黒魔術師がいると思われるので、魔導師団は居城に向かってもらいたい。オレも数人の精鋭部隊を率いて居城に乗り込む。ローヴァル殿もご同行を願いたい」

「分かりました。私も数人騎士を連れていきます」

ローヴァルの返事に、バードは力強く頷いた。

「まずは町の様子を確認したい。偵察だが……」

バードが地図を指しながら、偵察するべき場所を指示しようとした時だった。

「敵襲だ！　敵襲だ！」

突然天幕の外から、幾人もの叫び声が聞こえた。それと同時に慌ただしく駆け回る兵士の足音が響き渡る。

「失礼します！」

バード達が騒然とする中、兵士の一人が天幕に飛び込んできた。

「陛下、敵襲です！　ロンサイの方角から無数の大きな黒い鳥が、こちらに向かって飛んできて攻撃を仕掛けてきています」

兵士は酷く興奮した様子で報告した。その頬には何かに引っかかれたような傷があり、血が滲み出している。

「鳥？　鳥だと？」

「はい、人くらいの大きさの鳥です。突然飛来して、我らに襲い掛かってきました」

兵士の報告に、バード達が困惑した表情で顔を見合わせていると、天幕の上にバサバサと何かが落ちてきて、その姿がうっすらと影として見ることが出来た。確かにそれは大きな鳥のようだ。

「妖獣でしょう。魔導師団で応戦します。君、その傷は妖獣から受けた傷ですか？　それならばかすり傷と侮らずに、すぐに魔導師による治療を受けなさい。傷口が腐りますよ」

オーケンが立ち上がり、そう話しながら兵士の側まで歩み寄った。兵士の頬の傷口に手を当てて、呪文を唱える。兵士は困惑した様子で、されるがままにしていた。

「全員戦闘態勢！　皆を指揮しろ！」

バードも立ち上がり、側にいたザイとバスカスに指示を出した。

「はい」

二人は駆け足で天幕の外へ出ていった。他の者達もそれぞれの持ち場へ戻っていく。バードも皆に続いて天幕の外へ出た。

陣の中は混乱していた。空には無数の黒い鳥が飛翔しており、それはとても異様な光景だった。ギャアギャアと不気味な鳴き声を上げながら、地上を右往左往する人々に向かって攻撃を仕掛けてくる。急降下してくる鳥のくちばしや爪からの攻撃をかわしながら、兵士達が宙に向かって剣を振り回していた。

空高く逃げられると、兵士はどうすることも出来ない。ニーヴェリシアの弓兵が放つ矢で鳥の翼を撃ち、バランスを崩して落ちてくる鳥を兵士が剣で斬り付けるという連携が取れるようになって、ようやくまともな戦いが出来るようになった。

魔導師団が揃って、風の刃や火の玉の攻撃を仕掛け始めると、一転して形成は優位になった。

ザイやバスカスやオーケンが発破をかけて、混乱していた兵団を落ち着かせた。

マイヨは傷を負った兵士達の治療に奔走(ほんそう)していた。

「鳥のくちばしや爪で傷を負った方は、すみやかに治療を受けてください！」

マイヨが大きな声を上げて、戦う兵士達の間を駆け回っている。傷を負って座り込んでいる兵士を見つけて、マイヨが急いで駆け寄った。

「大丈夫ですか？」

「ああ……腕をやられた」

兵士が痛みに顔を歪めながらそう言って、爪で切り裂かれた腕をマイヨに見せた。破れた袖は血に染まっている。

「失礼します」

マイヨは短剣で袖を切って、傷口を露わにした。

肩から提げているカバンから、聖水の入った瓶を取り出し、傷口に注いで血を洗い流す。血が紫色に変色して、聖水と共に傷口から流れ落ちた。血の色が変わったのは、聖水の力で傷口に入っていた妖獣の毒が流れ出たせいだ。

兵士は痛みに耐えるように、顔を歪めて歯を食いしばる。

続けてマイヨは、傷口に右手を添えて癒やしの呪文を唱えた。すると苦痛に歪んでいた兵士の顔が、次第に穏やかに変わっていった。呪文を唱え終わると、傷口に薬を塗り込んだ布を当てて包帯で縛った。

「動けるようなら近くの天幕の中に避難してください。これはあくまでも応急処置です。激しく動けば、毒が体に回りますから危険です。どうか戦わずに安静にしていてください」

「マイヨ様、ありがとうございます」

礼を述べる兵士に、マイヨは微笑みながら頷いて立ち上がった。辺りを見回して他の負傷者を探す。

その姿は、以前妖獣に襲われた時とは別人のようだった。恐怖に怯えて震えるだけのマイヨの姿はもうなかった。凜とした表情で、戦場の中で自分がやるべきことに全力を尽くしていた。

「うわあっ！」

近くで悲鳴が上がった。見ると倒れている騎士に、更に襲い掛かろうとする鳥の姿があった。

マイヨは駆けだしながら、早口で攻撃呪文を唱えた。前に突き出した両手の動きに合わせて、一陣の風が刃となって黒い鳥に襲い掛かる。バッと羽が四方に散らばり、黒い鳥は翼を切り裂かれて、断末魔の悲鳴を上げながら地面に落ちていった。

マイヨは騎士に駆け寄って、傷を確かめた。

「大丈夫ですか？」

「すまない……足をやられていて……」

ニーヴェリシアの騎士の、鋼で出来ているはずの腿当てに、ざっくりとえぐられたような穴が開いている。

「これは外せますか？」

「は、はい」

マイヨに言われて、騎士は腿当てを外し始めた。マイヨもそれを手伝う。

頭上でギャアギャアと、気味の悪い鳴き声が激しく聞こえてきた。先ほどまでとは違う鳴き方に、マイヨは眉根を寄せて顔を上げる。そこにはたくさんの黒い鳥が集まってきていた。鳥達は明らかに、マイヨ達を狙っている。マイヨは険しい表情で、鳥達を睨みながら立ち上がった。マイヨは怯んでいる暇はない。

「君、危険だ！　君だけでも逃げてくれ」

「大丈夫です。すぐに助けが来てくれます。それまではボクが貴方を守りますから」

マイヨは騎士を庇うように前に立ちはだかった。気合いを入れて呪文を唱える。風の刃が宙に向かって放たれた。唸りを上げて空を切り裂き、黒い鳥がバサバサと、羽を散らせながら落下した。だがそれと同時に、黒い鳥達の方も攻撃を仕掛けてくる。

襲い掛かってくる鳥に対して、マイヨは懸命に戦った。

「マイヨ様！」

近くにいたシークの兵士が、慌てて駆け寄り剣を振り回して応戦するが、黒い鳥は更に数を増やしていった。まるで最初からそれが目的であったというように、他の兵士達を襲っていた鳥達も、マイヨのいる方へ集まってきた。

「なんだ？」

様子がおかしいことに、バードも気づいた。鳥達が一斉に向かっていく方角に視線を向けた。バードのいる場所からは、そこに何があるのか分からなかったが、明らかに鳥達は意志を持って、何かに群がり始めている。

「まさか……」

バードはすぐに何かを察して、顔色を変えると走り出した。

それは別の場所で戦っていたザイも同様だった。ザイのいる場所からは、そこにマイヨがいるのが見えていたのだ。

「マイヨ様！」

ザイは叫びながら駆けだした。

「うわあ！」

黒い鳥が低空で飛んできたので、マイヨは思わず悲鳴を上げて頭を下げてしゃがみ込んだ。その時だった。一際大きな黒い鳥が舞い降りてきた、その背には黒魔術師が乗っていた。黒魔術師は網のような物をマイヨに向かって投げつけた。

「え？」

マイヨは一瞬何が起こったのか分からなかった。何かに体の自由を奪われたと思った次の瞬間、マイヨの体は宙に浮いていた。

「マイヨ様！」

眼下で叫ぶザイの姿を見た。

「ザイ！」

マイヨは叫んだが、術に掛かったように意識を失ってしまった。

魔法の網に捕らわれたマイヨは、黒魔術師の乗る大きな黒い鳥に摑まれて、あっという間に空に連れ去られていってしまった。それと同時に、他の鳥達も去っていく。

残されたザイ達は、愕然と空を見上げるばかりだ。

「くそぉ……くそっ……おおおっっ！」

怒りに震えるザイの叫びが、虚しく空に響き渡った。

†

とても静かだ。最初にそう思った。ゆっくりと目を開けたが、そこがどこだか分からなかった。意識は朦朧としていたが、懸命に自分の置かれた状態を思い出そうと思考を巡らせる。

暗い部屋。いや……ここはきっと部屋ではない。牢屋だ。

ぼんやりとした視線の先に、鉄格子があるのを確認して、マイヨは溜息をついた。

横になっているその場所は、ベッドとは言いがたいとても固い寝床だ。気休め程度に敷布が敷かれてあり、体にも薄い布が掛けられている。

何度か苦しげに深呼吸をして、もう一度視線を動かした。異様なくらいに静かな牢屋。視界に入るのは、石造りの黒い壁で、とても冷たくて嫌な感じだ。

体を少し起こしてみようとして、自分の体が鉛(なまり)のように重いことに気がついた。

「ん……」

少し力を入れようとしたが、上手く体を起こすことが出来ない。幾度か挑戦したが、どうにもならず諦めて体を横たえると、大きく深呼吸をした。

目を閉じて考える。

鳥の群れの中に、一羽だけ他の倍ほど大きな鳥がいて、その背に黒魔術師が乗っていた。それに気づいた時はもう遅かった。何かを投げつけられて体の自由が奪われた。そして捕らえられたのだ。

こうして静かな空気の中にいると、空気がまったく動いていないのが分かる。この感じは知っている。昔、海賊船の船底に閉じ込められていた時の、あの部屋の空気がこんな感じだった。

窓がないから、風も入らないいし、空気が動かないから、どこか沈んだ重い感じを肌で受けたものだ。

背中がゾクリと震えた。嫌なことを思い出しそうだ。暗い部屋に監禁されるのはもう嫌だと思った。逃げなければ……そう思うけれど、なぜだか体が動かないのだ。縛られている訳ではない。ただとても体が重い。

マイヨはそれから何度か軽い眠りに落ちては目を覚ましてを繰り返した。どれくらいの時間をそうして過ごしたのか、やがてようやくはっきりと目を覚ました。

再び体を起こしてみると、今度はすんなり起き上がることが出来た。手足を動かして確認をする。どこも怪我はしていないようだ。服も脱がされた形跡はない。捕らえられた時に、何かの術に掛けられて体の自由を奪われただけのようだ。

部屋の中を見回した。床も壁も石で造られている。粗末な簡易ベッドがある以外は何もない。鉄格子の嵌められた牢屋の中にいた。

格子の向こうには通路があり、通路にはいくつか灯(あか)りが灯っているらしく少し明るかった。その向こうにも対面して別の牢屋があるのが見えた。向こうの牢も暗くてよく見えないが、奥に人の気配を感じる。

マイヨはゆっくり立ち上がり、鉄格子まで歩み寄った。そっと辺りを窺ったが、近くに見張りの兵士はいないようだ。

「気がついたみたいね？」

突然声がした。

「大丈夫かい？」

また別の声がした。二つとも女性の声だ。向かいの牢屋からだ。目を凝らしてよく見ると、向かいの牢屋の暗がりの中に、幾人かの人影があった。その中の一人が立ち上がり、鉄格子まで歩み出てきた。通路の灯りに照らされたその人物は、マイヨと同じ長い金色の髪をしている女性だった。

「まあ……綺麗な子ね。どこから来たの？」

「シークから来ました」

「シーク？　初めて聞くわ。どこか遠い所なの？」

「はい……この大陸よりずっと南にある国です。船で二十日ほどかかる距離です」

「まあ、そんな遠くから……攫われて来たのね？　ご両親は？」

「あの……確かに攫われたのですけど、シークから連れてこられた訳ではありません。ここへは、仲間と共に……その……」

マイヨは辺りを窺うようにしながら発言に躊躇した。まだここがどこだか分からないからだ。恐らくドムドマの城の中ではないかと思ったが、近くに黒魔術師がいるかもと警戒したのだ。

そんなマイヨの様子を察して、女性はニッコリと笑ってみせた。

「大丈夫ですよ。近くに兵士はいませんから……ここはロンサイのドムドマの城の地下にある牢屋です。出入り口はひとつしかないので、その階段を上った先にある扉の外に、兵士が二人交代で立っているだけです」

彼女は格子の間から手を出して、左奥を指し示した。

「自己紹介がまだでしたね、私はフレアライヤ」

「ボクは、マイヨ……マイヨ・エネミスです」

「貴方もカリフ人なの？」

「貴方もって……フレアライヤさんもカリフ人なのですか？」

マイヨが驚いて聞き返したので、彼女は微笑んで頷いた。

「この牢に囚われている者は、皆カリフ人です」

「皆？　他にもいらっしゃるのですか？」

「ええ……暗くてよく見えないでしょうけど……こちらの牢には私を含めて四人……隣の牢に三人……貴方の入っている牢の隣にも五人います」

「そんなに……そんなにたくさん囚われているのですか」

彼女はマイヨの言葉に、少し悲しそうな顔をした。

「以前はもっといたのですよ……私達は三十年近く前に、カリフの里をドムドマに襲われて捕らえられました。その時は四十三人いたのですが……今も残るのは私達十二人だけとなってしまいました」

「え!?」

マイヨはとても驚いてしまった。

「みんな、こ……殺されたのですか？」

フレアライヤは悲しそうに微笑む。

「そうね……殺されたのも同じこと……この牢屋に三十年近く閉じ込められているのですから、体力のない者から死んでいきました。ここから出られるのは、月に数回だけ……そのうちの一回は魔力を吸い取られる為に連れていかれるのです。私達はただ魔力を製造する物のように扱われています。まるで乳を摂る為に乳牛を養うように……殺さない程度に魔力を吸い取ってはここに閉じ込めて、また私達が魔力を取り戻すのを待つのです。貴方も随分顔色が悪いから、きっと捕らえられた時に、魔力を取られてしまったのでしょう」

「魔力を!?」

マイヨは怪訝そうに眉根を寄せて聞き返した。

「なんの為ですか!?」

「さあ？　ドムドマが、私達カリフ人から魔力を集め続けて、それを何かとても恐ろしいことに使おうとしているのは間違いありません。三十年もかけて集めているこの強大な魔力を、何に使うのか……でもきっと、もうすぐだと思います。それが成就するのも……」

彼女の話を聞いてマイヨは、なぜだかとても胸がドキドキとしてきた。なんだかとてつもなく恐ろしいことが起きるような気がしたのだ。リーブが案じていたように……そう思った時に、はっと我に返った。

「あの……では貴方がたは、エスカ・ポーリャに住んでいた方達なのですか？」

「エスカ・ポーリャを知っているの？」

「ボクの母がカリフ人です。母は子供の頃エスカ・ポーリャに住んでいました。母と母の両親は、エスカ・ポーリャを捨てた『捨て人』なんです」

「まあ……お母様の名前は？」

「マリーベルです」

「マリーベル？　マリーベルですって？」

その声は、奥の方から聞こえた。フレアライヤが後ろを振り返ったので、多分その牢の奥にいる人の声なのだろう。

「マリーベルの子供なのですか？　ああ……良かった。無事でいるのですね？」

年配の女性の声だった。

「クリセーリナ様、その方をご存知なのですか？」

フレアライヤが、奥にいるその女性に尋ねていた。マイヨも懸命に目を凝らして、奥を見ようとした。

「マリーベルの母親は、私の義理の妹です。私の夫、ソードガスの妹・エメリア……ああ……そうね、そういえば面影があるわ……あの小さかったマリーベルが、お母さんになったのね……そう……」

彼女はとても懐かしそうに語った。とても優しい声だった。

「マリーベルは元気？　一緒に来ているの？」

「母は……六年前に亡くなりました。海賊に殺されたのです」

「ああ……」

マイヨの言葉に、しばらくの間重い沈黙が流れた。

マイヨも母のことを思い出すのは辛かったが、ここに母を知っている人がいたという驚きが、それに勝った。

もっと色々と聞きたいと思った。だが次第に立っているのが辛くなってきて、その場に座り込んでしまった。

「あら？　……大丈夫？　まだ無理をしない方がいいわ」

フレアライヤが、それに気づいて声をかけた。

「魔力を取られてしまったのね？　では『癒やしの歌』を歌ってあげましょう」

「クリセーリナ様……大丈夫ですか？」

「ええ、大丈夫。マリーベルの子に早く元気になってもらわなければ……」

彼女はそう言って、歌を歌い始めた。とても優しい旋律の綺麗な歌だった。その歌を知っている。

「この歌は……この歌は、カリフ人の歌ですか？」

「これは『癒やしの歌』なのよ」

フレアライヤが代わりに答えた。

「『癒やしの歌』……」

マイヨは、目を閉じてその歌に聞き入った。リーブを思い出していた。この歌は、リーブが歌ってくれた歌だ。

亡くなった母親が、この歌を時々鼻歌で歌っていたので、マイヨも少しだけ知っていたけれど、それをリーブが歌ってくれた時は本当に嬉しかった。楽しかった思い出が湧き上がってきて、胸の辺りがなんだか温かくなってきた。

やがて歌が終わったので、マイヨは目を開けて立ち上がった。とても体が軽くなっている。

「この歌はね、私の小さな天使が作った歌なの」

クリセーリナがポツリと語った。

「小さな天使？」

「クリセーリナ様のお子様のことよ……小さな頃に亡くなってしまったの」

フレアライヤが、そっとマイヨに告げた。

「私達カリフ人は、生まれつき魔力を持っているけれど、魔術を使わない民族なの……一部の選ばれた者達は修行して使ったりしていたけど、癒やしの術だけ……この歌は魔術を使えないカリフ人でも、癒やしの術を使えるようになるようにって、私の息子が難しい呪文を、歌の中に繰り返し織り込んで作ったものなのよ……だから……この歌は『癒やしの歌』。この歌を聴くと、心の傷も体の傷も癒やされるの」

「ボクの母も、時々鼻歌で歌っていました。全部は歌えなくて、ほんの一部分だけだったけど……」

「マリーベルは、ウチの息子より五歳お姉さんで、よく遊んでくれていたから、歌を覚えていたのね」

「息子さんは……いくつだったのですか？」

「まだ六歳だったわ。でもとても頭の良い……天使のような子だった」

「あの……ここで亡くなったのですか？」

マイヨは聞いてはいけないことだと分かっていたけれど、聞かずにはいられなかった。なんだかとても心が騒いだからだ。

「いいえ、カリフの里が襲われた時に、ドムドマの兵に殺されたのよ」

フレアライヤが、彼女の代わりに答えた。

「クリセーリナ様達が逃げるのを兵士が追ってきてね……その時に、クリセーリナ様も斬られて酷い怪我を負ったの……不自由な体にはなられたけれど、奇跡的に助かって……きっと、ブランイシュカリーブが、自分の代わりにお母さんを助けてくれたのだと思うわ」

「ブランイシュカリーブ？」

「クリセーリナ様の息子さんの名前よ」

「ブランイシュカリーブ」

マイヨはその名前を何度も呟いた。

「どうかしたの？」

「あ……いえ、不思議な名前だなと思って」

マイヨは慌てて答えた。

「カリフの古い言葉で、『白き宝珠』って意味なのよ？　徳の高い子だからと、長老が付けてくださった名前なの」

クリセーリナが語った言葉に、マイヨはとても驚いて、思わず「ええ！」と声を上げてしまった。

「どうかしたの？」

「ブランイシュカリーブって、『白き宝珠』って意味なんですか？」

「そうよ？」

「あの、あの、あの、その息子さんって、三十年近く前に六歳で亡くなっているんですか？」

「そうよ」

マイヨの質問に、フレアライヤは不思議そうに首を傾げた。

「ボク知っています！　貴方の息子さんを知っています！　たぶん……絶対そうです!!」

マイヨは思わず大きな声を上げていた。なんだか胸がドキドキしてくる。思わず鉄格子にしがみついていた。

「息子さんは、亡くなっていません！　だってボク……」

「マイヨさん！」

興奮しているマイヨの言葉を制するように、クリセーリナが大きな声を上げた。それにはマイヨだけではなく、フレアライヤも驚いた。

「クリセーリナ様」

「マイヨさん！　息子は死んだんです。その話は……どうかもう何も言わないで」

クリセーリナがあまりにも悲痛な声で言ったので、マイヨはそれ以上何も言えなかった。だが酷く胸が騒いでいた。


バード達の天幕に、各隊のリーダーを含めた主要メンバーが集まっていた。バスカスからの報告を元に、ロンサイの地図を中央のテーブルに広げて作戦を練っていた。

「問題は、この高い塀だな」

「ああ……出入り口は、北と南の二か所……それと……ここに、小さな通用門みたいなのがあった。塀の高さはかなり高い……縄梯子などを使うしか入る方法がない。先に少人数で乗り込み、中から門を開けるのがいいだろう。だがもちろん敵もそれを警戒して、門の周辺には兵士を配置していると思う」

バスカスは、渋い顔をして答えた。バードは腕組みをして考えながら聞いている。

「町自体はそんなにデカくないな」

「ああ……ウチの城下町くらいの広さだ」

バードは眉間にしわを寄せて呟いた。

「大砲で塀を壊せれば簡単なんだがな……」

「無茶を言うなよ」

バスカスは苦笑した。

「だが……マイヨのこともあるし、先に攻めてきたのは向こうの方だ。強硬手段も仕方ないだろう。……攻めるなら、遅くとも今夜のうちにはやりたい。オーケン殿、これは世界協定に反するか？」

バードに尋ねられて、オーケンは考えながらゆっくりと首を振った。

「これは戦争ではありません。我々は先に平和的な解決をすべく使者を送ったが、ドムドマはそれを拒否したのです。そして襲撃されて人質を取られました。人質を取り返すのは正当な行為ですし……バード王の最初の提案通り、領主であるドムドマの逮捕を目的として、ロンサイへの攻撃を最小限にとどめれば、世界協定に反するものではありません」

オーケンの言葉に皆が頷き合う。

「では我が陣に一番近いこの北門周囲を大砲で一斉攻撃、門を開けたら全軍で町を制圧しろ、オレとローヴァル殿とオーケン殿はそれぞれ少数の部下を連れて、こちらの通用門から中に入り城を目指す。だから出来るだけこの北門へ敵の兵士を引きつけて欲しい。我々は城に潜入し、ドムドマの捕縛とマイヨの捜索を行う」

バードは地図を指しながら戦略の説明をした。

「大砲は、どれくらいあるのですか？」

オーケンが尋ねた。

「五基持ってきている。これを使えば、あんな塀くらいあっという間に崩せる」

バスカスが答えた。

「だがデカいから、運ぶには大勢の兵士と馬が必要だし、射程距離まで運んでいると結構目立つぜ？　すぐ敵に見つかっちまう」

「それは、我々が援護しましょう。術を使って、大砲を隠します。相手に気づかれずに近づくことが出来ます」

「そんなことが出来るのか？」

「はい」

　バードとバスカスは顔を見合わせた。

「それで……城への潜入には何人くらいを想定なさっているのですか？」

　ローヴァルが尋ねたので、バードは頷きながら答えた。

「あまり大勢では身動きが取れなくなるから二十名前後くらいと考えている。オレとローヴァル殿とオーケン殿で、それぞれ五名ほどの部下を連れて行けばいいかと」

「承知した」

「陛下、私をお連れくださいい！」

　ザイが身を乗り出してそう言ったので、バードはニッと笑って頷いた。

「分かっている。そのつもりだ」

　バードの返事にザイは安堵したように大きく頷いた。

「町の制圧ですが……敵には黒魔導師がいると思われますから、我らが魔導師団と上手く連携しながら戦った方が良いと思われます。シークとニーヴェリシアの混合部隊で二十人ほどの小隊を作り、各小隊に必ず一人は魔導師を入れる編成ではいかがでしょうか？」

　オーケンの提案にバードは深く頷いた。

「ではすぐに小隊編成をしよう。ラディ、編成は任せる」

「分かった」

　バスカスも頷いた。


　陣の中は慌ただしく、だが無駄な動きはなく皆が出発の準備を進めていた。

　大きな五基の大砲には、それぞれ馬が六頭ずつ繋がれている。

「バード様、出陣の準備が整いました」

　陣内を確認していたザイが戻ってきて報告をした。バードは返事をせず、黙って空を仰いでいる。

「もうすぐ日が暮れる。日没と共に出発しよう」

　ザイも釣られるように空を見上げた。

「焦る気持ちは分かるが……辛抱しろ。マイヨは大丈夫だ。強くなった」

「はい」

　ザイは隣に立つバードを見つめて頷いた。


　マイヨは簡易ベッドに腰を下ろして、一人でじっと考え込んでいた。

『あの人はリーブ様のお母さんだ。絶対、絶対そうに違いない』

　だがなぜリーブの話をしようとするのを、拒まれたのか分からなかった。

『辛いことを思い出したくないのかな？　息子は死んだって思いこんでいるのかも』

　マイヨはそう思いながら、視線を向かいの牢へ向けた。ここからは暗くてクリセーリナ達の姿は見えない。

　マイヨは自分の両手を見つめながら、指を動かして確認した。手足の痺れはない。体の奥にいつもと同じような魔力の力を感じる。さっき『癒やしの歌』を歌ってもらったおかげだろう。これならば魔術を使って脱出できそうだ。

　マイヨは自分を鼓舞するように、両手の拳を握りしめて「がんばれ」と小さく気合いを入れた。きっとザイが心配している。バードには怒られるかもしれない。早くみんなの所に戻りたい。

　マイヨは再び立ち上がり鉄格子の所まで歩いた。

「皆さんはこの城の中のことは分かりますか？」

　向かいの牢に向かって声をかける。すると再びフレアライヤが姿を現した。

「全部は分からないわ。私達は月に数回、運動と気晴らしの為に牢から出してもらえるけれど、自由に出来る訳ではないの。全員鎖に繋がれて、兵士に連行されるようにして、城の屋上へ行くだけよ。そこで一時間ほど歩かされるわ。でも太陽と外の空気を感じられるのは、唯一その時だけだから、私達にとってはそんなことさえ楽しみなのだけど……でもすべては私達に病気をさせず、十分な魔力を蓄えさせるように飼いならしているだけ……だから私達が知っているのは、この牢から屋上へ行くまでの通路と、魔力を搾取される黒魔術師達の部屋くらいだわ」

マイヨはその話を聞いて眉根を寄せた。とても酷い話だと思った。そんな過酷な状況で、三十年間も捕らわれ続けているなんて。それでも、労働を強いられない分奴隷よりはマシなのだろうか？　とはいえ人間としての扱いではない。

「こんな所、さっさと逃げましょう」

マイヨは腹を立てて強い口調で言った。

「無理よ……ここから出るなんて……第一まずこの牢をどうやって……」

フレアライヤが困惑気味に言った。マイヨは鉄格子の扉をさぐって、扉に掛けられた錠前に手を翳した。呪文を唱えると、パンッと小さな破裂音がして、錠前が壊れて下に落ちた。

「あなた……魔術が使えるの？」

それを見たフレアライヤが驚きの声を上げた。辺りからざわめきが起きる。

マイヨは扉を開けて牢を出ると、フレアライヤのいる牢に駆け寄り、扉の鍵を同じように壊した。扉を開けて中に入り、フレアライヤと対峙してニッコリと笑った。

「はい、リーブ様に教えてもらいましたから……改めてはじめまして、フレアライヤさん」

マイヨが右手を差し出したので、フレアライヤは驚いて目を丸くしたまま握手に応えた。

「まずはここから逃げましょう」

「逃げるって……どうやって？」

フレアライヤが尋ねたが、マイヨは牢屋の中を見回して誰かを捜しているようだった。薄暗い牢の中には、四人の女性がいた。歳は皆バラバラだったが、若い人はいなかった。

一人だけベッドに横たわる女性がいた。なんとか上体を起こそうとしていたので、マイヨは慌てて駆け寄って助け起こした。

「ごめんなさいね……昔の怪我のせいで、体が不自由になってしまったものだから……」

そう優しく微笑む女性の体を支えてあげながら、マイヨははっとした。彼女には左腕がなかった。驚いているマイヨの様子を察して、その女性は微笑んだまま何も言わずに頷いた。

歳は五十歳を過ぎたくらいだろうか？　やつれているけれど、とても綺麗な人だと思った。

「クリセーリナさん？」

マイヨが尋ねると、彼女は頷いた。

「マイヨさん、逃げるならばフレアライヤを連れていってください。捕らえられた時、フレアライヤはまだ赤ん坊で、外の世界を知らずにずっとこの牢で育ちました。かわいそうな子です。私達はもう年寄りですが、フレアライヤはまだ若いですから、貴方と一緒に走って逃げることが出来ます」

クリセーリナの言葉に、その場にいた一同は頷いた。マイヨは、困ったように皆の顔を見回した。フレアライヤも戸惑っているようだ。

「クリセーリナ様……でも私は……」

「ダメです！　みんなで逃げましょう！　諦めたら絶対ダメです!!」

マイヨは強い口調でそう言って、通路に出ると他の牢の扉の錠も壊した。

「ボク達はシークとニーヴェリシアから大軍を率いてロンサイに来ました。ドムドマの悪事を止めさせる為です。きっともうすぐこの町に攻撃を仕掛けてくるはずです。だからボク達はドムドマの盾にされない為にも、ここから逃げ出す必要があります。城を出られなくても、どこかしばらくの間隠れることが出来る場所はありませんか？」

通路にぞろぞろと各牢にいた人々が出てきた。マイヨの話に、戸惑ったように顔を見合わせている。

「本当に……本当に逃げられるのかい？」

「はい、三千人近くの大軍で来ていますから、ドムドマになんて負けません。ニーヴェリシアの魔導師団もいますから、黒魔術師や妖獣がいても大丈夫です。ボクはリーブ様に頼まれて、カリフの人達を助ける為に来ました。あの……リーブ様というのは、シーク王国の王様の伴侶で……男性ですが訳あって后のような立場にいる方です。かつてはルーの称号を持っていた賢者様です。海賊に捕らわれて奴隷にされていたボクを救い出してくださり、今まで我が子のように育ててくださいました。大恩のある方です。だからボクを信じてください」

マイヨは一生懸命に説得した。マイヨの話に、喜びの表情を浮かべる者もいたが、戸惑っている者の方が多い。

「あの……確かにボクは罠に掛かって、こうして捕らわれてしまいましたが……それはボクがまだまだ未熟だからです。シークの兵士はとても強いし……王様であるバード様も最前線にいらしています。だからどうか信じてください」

「みんな、この子を信じましょう」

必死な様子のマイヨの前に、クリセーリナが杖を突いて現れた。とても穏やかな表情で、戸惑う仲間達を見回しながら、擁護するように言った。

「どちらにしても私達はこの牢獄で一生捕らわれて死を待つのみです。それならば一度くらい、この若い勇者に希望を託してみましょう。かつて……エスカ・ポーリャを守る為に戦えなかった私達も、一度くらいは自分の為に抗ってみるのも良いかもしれません」

クリセーリナの言葉に鼓舞されたのか、皆の表情から迷いが消えた。

「塔の上はどうでしょうか？」

一人の女性が手を挙げてそう提案した。

「塔って……でもあそこは黒魔術師達の宿所ですよ？」

「ですから……夜中……就寝の時以外は誰もいない

はずです。特に今、そういう……敵が攻めてきているという状況であればなおさら……誰もいないはずです」

彼女の言葉には説得力があった。皆も同意するように何度も頷いている。

「そうですね。それに塔であれば出入り口はひとつですよね。一か所だけ守りを固めれば、他から入っては来れないですよね」

マイヨも嬉しそうに同意した。マイヨの明るい笑顔は、暗く沈んだ人々の心に刺激を与えるようだった。ずっと牢の中で、絶望の日々を送り続けていた彼女達は、もう長い間笑うことなどなかった。だからマイヨの笑顔に刺激されて、動くことも思考することさえも止まっていたカリフ人達が、初めて『逃げたい』という思いを膨らませていった。

「に、逃げましょう」

一人が勇気を振り絞って言葉にすると、皆も次々と賛同した。その表情からは、不安も絶望もなくなっている。マイヨが牢の扉を開けてから、まだわずかな時間しか経っていないにもかかわらず、死人のような表情だった人々が、見違えるほどに変わっていた。

「逃げましょう！」

皆が声を合わせて言った時だった。ズンッという地鳴りがした。皆が驚いて顔を見合わせる。続けてまたズンッズンッと地鳴りが響いた。

「これは一体……」

「シークの攻撃が始まったんです。きっと……これは大砲の音です」

マイヨが耳を澄ませながらそう言った。

「大砲……」

皆が更に動揺したが、マイヨは構わず行動を起こした。外に向かう階段を駆け上がり、扉の側まで行くと、大きく息を吸い込んだ。

「わあああああ!!　助けて!!」

思いっきり出せるだけの大声を上げた。するとさすがに何事かと、扉の前に立つ兵士が気づいてガチャガチャと鍵を開ける音がした。マイヨは少し階段マイヨは警戒しながら、階段をゆっくりと上がった。半分ほど上がったところで、誰の気配も感じないので、思い切って上まで一気に上がってみた。そこは廊下ではなく、部屋の中だった。何もない小さな部屋だ。窓がひとつあったので、駆け寄って外の様子を窺った。窓の外は丁度城の裏庭のようだったが、幾人もの兵士が慌ただしく駆け回っている。遠くでドーンッという爆発音がして、更に兵士が狼狽えているのが分かった。今度の音でさっきから聞こえていた地鳴りは、確かに大砲の音だったのだと確信できた。バード達が攻め込んできているのだ。

マイヨは嬉しそうに「よしっ」と呟いて、地下牢に駆け足で戻っていった。

マイヨが駆け下りてくると、カリフ人達の姿が消えていた。マイヨは驚いて辺りを見回す。

「フレアライヤさん？　クリセーリナさん？」

マイヨが呼びかけると、近くの牢の中から、皆がぞろぞろと出てきた。警戒して隠れていたようだ。

「二つ上の階にある小部屋まで行ってみましたが、

を下りて、攻撃魔法を放つ準備をして待ち構えた。扉が開いて二人の兵士が、入ってきた。だが階段の途中にマイヨの姿を発見して、驚いたように足を止めた。

「お前……牢からどうやって……」

兵士達はマイヨを捕まえようと、階段を駆け下りてきた。マイヨは呪文を唱えながら、捕まえようと伸びてきた兵士の腕を、逆に摑み返した。バリバリッという音と共に、薄暗い地下牢に一瞬光が走った。電撃魔法を放ったのだ。

二人の兵士は、感電してしまいその場に崩れるように倒れた。

マイヨは兵士達を放置して、階段を駆け上がり開いている扉からそっと外の様子を窺った。廊下には誰の姿もなかった。ゆっくりと廊下に出た。そこもまだ地下なのか、廊下には窓がない。それに廊下といっても、短い通路で他には扉も何もなかった。片側は行き止まりで、もう片側には上に上がる階段がある。

誰もいません。あの部屋の先はどうなっていますか？」

「ここの上は、城の裏手……一番奥になります。部屋を出ると廊下を挟んで向かい側に塔へ上がる階段があります。その廊下はそれ以外他の部屋に繋がる扉や窓は一切なく、真っ直ぐ進めば中央廊下に辿り着きますが、そこはいつもたくさんの人々の出入りがあり、兵士もたくさんいます。マイヨさんはごらんになったと思いますが、二つ上の階の部屋の窓には鉄格子がつけられています。ですから普通に逃げ出そうとしても、出口に向かうのはとても難しいです。でも……」

「でも塔に逃げ込むのならば、誰にも会わずに好都合という訳ですね」

説明してくれたフレアライヤの言葉に、マイヨが続けてそう言ったので、フレアライヤは大きく頷いた。

「まあ塔に逃げ込むとは思っていないだろうし、万が一逃げ込んだとしても、そこからの脱出は無理ですし、それに黒魔術師の力に対する信頼もあるでしょうから、すぐに捕まることはないはずです。今は城の中も混乱しています。早く塔に移動しましょう」

マイヨは皆を先導して、地下牢を脱出した。

シーク・ニーヴェリシア連合軍は、魔導師達の援護によりロンサイのすぐ近くまで、すみやかに大砲を移動することが出来た。バスカスの号令で一斉攻撃が行われ、ロンサイの北門とその周囲の城壁は、瞬く間に破壊されていった。

突然の襲撃に、ロンサイの兵士達も町の人々も大混乱になった。

「もう一度念を押すが、町の住人には手を出すな。それから兵士も出来る限り殺すな。我々は戦争をしに来た訳ではない。非道なドムドマと同じことをしてはならない。そして自分の命を最優先しろ！　では町を制圧する！　突撃！」

バスカスが朗々とした声で、兵士達に突撃命令を下した。シークの兵士もニーヴェリシアの騎士も、皆が雄々しく声を上げてロンサイの町に突撃していった。

大砲の火薬の臭いと、崩れた瓦礫から上がる土埃の中、三千人近い兵団が町になだれ込んだ。

これにはさすがのロンサイの兵士達も驚き、逃げるように城に向かって撤退していく。だが城の方から兵士や妖獣が出陣してきた為、敵味方関係なく大混乱の様相になってきた。

「突撃したようだ。我々も行こう」

ロンサイの町の東方側にある通用門で出番を待っていたバード達も動き始めた。ここが城に一番近い。見張りの兵士を警戒していたが、バードの思惑通り、北門の強襲に慌てたのか誰の姿もなかった。

バード達が城の中に入ると、迎え撃つ兵士も数人いたが、その様子からほとんどの兵士達がすでに城の外で戦闘を行っているのが察せられた。

「思った通りだ。いくら大都市とはいってもこの規模の町だ。住民はせいぜい二千人くらいだとして、兵士の数は一割……多くても二割だ。我らの軍を迎え撃つ為に、町へ出ていったのならば、城に残って守る兵士など極わずかだろう。ドムドマが魔術に傾倒しているならば、黒魔術師と妖獣で、城の中の守りは十分だと思っていそうだ」

斬りかかってくる兵士を、剣も使わず一撃で殴り倒して、バードはどんどん奥へと進んでいった。

「それにしてもこの町の規模にしては、随分な大きさの城じゃないか？」

ローヴァルが苦笑しながら皮肉のように言った。

「オレの館よりも大きいし立派だ」

バードも苦笑して答える。

「だが……こんなデカい城にしたのには、それなりの理由がありそうだ」

ローヴァルは奥に進むにつれて、険しい表情になっていた。明らかにただならぬ気配を感じるからだ。そもそも異様に薄暗かった。それは光量の問題ではない。廊下の両側には部屋があるらしく、扉がいくつか並んでいて窓がない。その代わりいくつもの灯火が壁に掲げられていて、廊下を照らしている。それなのにとても暗く感じるのだ。

ドムドマの居場所を捜す必要はなさそうだった。このおどろおどろしい気配の方へ進めば辿り着けるだろう。

「ザイ、お前はマイヨを捜しに行け」

バードが足を止めて、後ろに付き従うザイに命令した。

「バード様、しかし……」

「この状況であれば、一刻も早くマイヨを捜し出した方が良さそうだ。ドムドマはカリフ人を集めて、良からぬ企みをしているのだろう。それがこの先から感じる邪悪な気配と関係があるというのならば、一刻も早くマイヨを捜し出すべきだ。お前に任せる。頼む」

「承知しました。一刻も早く捜し出し、この城から脱出させます」

ザイは真剣な表情で答えると、踵を返して今来た通路を戻った。

一方ドムドマの側近達は、カリフ人を連れ出すべく、地下牢へと向かっていた。

「シャガン様！　カリフ人が一人もいません！　シークから来たカリフ人もいません！　見張りの兵が倒されていました」

牢を確認しに先に入った兵士が慌てて報告した。

「もうここまで敵が入り込んでいるのか!?　だがまだ遠くには行っていないはず！　すぐに捜し出せ！」

王の側近のシャガンは、目を血走らせて必死の形相で叫んだ。カリフ人を逃がしてしまったとドムドマに知られたら、自分の身が危ない。怒鳴り散らされた兵士達は、カリフ人達を捜索すべく走り出した。

「エスカ・ポーリャは隠れ里でした。いつからそうしていたのか分かりませんが、遥か昔、大賢者セリウスが混沌を封じた頃からとも言われています。ここから馬で十日ほどの距離にある山奥に、エスカ・ポーリャはあります。入口には特殊な結界が張られていて、カリフ人以外何人たりとも入ることが出来ませんでした。だから『伝説の地』と世間では言われていたのです。私達カリフ人は生まれながらに、とても膨大な魔力を持っていました。でも決して魔術を使ってはならないと、代々掟として厳しく言い伝えられていました」

塔の最上階の部屋に、マイヨ達は隠れていた。そこでクリセーリナが、マイヨにエスカ・ポーリャの話をして聞かせていた。

「どうして魔術を使ってはならないという掟があったのですか？」

マイヨが不思議そうに尋ねた。

「私も本当の理由は知りません。でも子供の頃に祖母から聞いた話によると、世間からカリフ人を守る為だそうです」

「世間からカリフ人を守る為？」

真剣に話を聞くマイヨの様子を、クリセーリナは目を細めて見つめていた。どこか息子に似ていると、面影を重ねているようだ。

「大賢者セリウスは、カリフ人なのです」

「え!?　やっぱり……そうなんですね」

「神と契約し『闇魔』という混沌を封印するほどの力を持った大賢者セリウスがカリフ人であったこと……それは隠しようもなく、あの当時この世界にいた人々全員が知ることになりました。そうするとどうなると思いますか？　命と引き換えに世界を救ったセリウス……そのセリウスがいなくなった世界で、人々はどうすると思いますか？」

クリセーリナに尋ねられて、マイヨは腕組みをして考え込んだ。救世主のいなくなった世界……『闇魔』という強大な悪は去っても、混沌の置き土産として妖獣達が残った世界……。

「カリフ人に助けを求めます。セリウスのように戦ってくれと！」

マイヨは閃いてそう答えた。答えを期待するように、強い眼差しをクリセーリナに向けたので、クリセーリナは思わず笑みを浮かべた。

「そうですね。誰もがカリフ人の魔力に目を付けて、セリウスの代わりを求めてくるようになるでしょう。人々を悪から救う為だけなら良いのですが、それだけとは限りません。そもそも混沌を生み出したのは、戦争を繰り返し、人々の憎しみを集め、黒魔術を悪用していた人間達なのですから……」

マイヨはその話を聞いて、ふいにゾクリと寒気がした。それはまるでドムドマそのものではないかと思ったからだ。リーブが言っていた。魔術は正しく使わなければならないと。ニーヴェリシアという大国が多くの魔導師を育て管理し、そのおかげで魔力が正しく使われているのは、魔導師達が『聖職者』であるからだ。

リーブのように優しく誠実な人柄だからこそ、魔術を正しく使い賢者になれたのだろう。

「元々カリフ人は大人しく従順な性質の民族です。自ら進んで魔術で人と争うことなど望んでいません。むしろそのように魔力を使ってしまったら、心が壊れてしまうでしょう。だから隠れ里に逃げたのです」

マイヨは大きく頷いた。とてもよく分かると思っていたからだ。母から聞いていた美しい楽園のようなエスカ・ポーリャと、そこに住む天界人のような心優しい人々ならば、確かにそうだと頷けた。

「ですが狭い世界に、ひとつの民族だけが長く生き続けることは難しくて……最初は二千人近くいたそうですが、八百年あまりの月日を重ねるうちに減っていき、私達の頃には百人にも満たない数になっていました。もちろん里を飛び出した者達もいます。貴方の家族のように……」

「なぜエスカ・ポーリャを飛び出す人がいたのですか？」

「貴方はお母さんから何も聞いていないの？」

マイヨの問いかけに、隣にいたフレアライヤが尋ね返してきたので、マイヨは困ったように眉根を寄せた。

「おばあちゃん達は、エスカ・ポーリャの話を一度もしてくれたことがなくて……ボクは母から夢物語のように聞かされていただけだから……何も知らないのです」

マイヨの返事に、クリセーリナは微笑んで、優しくマイヨの頭を撫でた。

「エスカ・ポーリャを出た時、マリーベルは小さかったから理由は知らないでしょうね。エメリアの夫のスヴェンは……貴方のおじい様ね、彼は生まれつきほとんど魔力を持っていなかったの。彼だけではなく、あの頃には何人か魔力を持たない子が生まれるようになっていたわ。長い年月、同じ民族だけで結婚を繰り返していたせいだと思うけれど……それで差別を受けるようなことは別になかったけれど、里にいづらくなってしまったのだと思うわ。魔力の強い者は、里では重要な役目を任命されるの。村長などがそうよ。特にスヴェンは村長の息子だったから、色々とあったのだと思います」

クリセーリナがせつない表情で語るのを聞きながら、マイヨは祖父のことを思い出していた。マイヨには働き者で優しい祖父という印象しかない。エスカ・ポーリャの話をしてくれなかったのは、嫌な思い出でもあったのか、それとも飛び出したことを後悔していたからなのか……マイヨにも真相は分からなかった。

「でもスヴェンもエメリアもとても勇気があると思うわ。外の世界に出るなんて……カリフ人は臆病なの。ずっと結界に護られた平和な里で暮らしていたから、外の世界はとても怖いと思っていて、誰も外に出たいなんて思わなかったわ。でもたまに外に憧れる者もいたし、外に出るのが平気な者もいたわ。私の夫のソードガスもそういう変わり者だったの」

クリセーリナは懐かしむように話し始めた。マイヨは気を取り直して、真剣に聞き入るように姿勢を正した。

「ソードガスはカリフ人には珍しくとても社交的で、面白くて、朗らかな人だったわ。勇気もあった。強い魔力も持っていたの。だから彼はとても重要な役目を負っていた。ふた月に一度外に出て、里では手に入らない生活必需品を買い付けに行く役目を負っていたのよ。塩や香辛料は絶対に里では作れなかったから、そういうものを買って……里では採れない野菜とか、魚や貝の燻製などもそうよ……その代わり里で作った織物などを売っていたの。外に出る時は、髪を染料で黒く染めて変装していたわ。息子はソードガスによく似て、明るくて朗らかでやんちゃで……外の世界の話をよく強請って聞いていたわ」

穏やかな顔で息子の話をするクリセーリナを見つめながら、その息子を表す言葉がすべて、リーブに当て嵌まるように思えて、マイヨまでニコニコと笑顔に変わっていた。

「どうしてドムドマにエスカ・ポーリャのことが知られてしまったのですか？」

核心ともいうべきことをマイヨが尋ねたので、和やかになっていたその場の空気が一瞬にして凍り付いてしまった。周りの人々の表情が強張っている。

マイヨは瞬時に、自分が聞いてはいけないことを聞いてしまったのだと悟って、思わず顔面蒼白になってしまった。

「ご、ごめんなさい……あの……ボク……」

「いいんですよ……お話ししましょう」

「クリセーリナ様！」

皆が焦った様子で止めようとしたが、クリセーリナは穏やかな表情を崩さずに、静かに首を振った。

「もう昔の話です。私は大丈夫ですから」

クリセーリナは、心配する皆のことを気遣うように言った。それを見て、その話はクリセーリナにとって、とても辛い話なのだろうと、マイヨにも分かってしまった。取り返しのつかないことを聞いてしまったのだと、マイヨは酷く後悔して、ぎゅっと自分の胸元を摑んだ。

「その頃すでにドムドマのカリフ人狩りが始まっていました。エメリア達家族が失踪した頃だったし、ソードガスの他にも、役目で外に出ていた若者が予定の日になっても戻らなくて、里ではとても皆が不安になっていました。いつものように買い付けに出ていたソードガスは、その町でロンサイの噂を耳にしたのです。戻ってきたソードガスはそれを村長に話して、ロンサイに様子を見に行ってくると言い出したのです。皆で止めたのですが……ソードガスも妹のエメリアのことが心配だったのでしょう。制止を振り切ってロンサイに向かったのです。そこで何があったのかは分かりませんが……それからひと月後にドムドマの軍隊がエスカ・ポーリャに攻め込んできたのです」

クリセーリナはとても淡々と語っていた。微かに表情が強張るのが分かって、マイヨは胸が苦しくなっていた。

「でも……結界があったのでしょう？　カリフ人しか入れない……」

「ドムドマの軍は、ソードガスに道案内をさせていました。ドムドマと共に里へ帰ってきたソードガスは、別人のようでした。よほど酷い拷問を受けたのでしょう……それでもエスカ・ポーリャのことを言わなかったソードガスは心が壊れてしまって……それで黒魔術師が魔術を使って、ソードガスの体を乗っ取り、里の場所を白状させて案内させたのです。そしてドムドマは、私達が抵抗しないようにと、見せしめとして私達の前で、ソードガスの首を落としました」

マイヨは驚いて思わず両手で顔を覆った。あまりにも衝撃的すぎる話だったからだ。そんなに辛い話を、クリセーリナにさせてしまったのだというショックもあった。

「男達はドムドマの兵に抵抗して戦い、女子供を逃がしました。実は村の出入り口とは反対側の山奥に、もしもの時の為の逃げ道があったのです。そこもカリフ人しか通ることが出来ません。そこに逃げ込めば助かります。皆、散り散りになって懸命に逃げました。私も息子を連れて、懸命に走りました。でも兵士達が追ってきて……次々と仲間が捕らえられていく中、私はなんとか森まで辿り着き……その森の奥、山を少し登った所に逃げ道があるのです。あと少しと思って、私も気が緩んでいたのです。近くまで迫っていた兵士に気づかず、右足を矢で射られてしまいました」

後悔に震えるマイヨをよそに、クリセーリナは話を続けていた。矢で射られたと聞いて、マイヨは顔を覆っていた手を離して、目の前にいるクリセーリナを見つめた。右足を引きずっていたのは、その時の傷のせいなのかと思ったからだ。

「足を引きずりながらも必死に逃げ続けました。でもそんな状態で兵士を振り切れるはずもなく、どんどん兵士が迫ってきました。息子に一人で逃げろと言っても、まだ幼い息子にそんな言葉が通じるはずもありません。それでなくても足から血を流す母の姿に、とてもショックを受けていて、傷を治させてくれと、私の腕の中で泣いていました。息子は稀に見る魔力の持ち主で、村長はセリウスの生まれ変わりだと言って、三歳の頃から少しずつ魔術を教えていました。だからその頃には癒やしの術も使えていたのです。でも悠長に傷の手当てをしている時間など私達にはありませんから……私は息子を抱いて必死に逃げるしかなかったのです。でも……神はそんな私達に救いの手を差し伸べてくれたのです」

クリセーリナはそこまで話すと、マイヨの手を右手で強く握って微笑みかけた。

「マイヨさん、先ほどは貴方の話を遮って、息子は死んだのだと言ってしまい申し訳ありませんでした。でもこれから話すことは今まで誰にも話したことがないのです。ここにいる者達にも……」

「え?」

急に何を言い出すのかと、マイヨはよく分からずに戸惑いながらクリセーリナを見つめ返した。クリセーリナはとても穏やかに微笑んでいる。

「逃げる私達の前方に、突然『精霊の回廊』が出現したのです」

「え!」

マイヨはとても驚いた。

「マイヨさんは、『精霊の回廊』を知っていますか?」

「は、はい、知っています」

マイヨの返事に、クリセーリナは満足そうに頷いた。

「そこに飛び込めば兵士から逃げられます。でも少しばかり距離があって、私の足ではそこまで飛ぶことも、駆け込むことも出来そうにありませんでした。兵士がもうすぐ後ろに迫っていたからです。だから私は迷うことなく、抱いていた息子を『精霊の回廊』に向かって投げたのです」

思いも寄らない話に、マイヨは驚きすぎて言葉が出なかった。

「兵士が後を追おうとしたので、私は咄嗟に右足に刺さっていた矢を抜き、それで兵士の首を刺して殺しました。その間に『精霊の回廊』は消えてなくなりました。後から来た兵士が、私が兵士を殺している姿を見て驚いて剣を抜き、この左腕を切り落としたのです。私は人を殺めてしまいました。だからこれはその報いなのです」

クリセーリナはそう言ってなくなってしまった左腕の付け根をさすった。

「クリセーリナ様、では息子さんが亡くなったという話は……」

驚いていたのはマイヨだけではなかった。フレアライヤが身を乗り出して尋ねたので、クリセーリナは苦笑した。

「あの時ドムドマは、エスカ・ポーリャにセリウスの再来とも言える強大な魔力を持つ子供がいることを知っていました。多くのカリフ人を捕らえることも目的でしたが、エスカ・ポーリャに来た最大の目的は、私の息子だったのです。逃げる間子供ばかりを執拗に追う兵士の姿を見ていたし、私が投げた息子の方を追おうとした兵士を見て、それを直感しました。だから私は、捕らえられた後、息子は兵士に殺されたとわざと大声で泣き叫んだのです。真実を知る者は誰もいませんから……ドムドマが息子を探すことはもうないと思いました」

「だからさっきボクの言葉を制したのですね」

マイヨはようやく言葉を出すことが出来た。すべての謎が一気に解けた気がしていた。酷く気持ちが高揚する。今すぐにでもリーブに会わせたいと思った。

「まさかこんな風に牢から逃げることになるとは思っていませんでしたから」

クリセーリナが苦笑したので、その場の空気が少し和らいだ。釣られて笑う者もいる。

「でも今でも『精霊の回廊』に向かって放り投げた時の息子の顔が、脳裏にちらついて忘れることが出来ません。泣きじゃくって両手を私に向かって伸ばしていました。あんな得体の知れない穴に投げ込まれて、さぞや怖かっただろうと思います。後になって考えると、回廊の先がどこに繋がっているのかも分からない。もしかしたら海の真ん中かもしれないと、悪い考えが浮かんできましたが、あの瞬間の神の奇跡を信じたいと思ったのです。きっと神に守られて、息子は無事なのだと……」

「あの、あの……クリセーリナさん」

マイヨは頬を上気させて、酷く興奮した様子で口を開いた。居ても立ってもいられない、話したいことがたくさんあって、何から話せばいいのか分からないくらいだ。

「さっきボクが言いかけた話をしてもいいですか？貴方の息子さんの話です」

「ええ、ぜひ聞かせてください。実は貴方が言いかけた言葉の続きを、一番聞きたかったのは私なのです。だから貴方からの逃げようという提案に、こんな体にもかかわらず賛成しました。貴方が言う私の息子ではないかという人の話を聞かせてください」

クリセーリナも酷く高揚した様子だった。瞳がすでに潤み始めている。

「さっきも話したリーブ様のことです。男性だけどとても綺麗な方で、美しく長い金の髪と碧の瞳をしています。リーブ様は幼い頃の記憶がなくて、気がついた時にはニーヴェリシアの聖教会の前で倒れていたそうです。そこで助けられて聖職者になりました。当時、異国の小さな子供が、たった一人でなぜこんなところにいるのだろうと、とても不思議がられたそうです。リーブ様はその力を見出(みいだ)されて、聖教会にある魔導師養成所で魔術を習われました。そして賢者になり、ニーヴェリシア国王より魔導師の最高位であるルーの称号まで貰ったんです。でも……その……リーブ様はとてもやんちゃな方で、度々教会を抜け出して冒険の旅に出ていたそうです。そこである時、『精霊の回廊』に遭遇して、中に飛び込んだらシーク王国に着いてしまって……シークでは星詠み達が、『王の伴侶は白き宝珠だ』と予言していたそうです。それで色々あって、リーブ様はシーク王国で王様と幸せに暮らすようになりました……あの、すみません、ボク、説明が下手かもしれないけど、すごくクリセーリナ様の息子さんと共通するところがあると思って……だから絶対そうだって……」

真っ赤になって一生懸命に話すマイヨに、クリセーリナは涙を浮かべながら何度も頷いた。

「そうだ！　それにさっき歌ってくださった『癒やしの歌』をリーブ様は歌えるんですよ！　リーブ様が歌うと、草原が一面のお花畑になっちゃうんです」

興奮して語るマイヨのその話に、聞いていた女性達の中から「それはブランイシュカリーブだわ」という声がいくつも上がった。

「それに……」

尚も話そうとしていたマイヨが、突然顔色を変えて口をつぐんだ。

「マイヨさん？」

不思議そうに声をかけたフレアライヤに、マイヨは「しぃっ」と小さな声で、静かにするように合図をして立ち上がった。扉の前まで行き、目を閉じて耳を澄ませた。その様子に、皆の間に緊張が走った。

しばらくしてマイヨはゆっくり振り返った。

「大丈夫です。ここはまだ見つかっていません。ただ地下牢が空っぽだということが、敵に知られたようです。シークの兵が……と言っているのが聞こえたので、もうすでに城の中に助けが来ているみたいです。ボクが様子を見に行ってきますので、皆さんはここに隠れていてください」

「マイヨさん」

「大丈夫です。扉に結界を張って開かないようにして行きますから……」

「心配なのは貴方の方ですよ」

クリセーリナがそう声をかけたので、マイヨはニッコリと笑ってみせた。

「ボクは大丈夫です。リーブ様の一番弟子ですから……待っていてください。助けを連れて戻りますから！　みんなで一緒にシークへ行きましょう」

マイヨはそう言って皆を安心させようとした。心の中では懸命に自分を励ましながら、勇気を振り絞ってそっと扉を開けて外に出る。扉を閉めると呪文を唱えて、扉が開かないように結界を張った。

それが終わると、ふうっとひとつ息を吐いて、階下に視線を送った。


バード達と別れたザイは、来た道を少し戻り、途中に転がっているバードが倒した兵士の所に来ていた。

気絶している兵士を揺り起こし、目覚めた兵士が更に目が覚めるような勢いで、ギロリと睨んで短剣を喉元に突きつけた。

「カリフ人をどこに閉じ込めている。場所を言え！　早く言え！　言わないと即殺すぞ」

有無を言わさぬ勢いで、凄(すご)みを利かせた声で脅しをかける。その目がとても殺気立っていたので、兵士は震え上がって素直に地下牢の場所を白状した。

ザイは場所を聞き終わると、兵士のこめかみを手刀で殴って再び気絶させた。兵士を放置して、ダッと勢い良く駆けだした。言われた場所に向かって全速力で駆ける。

地下牢へと続く廊下に向かって、角を曲がろうとした所で、敵の兵士と鉢合わせした。それも兵士達も酷く慌てた様子で走っていたので、思いっきり勢い良くぶつかり、ザイは後ろによろめいたが兵士の方は転んで尻もちをついた。

転んだ兵士の後にも、五人の兵士が続いていたが、ぶつかった兵士に驚いて、慌てて足を止めて動揺している。ザイはすかさず剣を抜いて、動揺している兵士達に斬りかかった。

「うわあ！　敵だ！」

兵士達は大声で叫んだ。急いで剣を抜こうとしたが、ザイの方が早かった。一人目の足の脛をザクリと斬り付けると、兵士は悲鳴を上げてその場に倒れた。

二人目が剣を振り上げたのを、左手で抜いた短剣で受けて、その兵士も足の脛を斬って倒した。三人目、四人目とザイは流れるような動きで次々と倒していき、最後に最初にぶつかって転んだ兵士の足の脛も切り付けた。

足の脛を斬ったのは、歩けなくさせる為だ。バードから殺さぬようにと言われているので、一番手っ取り早く動けなくする方法を、ザイは無意識に取っていたのだ。

ザイは剣を鞘に収めて、廊下に転がって呻いている兵士達の顎を次々と蹴り上げていった。それで全員気絶させて静かにさせる。

「貴様、シークの者か」

ふうと一息ついたザイに、そう声がかかった。目を向けると、廊下の奥からこちらに向かって歩いてくる黒い長衣姿の男がいた。その服装から黒魔術師だと、ザイは判断して身構える。

ドムドマの側近のシャガンだ。

「よくもカリフ人を逃がしてくれたな」

シャガンは忌ま忌まし気にそう言った。それを聞いたザイは、ピクリと眉を動かした。

『カリフ人を逃がしただと？』

城にはまだ自分達しか潜入していないはずだ。町での喧騒はまだ遠くに聞こえる。この黒魔術師が何を言っているのか分からないが、少なくともこれから行く予定だった地下牢には、マイヨはいないようだ。ザイはそう考えながらも、表情には出さずに、目の前のシャガンを睨みつける。

「なかなかの剣士のようだが、剣で魔術には勝てまい」

「さて……どうかな」

ザイは睨んだまま冷静に答えて剣を抜いた。

黒魔術師が杖を振りかざして呪文を唱える。すると激しい風が巻き起こり、突風は刃のようになってザイに向かってきた。ザイはマントを盾のように体の前に翳して、魔法攻撃から身を守ろうとした。凄まじい勢いの風の刃は、ザイのマントに当たると、バチッと一瞬光ってそのまま消えてなくなった。ザイの方にはまったく被害は見られない。

　実は出発を前にして、シークの兵士達が身に着ける甲冑などに、リーブが抗魔術の術を掛けていた。ちょっとした攻撃魔法を無効にしてしまうらしいが、何度も連続して攻撃を受けると、術が解けてしまうから注意するように言われている。

「何⁉　術を無効化しただと？　魔装具か？　生意気な……そうか、そちらにはニーヴェリシアの魔導師団もいるのだったな」

　シャガンが悔しそうに言ったが、ザイは『これはリーブ様に掛けてもらったんだ！』と反論したいのを、ぐっと我慢して剣を構えて駆けだした。

「うおおおっ！」

　ザイが剣を振りかぶって襲い掛かったが、シャガンは杖を翳して呪文を唱えて、ザイの体を跳ね返した。後ろに弾き飛ばされたザイは、辛うじて踏みとどまり転ばずに済んだ。シャガンを睨みつけて舌打ちをする。

「魔術が効かないのならば、これの相手をしてもらおうか」

　シャガンはそう言って、懐から卵のような黒い物体を取り出した。呪文を唱えると、卵がぶわりと大きく膨れ上がり、表面の皮が破れて中から狼のような妖獣が飛び出した。狼よりも体が大きく、背中が酷く湾曲していた。鼻先が長く大きな赤い口からは、涎を滴らせている。醜悪な姿をしていた。

「魔術よりも戦いやすそうだ」

　ザイがクッと口の端を上げて言ったので、シャガンもニヤリと笑った。

「いつまでそう言っていられるかな？」

　シャガンは杖を振りかざして呪文を唱えた。すると火の玉が宙に現れて、ザイ目掛けて襲ってきた。

　それを避けていると、妖獣が唸りを上げながら襲い一瞬そんなことを考えた。もちろんシャガンもこの機会を見逃してはいない。

「貰った」

シャガンがニヤリと笑って、杖を高く掲げた時
「ギャアア！」と悲鳴が上がった。ザイがはっとして見ると、悲鳴を上げたのはシャガンだった。杖を床に落として、杖を持っていた右肩を庇うように蹲っている。

ザイは無意識に、廊下の奥へ視線を向けていた。そこにマイヨが立っていたのだ。マイヨは両手を掲げて真剣な表情で、呪文の詠唱をしていた。

すると落ちている杖からいくつもの芽が出て、それがみるみる伸びていき、長い蔦がシャガンの体に絡まり始めた。あっという間にシャガンは、蔦でぐるぐる巻きにされて身動きが出来なくなり廊下に転がってもがくばかりになっていた。

それを見て安心したザイは、ぐっと腹に力をこめると、渾身の力で妖獣を押し返した。ひらりと回転して着地した妖獣が、再び襲い掛かる体勢に入る前

掛かってくる。鋭い爪を剣で受け止めて、力ずくで押し返した。妖獣はひらりと宙を飛んで着地する。

魔術と妖獣の両方からの攻撃に、さすがのザイも顔を強張らせた。

こういう事態の時の為に、常に兵士は魔導師と共に行動するように、オーケンが言っていたのだ。だがザイの場合は特例の任務の為単身での行動中だ。

『くそっ』

ザイは苦々しく舌打ちをした。

シャガンと妖獣、そしてザイの攻防はとても激しいものになっていった。息つく暇もなく、攻撃魔法が襲い掛かる。それを避けたりマントでかわしたりしつつ、襲ってくる妖獣とも戦わなければならないのだ。ほんの少しでも気を抜けばやられてしまう。

グオオオッと咆哮(ほうこう)を上げて、妖獣が襲い掛かってきた。正面から飛び掛かられて、それを剣で受け止めたが、両方の前足と大きく開いた口が迫ってきて、両手で剣を支えるしかなかった。

『今、攻撃魔法を放たれたらまずいな』

に、ザイの剣が空を切って唸りを上げた。血しぶきが飛び散り、次の瞬間妖獣の頭がゴトリと床に転がっていた。

「ザイ！」

ザイが肩で息をしながら、妖獣が絶命したのを確認していると、マイヨが大きな声で呼んだ。

「マイヨ様」

ザイは安堵の息を漏らす。マイヨは満面の笑みで駆けてきた。

「ザイ！」

マイヨはザイの下まで駆けてくると、胸に飛び込んできてしっかりと抱きついた。それをザイは受け止めて抱きしめる。

「ザイ、ザイ……きっと来てくれるって信じていたよ」

「お守りすると約束したのに、怖い目に遭わせてしまって申し訳ありません」

「何言ってるの？　あれは別にザイのせいじゃないよ。誰だって助けることは出来なかったと思う。バード様だって」

「でもリーブ様なら助けられたと思います」

「まあ……確かにそうだけど……」

マイヨは顔を上げてザイを見つめながら、そんな言い合いになって思わず噴き出してしまった。ザイも思わず笑みが零れる。

「とにかくご無事で良かった……本当に良かった。それにしてもよく地下牢から逃げ出せましたね」

「それがどうもドムドマ達は、カリフ人は魔術を使えないって思いこんでいるみたいで、ボクは手足も何も拘束されないまま、ただ牢屋に入れられていたんだ。だから……大人しく捕まっている訳がないよね」

笑いながらそんなことを話すマイヨを見て、ザイはつくづく『お強くなられた』と思った。以前の自信なく怯えていたマイヨとは別人のようだ。

『姿だけでなく、性格までリーブ様に似てきたような気がする……』

ザイはそんなことを思ったが、もちろん口には出さなかった。

「さあ、では城を脱出しましょう」

「あ、待って！　カリフの人達がいるから一緒に！」

「分かりました」

二人はクリセーリナ達が隠れている塔へ向かった。


バード達は大きな扉の前に立っていた。恐らく大広間へ続く入口だと思われるが、中からあの禍々(まがまが)しい気配が色濃く漂ってきている。

バードはローヴァルとオーケンと視線を交わして頷き合った。後ろに控えている部下達の顔が強張っているのを横目に見ながら、バードとローヴァルが重い扉をゆっくりと動かした。

大広間には壁の至る所に青い炎を燃え上がらせている灯火があるが、少しも明るく感じられなかった。臭いはしないが、無意識に鼻を押さえたくなるような、濃厚な嫌な感じがする。

正面には祭壇があり、そこには更に大きな炎が上がる燭台(しょくだい)が並んでいる。

人の影はなかった。

バードはローヴァルと視線を合わせて、用心深く中へ足を進めた。中央くらいまで来たところで、耳鳴りがして何かが飛んでくる気配に、反射的に剣を抜いてその方向に構えた。

ズンッという衝撃音がして空気が震えたが、バード達の身には何も起こらなかった。

「黒魔術の攻撃です」

耳元でオーケンが囁いたので、ようやく事態が分かった。どこからか魔術の攻撃が仕掛けられたらしい。それをオーケン達が防いでくれたのだ。

「さすがニーヴェリシアの魔導師殿ですな」

いつの間に現れたのか、祭壇の前に十人ほどの黒ずくめの者達が立っていた。皆頭からすっぽりと黒いフード付きの衣に身を包んでいた。手には杖を持っていて、彼らが黒魔術師であることが分かる。

「お前がドムドマか？」

バードが朗々とした声で尋ねると、中央にいた男

がニヤリと笑った。

「そう……私がドムドマです。わざわざ遠路からのお越しを歓迎します。シーク王国のバード・アグラ王……それもステキな手土産を持ってね」

「手土産？」

「金の髪の美しい土産です」

「あれは、大事なオレの息子だ……返してもらおうか」

「出来ないと言ったら？」

「まあ今頃は優秀なオレの部下によって、すでに返してもらっているかもしれないがね」

バードはそう言ってニッと笑った。

「さて……それはどうでしょうか」

ドムドマが笑いながら片手を挙げた。すると奥から五十人ほどの騎士達が現れた。真っ黒な甲冑に身を包み顔すらも分からなかったが、その大きな体には人間が入っていないようにも感じられた。

黒魔術師達が何やら呪文を唱えている。一斉に懐から卵のようなものを取り出した。呪文の詠唱が終わると、手に持っていたものが変化して、そこから黒い獣が飛び出してきた。

ギャアギャアと奇妙な声を上げて、毛を逆立てながら赤い口を開いて威嚇するその姿は、とても醜悪だった。

「残念ながら妖獣退治は我らシークの十八番でね。そんな小物では、準備運動にもなりそうにない」

バードが大きな声で皮肉を言ったが、ドムドマは怯む様子もなく笑みをたたえていた。

「それではこれならどうかな？」

ドムドマの言葉に続いて、黒魔術師達が一斉に更なる呪文を唱えた。すると妖獣が次々と現れて、気がつくと四、五十頭はいるかというほどになった。

「貴方が余計なことを言うから」

ローヴァルが苦笑したので、バードはばつが悪そうに口を歪める。

「まあこれくらいなら……いい運動になるかな。妖獣は我々に任せてくれ、ローヴァル殿達は騎士を、オーケン殿達は黒魔術師を頼みます」

「分かりました」

　バードは自分の部下に合図を送り、太刀を構えて妖獣を迎え撃った。ローヴァルも部下と共に、黒ずくめの騎士に向かっていった。

　オーケン達は、呪文の詠唱を始めた。床に光の線が走り魔法陣を描いていく。すると完成した六つの魔法陣の中から白い狼のような獣が浮かび上がった。

「向こうが妖獣を使うのならば、こちらは召喚獣を使いましょう」

　オーケンはそう呟いて、手を振り上げた。それを合図に六頭の白い獣は、背中の翼を一斉に広げて宙に舞い上がった。疾風のように宙を飛び黒魔術師達に襲い掛かった。

　バードは次々と妖獣を一太刀で倒していた。居並ぶ第一兵団の精鋭五人も、負けじと妖獣を倒していく。バードの言うように、日頃から討伐慣れしている妖獣相手なので、戦い方を熟知していた。妖獣の動きも急所も知り尽くしている。六人がかりであっという間に妖獣を全滅させてしまった。


「苦戦しているようだな？　手を貸すぜ？」

　バードがローヴァルの下に駆けてきて、冷やかすように声をかけた。ローヴァルは自分よりも遥かに大きな騎士を相手に、戦っている最中だ。眉間にしわを寄せながら、チラリとバードへ視線を送った。

「もしかして妖獣は全部倒したのか？」

「ああ、言っただろう？　準備運動だって」

　バードは答えながら、ぶんっと太刀を振るって、騎士の肩口に叩きこむように斬り付けた。その反動でよろけた騎士の足の付け根に、ローヴァルは剣先を突きつける。

　騎士はガクリと膝をついた。

「おりゃああ！」

　その隙をついて、バードが剣を薙ぎ払うように振るった。ガギッと鈍い金属音がして、太刀が首の付け根に食い込んだ。

「くそぉ……なんて硬さだ。首を一太刀で落とせないとは……」

　バードが悔しげに呟いた。それを聞きながら、ローヴァルは騎士との間合いを詰めていく。騎士が闇雲に振り回す剣をかわして懐に入ると、剣先を顎の辺りに入れ兜の中までズブリと刺し貫いた。

騎士は異様な断末魔の叫びを上げて、そのまま崩れるように倒れた。

返り血を浴びたローヴァルが、立ち上がってバードを振り返りニヤリと笑う。

「妖獣よりもこっちの方が大変でしょう？　これでも一人で五人倒しているんだけどね」

ローヴァルはそう言って剣を振り下ろし、付いていた血糊(ちのり)を払った。

「まあ……そうだな、認めるよ。それであと何人倒せばいい？」

「単純計算だと一人で八人倒さないといけないから……残り三人だ」

「二人でやればもっと効率がいいと思うぞ」

「賛成だ」

二人は不敵な笑みを浮かべて、剣を構えると近くの騎士に斬り掛かっていった。


劣勢になりつつあるその情景を、ドムドマは信じられないという顔で見つめていた。

「アレを使うしかない……このままではアレを壊されてしまう」

ドムドマの呟きに、側近のヤーマンが慌てた様子で首を振った。

「ドムドマ様、アレはまだダメです。まだ完全ではありません」

「カリフ人達を連れてこい、その為に攫ってきたシークのカリフ人であろう。あの者はかなり強力な魔力を持っている。あの者の魔力を注ぎ込めば、アレが復活する……三十年もかけたのだ。いい加減役に立ってもらわねば困る。私の野望はこんなところで終わるようなものではない！」

いきり立つドムドマに、ヤーマンは焦った様子で恐る恐る口を開いた。

「それが……ドムドマ様、連れに行ったシャガンがまだ戻りません」

「なんだと？　何をしている!?　早く誰か見てこい！」

「先ほど様子を見に行かせました。もう少しお待ちください」

ヤーマンは冷や汗をかきながら、おどおどと答えた。

ドムドマは怒りに震えながら、目の前の情景を呆然となって見つめていた。

こんなはずではなかった。シークの軍隊が強いという話は聞いたことがある。現にドムドマがそそのかして出陣させたガルボスのアッガイ王は、返り討ちに遭ってしまった。

ニーヴェリシアの魔導師達は、自分達とはまったくレベルが違うと、仕えている黒魔術師が言っていたのも聞いた。

しかしドムドマは『アレ』を手に入れた時から、世界のすべてを手中にするという野望を燃え上がらせていた。

一介の領主などで人生を終わらせたくない。黒魔術師を集めて、彼らの力を増幅させる代わりに協力をさせた。世界中からカリフ人も集めた。力は確実に、ドムドマの手の中に集まっていたはずだった。

カリフ人の魔力を集めていたのは『アレ』を目覚めさせることが目的だった。

『アレ』の闇の力は絶大だ。『アレ』の力が回復するに連れて、黒魔術師達の力も増大していった。『アレ』さえ目覚めれば……こんな奴らなどに負けるはずがないのに……。

三十年もかけてやってきたことが、完成目前でついえさせられるなど許されるはずがない。ギリギリと歯噛みをしながら、握った拳を震わせた。

バードとローヴァルは、黒騎士をまた一人斬り倒して大きく肩で息をした。一体何人と戦っただろう。鉄の甲冑に身を包んだ相手との戦いは、さすがに体力を使う。

辺りを見回すと、他のニーヴェリシアの騎士達もシークの兵士と力を合わせて戦っている。残る黒騎士は、たったの三人にまでなっていた。

黒魔術師の方は、オーケン達の操る召喚獣で、ほぼ壊滅状態だ。まだ戦っている者の姿も見受けられるが決着は間もなく着くだろう。楽勝だな……バードはニヤリと笑った。

その時突然唸り声を上げながら、ドムドマが乱心したかのように祭壇を壊し始めた。

「ドムドマ様!?」

ヤーマンが、ギョッとした顔で見つめている。

壊れた祭壇の中から、何か大きな黒い塊が現れた。禍々しさの根源だ。間違いない。

「ありゃあ一体なんだ……」

バードは驚いたように見つめながら呟いた。ローヴァルも眉根を寄せる。

ドムドマは仁王(におう)立ちで両手を大きく広げて、叫ぶように不思議な呪文を唱えた。すると祭壇に並べられた燭台の蒼い炎が、ゴオゴオと音を立てて大きく燃え上がり、そこから火の玉が炎の筋となって飛び出した。

その火の玉が、生き残っていた黒魔術師や黒い騎士に向かって飛んでいくと、彼らの体が炎に包まれた。

「ギャアアアッ!!」

悍ましい悲鳴が轟(とどろ)く。

「ドムドマ様……お助けを……」

悲鳴と共に、黒魔術師達の悲痛な叫び声が上がった。

「カリフ人が見つからぬなら……お前達がその生贄(いけにえ)となれ!!」

黒魔術師達を包む蒼い炎は、やがて吸い込まれるように『黒い塊』に向かって飛んでいった。

「うわっ」

オーケン達が思わず呻き声を上げた。見ると蒼い炎は、召喚獣にも襲い掛かっている。召喚獣は咆哮を上げながら炎に飲み込まれていく。

「早く解術を！」

オーケンの叫びに、魔導師達が慌てて解術の呪文を唱えたが、間に合わなかったようで召喚獣も『黒い塊』の餌食になってしまった。

魔導師達が苦し気に顔を歪めて、その場に膝をついた。

「大丈夫か？」

バード達が駆け寄る。

「大丈夫です。ただ召喚獣を取られたので、我らの魔力を取られたのと同じ状態になっているのです」

オーケンの説明を聞いて、バードは頷きながらも険しい表情でドムドマに視線を向けた。

「闇魔よ！　アエシュマよ!!　目覚める時が来た！目覚めよ！　そして我に力を貸したまえ!!」

ドムドマは必死に叫んだ。それに続けて何やら呪文を唱え始めたのだ。

「アエシュマだと!?」

オーケンが驚愕の表情で、隣にいる魔導師達と顔を見合わせた。

地鳴りが起きた。ズズズズズッと短い地鳴りが四回ほど断片的に起こり、やがて静かになった。

「オーケン様……何が起ころうとしているのですか？」

ローヴァルが尋ねると、オーケンはじっとその『黒い塊』の様子を窺うように、身動きひとつせずに見つめている。その顔はとても険しかった。

「信じられないことですが……今……ドムドマはアレのことを『アエシュマ』と言いました……それが本当なら……」

オーケンは視線を逸らさずに、まるで独り言のように呟いた。バードとローヴァルは、険しい表情で、オーケンの言葉を注意深く聞いていた。

「その……アエ……なんとかっていうのはなんだ？」

バードが痺れを切らしたように尋ねた。

「『アエシュマ』とは……闇魔のことです。陛下も一度は『セリウス戦記』を耳にしたり、本で読んだりしたことがあるでしょう？　かつて混沌の闇をセリウスが封じた。あの時の闇魔のひとつ……それが『アエシュマ』なのです」

「なんだって？」

バードは聞き間違いか？　と、眉間にしわを寄せて聞き返した。

「闇魔は……妖獣など比べ物にならないほど凶暴で残虐で、そして恐ろしいほどの魔力を持つ悪魔……『アエシュマ』は、闇魔の中では下位の悪魔だと言われていますが……それでも、その力は人間が敵うものではありません。アレが本物で……目覚めたのだとしたら……また世界は混沌の闇に陥るかもしれません」

「まさか！」

バードは声を大にして否定したが、肌に感じることの異様なほどの『恐怖』は、否定出来ない何かを悟らせた。

「セリウスが封じたのだろう？」

「二度と再生出来ぬほどに、闇魔のすべてを封じたはずです……これは……あくまでも我らの聞き知る伝説でしかありませんが……」

「オーケン様、カリフ人の魔力が、その復活の為に使われたのだとしたら？」

ローヴァルが尋ねると、オーケンは苦しげな表情で唸った。それが不可能とは言いきれない。カリフ人の魔力は、セリウスや闇魔と同じくらいの、伝説になるほどの強力なものだ。オーケン達のような魔導師でさえ、足元にも及ばぬほどの魔力を持つという。

ドムドマがどうやって、封印されたはずの伝説の闇魔『アエシュマ』を手に入れたのかは分からないが、長い年月をかけて闇魔復活の為に、大量のカリフ人の魔力を与え続けていたとしたら？

オーケンは言い知れない恐怖に駆られて、背筋が凍るようだった。

大きな地鳴りと共に、空気がビリビリと震えた。『黒い塊』がゆっくりと形を変え動き始めた。真っ赤な赤い光が二つ。

ぞっとするようなその二つの光が、目であることに気づいたのは、その下に大きな赤い口が開いたからだった。

「我ヲ……呼ビ……覚マス……ノハ……ダレカ……」

咆哮にも似たその言葉は、地の底から聞こえるような悍ましい声だった。

やがてそれは頭を上げて、手足を伸ばし、羽を広げた。その姿は、生まれたばかりの鳥のヒナに似て、大きな頭と長い首を持つ奇妙な姿をしていた。

全身が固そうな黒い毛で覆われ、手足は短く蹄がついている。背中から生えた黒い羽は蝙蝠に似ていたが、未熟なのかヨレヨレで飛べるほどの羽ではなかった。

裂けたように大きな赤い口からは、シャアーシャアーと、息をする度に奇怪な音を発していた。

「倒せないのか？」

バードはアエシェマを、険しい顔で見つめながら思わず呟いていた。

「それが……我々も、闇魔というものが一体どのようなものか……伝説で読む知識しかなく……我々で扱える召喚獣で果たして戦えるのかどうかも分からないのです」


キリオンが苦しげに答えた。

オーケンは額に脂汗を浮かべながら、目を閉じて呪文を詠唱していた。床に光が走りとても大きな魔法陣が描かれる。その中心が光り輝き、中から巨大な獅子に似た姿の召喚獣が現れた。頭と体は獅子に似ているが、四つ足は鳥の足に似ていて、背中には羽毛に覆われた翼があり、尻尾は蛇になっている。召喚獣は大きな咆哮を上げて、闇魔に向かって飛び掛かっていった。

その時闇魔の目が、真っ赤な光を発した。大きな赤い口から蒼い炎が迸り、それと同時に不思議な呪文のような声を発した。

頭が割れるような衝撃を覚えて、思わずバード達は耳を塞いでいた。召喚獣は、蒼い炎に包まれて、そのまま悲鳴を上げながら塵のように掻き消えていった。


「今のは……なんでしょう？」

怯えた顔で、フレアライヤがマイヨに尋ねた。どこからか悲鳴のような咆哮が聞こえて、城中が地鳴りを起こして震えたからだ。

マイヨはザイと共にカリフ人達を救出している途中だった。塔から降りて、周囲を警戒しながら出口に向かう。

「とにかく今は、この方々を救い出すことが先決です……急ぎましょう」

ザイは、クリセーリナを背負って歩き出した。

ロンサイの町は、すでに廃墟になりかけていた。町民達は町の外へと逃げ出してしまったようで、人の気配がなかった。

「わぁ～～～！」

突然建物の影から、敵の兵士が四人躍り出てきた。すでに傷ついているようだったが、こちらが女を連れているので、少しは優位だと思ったのだろうか？　半ばヤケクソのようにも見えた。

ザイが身構えて応戦の準備をした。

「待って！　ここはボクに任せて！」

マイヨは前に飛び出ると、呪文を唱えながら両手を頭上に上げた。小さな竜巻が巻き起こり、それが敵兵目掛けて襲い掛かった。

竜巻は敵兵達を宙に巻き上げて、剣を奪い取ってドサッと地面に叩き落とした。

敵兵達は目を回したように、頭を抱えながら叩き落とされた痛みで唸り声を上げている。マイヨはそこへ走り寄った。

「すでに敗北しているのが分からないのですか？　もう無駄な争いは止めて降参してください。ボク達は、貴方がたを皆殺しにするつもりはないのです……命を大切にしてください」

敵兵達は、ふらつく頭を上げながら、驚いてマイヨの顔を見つめた。その後ろからゆっくりとザイが歩み寄る。

「投降しろ……悪いようにはしない」

ザイが続けてそう言ったので、敵兵達は観念したようにガクリと肩を落とした。マイヨが嬉しそうに笑って振り向くと、ザイが微笑んで頷いてくれた。

ザイに背負われたクリセーリナも微笑んでいる。

「さあ、行きましょう」

ザイ達は再び味方の陣営を目指して歩き出した。

さすがのバードも、その得体の知れない恐怖に足が竦んでしまっていた。怯えている訳でもない。闘志は決して萎(しぼ)んでいる訳ではない。だが本能的に、警戒して自衛をしているのだ。

アエシュマの赤く光る目がこちらを見た。バードは視線を逸らさずに、グッと拳を握りしめた。全身の毛が逆立つような感覚を覚えた。

太古の魔物。

人の力が敵う訳がないことは分かっている。いくら強気のバードでも、剣が通じないと悟っている。でも諦めた訳ではない。だから視線は逸らさない。

気迫だけは負けられないと、睨みつける目に力をこめた。左胸の辺りが焼けるような熱を持っていた。リーブの人形を入れている辺りだ。

あの闇魔が目覚めてから、その熱を感じ始めていた。しかし今はそれに気を配る余裕すらない。

『来る』

バードはそう思って身構えた。

アエシュマが攻撃を仕掛けてくる気配を感じたのだ。しかしそれが分かったからといって、どうすることも出来ない。死を覚悟した。

すると魔導師達が一斉に呪文を唱えながら、両手を前に突き出した。バード達の目の前に、光の壁が作られた。恐らく魔防壁なのだろう。

アエシュマの目が光り、大きく口を開いて蒼い爆炎を吐き出した。空気が切り裂かれるような轟音(ごうおん)が鳴り、蒼い炎が凄まじい勢いでバード達に襲い掛かる。

炎はオーケン達の作った壁にぶつかった。その衝撃は凄まじく、ドォォンッという爆音が起きて、天井にひびが入りバラバラと石屑が落ちてきた。

「うわぁぁぁっ」

衝撃波にバード達は弾き飛ばされた。そのダメージは、魔防壁を作った魔導師達が最も強く負い、全員が遠く飛ばされて、遥か後方の壁に強く叩きつけられ床に落ちた。

「ううっ……くっ……」

その場に倒れたオーケンは、苦しげに呻き声を上げて蹲った。

「くっ……だ……大丈夫か？」

バードは吹き飛ばされて後ろに倒れていたが、ふらつく頭を押さえながら皆の様子を窺った。

「だ……大丈夫だ……オーケン様は？」

「オーケン様！」

キリオンが体を起こして、オーケンの姿を捜した。

「おい！　また来るぞ！」

バードが叫んだ。慌ててキリオンが呪文を唱えて、魔防壁を作る。他にも動ける魔導師が二人続けて魔防壁を作った。

アエシュマの目が赤く光り、バード達を見つめている。その目が笑っているようにも見えた。真っ赤な口が大きく開き、耳を切り裂くような高音の鳴き声のような呪文を唱えた。

「うわぁぁぁぁあっっっ!!!」

バード達が堪らず耳を押さえて、その場に蹲る。頭が割れるほどの痛みを感じていた。

広間の壁にたくさんの亀裂が入り、今にも崩れてしまいそうだ。

アエシュマが口を閉じて攻撃が止むと、床に倒れるバード達の呻き声だけが聞こえた。激しい頭痛と目眩で、吐き気を覚える。

「ふははは……もっとだ！　もっと苦しめろ！」

ドムドマの笑い声が広間にこだまする。

バードは苦しげに顔を歪めながら、なんとか頭を上げてアエシュマを睨みつけた。人と闇魔では、力の差がありすぎる。ニーヴェリシアの魔導師達も同じだ。

おそらく一撃でバード達を殺せるのだろうに、そうはしない。まるで弄ばれているように感じた。目覚めたばかりの悪魔が、準備運動にバード達をおもちゃのように扱っているようだ。

大きく開いた口は、今にも蒼い炎を吐き出さんとしていた。あんな攻撃を避けられる訳がない。さすがのバードも覚悟をした。

大きく深呼吸をして、なんとか上体を起こした。床に座り目を閉じて、愛しい人の姿を思い浮かべた。

「リーブ……」

バードがその名を呟いて、左胸を押さえた。焼けるように熱いその場所に、リーブが『お守り』と言って渡してくれた人形が入っている。

その時パンッと小さく弾けるような感覚を覚えた。甲冑の下で、何かが破裂したようだ。人形が壊れたのか？　そう思った時だった。

アエシュマが咆哮を上げて、再び爆炎を吐き出した。唸りを上げて迫り来る炎に、誰もが覚悟を決めた。目を固く閉じて、無意識に体を屈めていた。

しかしバードだけが、真っ直ぐに前を見つめていた。その表情は、信じられないものを見ているように、ぼんやりとしている。

炎はバード達を焼き尽くすことはなかった。炎は遮られて掻き消され、先ほどのような衝撃波すら起こらなかった。

「リーブ……」

バードは、目の前に突然現れたものを見つめながら呟いていた。目の前には、金色に輝く人の姿があった。

眩しいくらいに全身から金色の光を放つその人は、両手を前に差し出して、蒼い炎をまるで蝋燭(ろうそく)の火を消すかのように、その手の先で掻き消してしまった。

その後ろ姿を見つめながら、バードは何度も瞬きをした。愛しいリーブの後ろ姿にしか見えない。前のめりになってそっと手を伸ばした。だが触れることは出来なかった。

透き通るような光り輝くその姿は、幻影だった。確かにそこで輝いているのに、伸ばしたバードの手は、触れることも叶(かな)わずに、その体をスーッと通過してしまう。

しかしその眩しい光は、とても温かくバード達の心を癒やした。

リーブの幻影は、続けて呪文を詠唱し始めた。すると前方の床に大きな光の輪が現れて、魔法陣が浮かび上がった。

オーケンが召喚獣を出した時と同じ光景だった。しかしそれは先ほどよりもずっと大きな魔法陣だ。広間の床の半分以上を占めている。

歌声のように、美しいリーブの詠唱は長く続いた。バードはゆっくりと立ち上がり、リーブの側に歩み寄る。隣に立ち横顔を見つめた。それは紛れもなくリーブの美しい顔だった。

これが幻影でなければどれほどいいかと思った。抱きしめたい衝動に襲われる。

左胸の甲冑の下に手を突っ込むと、そこには人形はなく、代わりに粉々の破片があった。人形は割れてしまったらしい。

倒れていたローヴァルも起き上がり、その光景を見つめていた。見つめる視線の先はリーブではなく、バードの方だった。リーブを見つめるバードの姿は、とても穏やかで優しく愛情に溢れていた。どれほどの想いで、リーブを見ているのかが、離れていてもよく分かる。むしろこちらがせつない気持ちになってしまった。

魔法陣から光が溢れ出て、ゆっくりととても大きな物体が浮き上がるように姿を現した。それは伝説のドラゴンのような姿をした獣だった。

しかしその全身は、堅い鱗(うろこ)ではなく、真っ白な羽毛で覆われていた。四本の足には、鋭い鉤のような爪が生え、体の倍ほどの長い尻尾を持ち、その背には、大きな白い翼が生えていた。

馬にも似たその頭には、捻れた長い角が二本生えていて、額には真っ青な宝石のような物が嵌まっている。大きな青い目が印象的な、穏やかな顔つきの獣だった。

「あれは……」

キリオンもようやく体を起こして、目の前の光景を信じられないという顔で、息を呑んで見つめていた。

突然現れた巨大な召喚獣に、アエシュマも驚いたようで、奇怪な鳴き声を上げて威嚇していた。

アエシュマがその召喚獣に向かって蒼い炎を吐き出すと、召喚獣の額の石が光り蒼い炎は消滅してしまった。

「おい、あれはなんだ？」

バードが驚いたように振り返って、キリオンに尋ねた。

「あれはたぶん……私も初めて見たのですが……召喚獣ドラゴネスティアン……召喚獣の中で、最高位になります。すべての魔法を無効化する力を持つ宝玉を額に持ち、瞳にはあらゆる物を石化してしまう能力があり、ひと羽ばたきで、世界の果てまで飛べると言われています。かつてセリウスが、乗り物として使っていたという伝説もありますが……とにかく……あの召喚獣を呼び出せる魔導師は……今の世ではルー・リーブ・ヴァリィ様ただお一人……一体……どんな方法で……」

「リーブから、お守りにと言われ、小さな人形を貰っていたんだ。それが割れちまったらしい」

バードはそう言って、欠片を手に載せて見せた。

「護符や珠などに呪文を封印して、何かの切っ掛けでそれを発動させる術はありますが……召喚獣を呼び出す言霊を、人形に封印するなど……それもあれほどの最高位の召喚獣を呼び出す言霊を封印出来るなんて……そんな高等魔術はリーブ様にしか出来ないことです。我々ではとても……」

「リーブは、ドムドマがカリフ人の魔力を集めて、何かとんでもないことをやっているって知って、我々だけでは敵わない何かの出現を予感していたんだろう……だからそれを陛下に持たせた」

ローヴァルがそう呟いた。

その時アエシュマが、ヨレヨレの短い羽を羽ばたかせながら、何か呪文のような奇声を上げ始めた。するとと地面が激しく揺れ、床に亀裂が入り地割れを起こし始めた。

ドラゴネスティアンは、それには微動だにせず落ち着いた様子でいたが、翼をゆっくりと大きく広げて首を前に突き出すような格好をした。

広げた翼は天井を押し上げ、バラバラと破片が落ちてきた。

「危険です……下がりましょう」

ローヴァルが、バード達を促して後方の出入り口の近くまで移動した。

キリオンは、オーケンに駆け寄り介助しながら、後方の壁際まで下がりオーケンの体を壁にもたれかけさせた。

アエシュマは首をグルグルと四方に動かし、威嚇するように咆哮を上げた。真上を向いて爆炎を吐き出す。ドーンという爆音と共に、天井に大きな穴が空き城全体が揺れた。

ドラゴネスティアンの頭上に瓦礫が落ちてきたが、微動だにせず落ち着いた様子でアエシュマを見つめ続けている。やがてその大きな青い目が、キラリと眩しい閃光を発した。その光はアエシュマの体を包み、一瞬にしてその巨体を石化させてしまった。

「ま……まさか……アエシュマ！　アエシュマよ！」

ドムドマは慌てふためいて狂ったように叫びながら、二匹の獣を交互に見つめた。

ドラゴネスティアンは、一旦首を竦めて翼を畳むと、もう一度首を前に突き出して口を開いた。

口から真っ赤な炎が吐き出され、それが石化したアエシュマを包み粉々に破壊してしまった。

「うわぁぁぁぁぁっっ！」

悲痛な悲鳴を上げたのはドムドマだった。ガタガタと体を震わせながら、その光景を見つめていた。

それはあまりにもあっけない最期だった。あれほどの恐ろしい闇魔が、赤子の手をひねるように、最高位の召喚獣によって倒されたのだ。

ドラゴネスティアンは、それを見届けると静かに目を閉じて、首を下へと向けてゆっくりと魔法陣の中へ沈むように消えていった。

それと同時に、リーブの幻影も静かに消えていった。

「リーブ！」

消えゆくその光に向かって、バードは思わず叫んでいた。

「あれは幻だ」

ローヴァルが、バードを宥めるように言った。バードはチッと舌打ちをする。

「おのれぇぇぇ！　おのれおのれぇぇぇ！　よくも私の長年の努力を……よくも！」

ドムドマは狂ったように叫んで、杖を振り回しながらバード達に向かって走り始めた。

バードとローヴァルが剣を抜いて身構える。

バード達の後ろで、キリオンが素早く呪文を唱えた。ドムドマの杖から放たれた火の玉をすべて魔術で弾き飛ばし、更にキリオンは呪文を唱えた。

するとドムドマの体が、突然固まったように動かなくなった。その一瞬を逃さずに、バードがいち早く飛び出し走り寄ると、杖を持つドムドマの右手を斬り落とした。

「早く捕縛を！」

キリオンの叫びで、魔導師達が慌てて立ち上がり、懐から紐を取り出して宙に放った。呪文を唱えて、紐を操りながらドムドマの体を縛り上げ始めた。身動きがまったく取れないほど強く縛り上げると、紐が一瞬光った。

「術を解かなければ絶対に解けない紐です。このままニーヴェリシアへ連れていきます」

ようやく立ち上がったオーケンがバードに説明をした。

「このままでは済まさぬぞ……我の執念を覚えておけ」

ドムドマは両目を真っ赤に充血させて、吐き捨てるようにバードに向かって叫んだ。

バードは眉間にしわを寄せて、ドムドマを睨み返した。

「お前の執念なぞ、怖くもないわ……こいつを黙らせられないか？」

バードがキリオンにそう言ったので、キリオンは頷いて呪文を唱えた。ドムドマはぎゅっと口を真一文字に結びそのまま静かになった。

「ようやく終わりだ」

バードが大きく溜息をついて、ローヴァルを見た。ローヴァルが、笑いながら剣を収めてゆっくりと歩いてくる。

「終戦の合図を送らないとな……」

そう言ってバードが歩き出した。皆ボロボロになっていたが、安堵の表情に変わっている。

「オーケン殿達に手を貸してやれ」

バードは自分の部下にそう指示を出した。

「ザイは無事にマイヨを助け出したのだろうか？」

バードは独り言を呟きながら、出口に向かっていた。

「陛下!!」

ローヴァルが叫びながら剣を抜いて駆けてくる。何事かと振り向いたバードの視界に、信じられないものが映った。切り落としたはずのドムドマの右手が、杖を握ったままバードに向かって飛んできていた。

ローヴァルはバードの下へ走りながら、剣を振って飛んでくるドムドマの右手の杖を斬りつけた。だが鈍い音がして、ローヴァルの剣が真っ二つに折れてしまった。

「そんな……まさか」

ローヴァルは愕然とした。滅多に刃こぼれのしないミスリル製の剣が折られるなど、信じられなかった。しかし躊躇する間もなく、杖の尖った先がバード目掛けて突き刺さらんとしていた。

ドンッと突き飛ばされて、バードはよろけそうになった。

「ローヴァル殿！」

それは本当に一瞬の出来事だった。ローヴァルの叫び声で気づいたものの、切り落とした右手が飛んでくるなんて、あまりにも信じられない光景に、バードはいつもよりも反応が遅れてしまった。剣に手を掛けたが抜く暇もなかった。そう思った瞬間、ローヴァルがバードに体当たりしてきたのだ。

そのままなんとか転ばずに持ちこたえたが、背中にローヴァルがもたれ掛かっていて、その重みでよろけそうだった。

バードは体勢を立て直そうとして、体の向きを変えた。ローヴァルの体が揺れて、そのまま倒れそうになったので、慌ててその体を受け止めた。

「ローヴァル殿」

バードはローヴァルを見て、ようやく事態を把握した。ローヴァルの腹には、深々とドムドマの杖が刺さっていた。

それを両手で掴み引きぬこうとしているローヴァルの食いしばった口元からは、血が流れていた。

「ローヴァル殿!!」

バードが慌てて、その杖を掴み一緒に引きぬこうとした。しかしかなり強い力で、ドムドマの右手が抗っている。杖が刺さっている腹の部分からは、血が溢れてローヴァルの銀の甲冑を濡らしていた。

「キリオン殿！　手伝ってくれ！」

バードが叫んだので、初めてその事態に気づいたキリオンが慌てて駆け寄り呪文を唱えた。途端に抗っていた右手の力がなくなり、杖の動きは止まった。

バードが杖を引きぬいた。太い杖の刺さった跡は大きな穴が開き、血が大量に溢れ出た。

「ローヴァル殿！　しっかりしろ！」

崩れ落ちるローヴァルの体を、バードが抱きとめる。

「陛下は……無事かい？」

「オレのことはいい！　バカヤロウ……ニーヴェリシア最強の剣士が、こんなやられ方をするな！」

バードの必死の形相を見て、ローヴァルはククッと笑った。

「すまんな……オレにも出来ることと出来ないことがあるんだよ……」

そう話しながら、ゴホゴホと咳き込み血を吐き出した。

「もういい……しゃべるな……キリオン殿治療を！」

バードの言葉に、キリオンが呪文を唱えようとしたが、ローヴァルは手を上げてキリオンを制した。

「もういい……いくら魔術を使っても……こうポッカリと……腹に穴を開けられたんじゃ……無理だよ」

「ローヴァル様……せめて痛みを取らせてください」

キリオンの言葉に、ローヴァルは笑った。

「いや……いい……オレは……陛下を守れたんで、リーブに顔向けが出来ると……満足しているんだ……別に苦しくはない」

「何を言う、そういう話は貴方が自分でリーブにしてくれ」

バードは懸命に腹の傷を手で押さえながら言った。

するとローヴァルがニッと笑う。

「陛下……リーブに伝えて欲しい。『お前は正しかった』とそう伝えてくれ」

「なんのことだ？」

「いいから……そう……伝えてくれ……なあ、陛下……貴方を守った……リーブの愛は大きかったが……リーブも随分……大きな愛を貰って……いたんだ……な……」

ローヴァルはゆっくりと目を閉じた。

「おい！　ローヴァル殿!!」

バードが叫んだが、その声は届かなかった。

その口元は微笑みを浮かべて、とても安らかな表情だった。


ザイ達が本陣に辿り着いた時、どこからか爆音が聞こえてきた。皆が驚いて、城の方を見た。城の上部が一部吹き飛んでいるのが見えた。

「バード様が!!」

マイヨが戻ろうとするのを、ザイが引きとめた。

「今、戻るのは危険だ」

「でも……まだ城の中には、バード様達がいらっしゃるのですよ!?」

「オレが見に行きますから」

「ボクも行きます」

マイヨが頑として譲らないという目をしてザイを見つめた。しばらく二人は見つめ合っていたが、ザイが諦めたように溜息をついた。

「分かりました……でも危険だと分かったら、すぐに退いてください」

ザイに言われて、マイヨは素直に頷いた。

「オレも一緒に行こう」

　バスカスが名乗り出たので、心強く思って二人は安堵の笑みを浮かべた。

　本陣の安全な場所にカリフ人達を保護して、三人はすぐに町へと引き返した。

「まだ戦いは続いているのですか？」

　マイヨがバスカスに尋ねた。

「ロンサイの兵士達は、抵抗を止めないらしい……戦況はあきらかに、敗北を示しているというのに、町中に散らばっている残党達が、隙を見ては攻撃を続けているようだ。ドムドマのせいだろう。恐怖で人々を支配している。ドムドマの命令は、一度受けたらやりとげなければ、自分が殺されると思ってしまっているんだろう」

　バスカスの話を聞いて、マイヨは胸が痛んで眉根を寄せた。なんとか戦いをやめさせる方法はないのだろうか？　もう誰にも傷ついて欲しくない。

　周囲を警戒しながら進んでいると、どこからか笛の音が聞こえてきた。それを聞いて、ザイとバスカスが足を止めた。

「あの笛の音は……サリフ貝の笛の音……バード様の終戦の合図だ」

　ザイがそう呟いたので、バスカスも頷いた。

「ではバード様はご無事なのですね？　戦いは終わったのですね？」

　マイヨが嬉しそうに笑顔で、二人の顔を交互に見ながら言った。二人とも、笑顔でマイヨに頷いてみせた。

　ザイは腰から下げている皮袋から、掌ほどの大きさの瑠璃色の巻貝を取り出すと、口に添えて大きく息を吸って吹いた。城の方から聞こえてくるバードの笛に続けて、ザイも終戦の合図を送った。それを聞いた他の兵が、またどこかで笛を吹くのが聞こえる。

　終戦の合図は、ロンサイの町にこだましていた。

　その貝笛の音は、マイヨが初めて聞く音だったが、どこか安堵するような優しく力強い音だった。しばらく笛の音が、輪唱のように町中を響き渡っていく様子に聞き入っていた。

やがて静寂が訪れて、マイヨ達は安堵したような表情で、城に向かって歩き出した。

「バード様達を迎えに行きましょう」

マイヨが明るい声でそう言った。

城まであと少しというところで、どこからか人の争う声と剣のぶつかり合う音が聞こえてきた。三人は顔を見合わせると、急いでその声と音のする方へ駆けていった。

路地を抜けて大通りに出ると、そこでは二人のニーヴェリシアの騎士が、五人のロンサイの兵に囲まれていた。

「やめろ！　戦いをやめるんだ!!」

ザイが叫びながら、剣を抜いて相手を威嚇して間に割り込んだ。ロンサイの兵達は、新たに現れた敵に、少し退いてそれでもまだ戦う姿勢を解かなかった。

「終戦の合図が分からなかったのか!?」

ニーヴェリシアの騎士に向かってザイが怒鳴るように言った。

「いいえ、我々も戦いなどやめたかったのですが……撤退しようとしていたら、いきなり奴らに襲われて……」

ニーヴェリシアの騎士は、慌てて言い訳をした。

「もういい、剣を収めろ……ロンサイの兵よ！　戦いはもう終わった。先ほど鳴った笛は我々が勝利を収めたという合図の笛だ……もうこの町は我々が制圧したのだ。大人しく降参しろ！」

しかしザイのその言葉を、ロンサイの兵は聞かなかった。

「うわぁぁぁ!!」

ヤケクソ気味に突然叫び声を上げて、彼らは剣を振り回しながらザイ達へ斬り掛かってきた。咄嗟にザイは剣を抜いて、その剣を受けとめる。

ニーヴェリシアの騎士達も剣を抜いて受けとめた。

「やめろ！　無駄な戦いはしたくない！　降参しろと言うのが分からないのか！」

ザイは叫んだ。バスカスも剣を抜いて同じように怒鳴った。

黙って見守っていたマイヨが、大きく深呼吸をして『癒やしの歌』を歌い始めた。

それと同時に、マイヨの体の周りを、柔らかな風が取り巻くように渦を巻き始め、それはどんどん円を大きくして広がり始めた。

カランと音がして、見ればザイ達に襲い掛かっていたロンサイの兵達が剣を捨てていた。皆、涙を流しながらその場に跪き、祈るように両手を合わせる。『癒やしの歌』が心に染みわたり、兵士達の心を支配していた恐怖が消え去って、戦う気を失ったのだ。

優しい風が町を駆け抜ける。その風に乗って、『癒やしの歌』が、町中に流れていった。町中のすべての人の耳に、優しい風に乗った優しい歌声が届いた。

町の至る所で、まだ戦いを続けていた兵達の耳にも届いた。それは心を癒やす旋律。誰もが立ち止まり、剣を置き、戦いをやめて、空を仰ぎ、目を閉じた。

怯えた目をしていたロンサイの兵達も、頭を垂れて何かに祈るように手を合わせた。町から『戦い』が消えた。

その歌は町の外の本陣にまで聞こえてきて、カリフ人達は皆テントから出てきた。

「あれは……マイヨさんですね」

「ええ……私達も手伝いましょう」

クリセーリナがそう言って、一緒に『癒やしの歌』を歌い始めた。他のカリフ人達も一緒に歌った。

やがて廃墟の町は、みるみる緑に包まれ花が咲き始めた。砲弾に崩れた塀や、建物の瓦礫の山も、傷ついた兵士達も、花々が優しく包んでいった。

やがて歌い終えて、大きく息をつくマイヨの体をザイは抱きしめていた。

「ザイ……」

ザイは自分がなぜマイヨを抱きしめたのか分からなかった。でも抱きしめずにはいられなかった。

ザイの背中に両手を回して、マイヨはやっと安心したように吐息をついた。

「愛してる」

ザイの囁きに、マイヨは頷いた。ようやくすべてが終わったのだと心から思った。

戦いは終わった。

それは回避しようと思えば回避出来たはずの、無駄とも言える戦いだった。

バードは出来る限り敵を殺さないようにと命じたが、それでも戦いは双方の命を懸けて行われるものだ。ロンサイ側の兵士に命懸けで挑まれたら、自分の身を守るのでせいいっぱいで、手加減など出来ないこともある。どうしても犠牲者は出てしまう。

その無駄な戦いによる犠牲は、シークとニーヴェリシア双方にとって、とても大きなものであり、とても辛い結果となってしまった。

普通の戦争に比べれば、犠牲者は数の上ではわずかに過ぎないが、この戦いの意味を考えれば、それはとてもとても重い犠牲となった。

シークの犠牲者四人は海に流し独自の葬儀を行った。

ニーヴェリシアの犠牲者七人は、火葬され遺骨が持ち帰られることになった。

ロンサイ陥落から二日目、戦いの収まった町に民が戻ってきたので、捕虜としていたロンサイの兵を解放した。これからは民達と共に町の復興を行うように、バードはロンサイの兵士達に命じて解放したのだ。

そしてドムドマの城は取り壊されることになった。この町には分不相応な城だ。城に火を放ち、すべてを燃やし尽くした。

マイヨは、オーケンから「これをリーブに渡してください」と、ニーヴェリシアの騎士団の紋章が刺繡された絹の袋を渡された。

中にはイリアス教の聖印が彫られた銀の首飾りと、ローヴァル家の家紋が彫られた腕輪、そして亜麻色の髪がひと房入っていた。

「これは……」

「ローヴァル殿が身につけていた遺品です。それをリーブに持っていてもらう方が、ローヴァル殿も喜ぶと思うので、渡して欲しいのです」

マイヨは袋をギュッと胸に抱きしめて、ポロポロと大粒の涙を零した。

葬儀の時に、涙が涸れるほど泣いたはずなのに……ローヴァルの死は、マイヨにとってもショックなことだった。

それを知って悲しむリーブを思うと、辛くて堪らなかった。

マイヨは、いつまでも泣いていてはダメだと、奥歯を噛みしめて両目を強く瞑った。それでも溢れる涙を止めることは出来なかった。

オーケンが優しく涙を拭ってくれた。

「そういえばエスカ・ポーリャに行くのをやめたそうですね」

「はい」

マイヨはエスカ・ポーリャの場所を教えてもらって、ザイと二人で行くつもりだった。

カリフの民達に一緒に行ってもらえるように頼んだが、クリセーリナが優しく微笑みながら首を振った。

「私達はこの三十年間、あの牢の中で生きていく為に、辛い過去は忘れて、前向きに良い思い出だけを胸にと……ずっとその考えを支えにしてきました。だから目を瞑れば、今でも鮮明にエスカ・ポーリャを思い出せます。美しく幸せだった楽園を……でも、今あるのは『かつて楽園だった廃墟』……行けば、ようやく忘れた辛いことばかりを思い出してしまうでしょう。私は今、生きているという息子に会うことだけを望みに、前へ進もうとしています……ですから、行きません」

他の民達もそれに頷いた。

マイヨはそれを聞いて、しばらく考えこんでいた。

「マイヨ」

ザイがマイヨを迎えに来たが、その場のただならぬ様子を察して黙ってマイヨを見守ることにした。

「ザイ、エスカ・ポーリャに行くのはやめます」

「え？」

「この方達は『かつて楽園だった廃墟』には行かないそうです。ボクもその気持ちは分かります。ボクは以前の美しかった姿を知らないから、行っても悲しくなるだけかもしれません。伝説の場所は伝説のままにそっとしておいた方がいいかなって……」

「リーブ様との約束は？」

「……リーブ様のお母様を連れて帰るのですよ？　これ以上のお土産はないでしょう？　それに……もしもリーブ様がそれでもどうしても、エスカ・ポーリャに行ってきて欲しいと望まれたならば、また来ればいいのです。もうドムドマの脅威もありませんから、ここへ再び来ることは、それほど難しいものではありません」

　マイヨがニッコリと笑って言ったので、ザイはそれ以上何も言わなかった。


「陛下、この度は本当にお世話になりました。帰国後改めて我が王より礼をさせていただきます」

　オーケンがバードに別れの言葉を告げて、互いに握手を交わした。

「ドムドマは連れ帰るのですね」

「はい、ニーヴェリシアへ連れて戻り、陛下の審判を仰ぎます。厳罰に処すのは当然のことですが、ローヴァル殿を刺殺した時の凄まじいほどの執念……怨霊(おんりょう)になりかねないと思うのです。ですからニーヴェリシアで、厳重に封印を施す必要がありそうだと判断いたしました」

「そのあたりはお任せする。世界の平和の為に……いや、二度とリーブに危険が及ばぬようよろしく頼む」

「かしこまりました。私が言うまでもないことではありますが……何卒(なにとぞ)リーブをよろしくお願いいたします」

「承知した」

ニーヴェリシアの船団とシークの船団は、それぞれの国への帰路に着いた。

甲板に椅子が置かれて、クリセーリナが一人で座りずっと海を眺めていた。吹き付ける潮風が、クリセーリナの金色の髪をなびかせている。

「船旅はいかがですか？　お疲れになりませんか？」

声をかけられて振り向くと、そこにはバードが立っていた。クリセーリナは微笑んで首を振った。

「船に乗るのも、海を見るのも生まれて初めてなので、物珍しく思っています」

「そうですか、それは良かった。シーク王国までは二十日ほどかかりますので、まだまだ長旅になりますが、不自由なことがあればどうぞ遠慮なくお申し出ください」

クリセーリナは優しく気遣うバードを、じっと見つめていた。シーク王国の国王は、まだ三十代後半の若者だった。『若者』と言うのは多少語弊(ごへい)があるかもしれないが、国王として言うならば、とても若いと思う。だから初めて会った時はとても驚いた。

救出されたクリセーリナ達が、初めて彼に会ったのは出発の前日だった。バードは戦いの後始末に奔走していてとても忙しく、カリフ人と面会したのは彼女達が身の置き所を、シーク王国と決めたのだと知らされてからだった。

バードはマイヨから、救出したカリフ人の中に、リーブの母親と思われる人物がいるという話を聞いて、一刻も早く会いたかったのだが、結局、出発前に少し挨拶をしただけで、そのままゆっくりと話をする暇もなく、バタバタと時間ばかりが過ぎてしまった。

「あの……今までゆっくりとお話が出来なくて申し訳ありませんでした。改めてご挨拶いたしますが、オレはシーク王国の国王で……その……オレの伴侶がリーブなのですが……まあ……男同士ではあるのですが、夫婦という関係にありまして……これには実は深い理由が……」

少し緊張した面持ちで、とても言い難そうに話すバードの様子を見つめながら、クリセーリナは微笑ましく思っていた。とても素直で真っ直ぐな人物だ。一国の王であるにもかかわらず、飾ったところがないのも珍しいと思った。まだ数日見ているだけだが、家臣達との距離も近い。皆にとても慕われているのが分かった。

「この度は私達カリフ人を受け入れていただきありがとうございました」

クリセーリナは、まだ口籠もっているバードの話を遮るように、柔らかな口ぶりで丁寧に礼を述べた。

カリフ人達の今後の処遇については、出発前に話し合われた。ニーヴェリシア王国の聖教会が全面的に支援してくれると言ってくれたが、クリセーリナは迷うことなくシーク王国に行きたいと希望した。するとほかの者達もクリセーリナと一緒に行くと言い出したのだ。結果として全員が、シーク王国への入国を希望して、バードは二つ返事で受け入れたのだ。

「それはもちろん……我が国を気に入っていただけるか分かりませんが……ニーヴェリシアの方もいつでも受け入れると言っていますから、気が変わったらいつでも遠慮なく言ってください。もう貴方がたは自由なのです」

「ずっと考えていました」

クリセーリナはそう呟いて、何かを懐かしむように海の彼方を見つめた。

「救出されてから今まで……息子に会えるかもしれないと分かってから、ずっと息子のことを考えていました。今まで一度も忘れたことはありませんでしたが、あまり深く考えないようにしてきました。絶望しかない地下牢の中で、幸せだった頃の思い出は、時として更に現実を絶望的にしてしまうことがあるからです。でもこの三日間は、ずっと息子のことばかり考えていて、そうすると忘れてしまったと思っていたような、本当に日常の些細なことまですべてを思い出せるようになったのです」

クリセーリナが幸せそうに語るのを、バードは黙って聞いていた。しゃべり方や表情に、一瞬はっとするほどリーブに似ているところがあると、バードは思いながら見つめていた。まだ完全な確証はないが、マイヨの言う通りリーブの母親に間違いないと思うようになっていた。

「貴方のことは初めて会ったような気がしないと思っていました。なぜかとても懐かしいような……昔会ったことがあるような……そんな不思議な感覚がありました。でも思い出したのです、貴方は昔よく、息子と遊んでくれていましたね」

「え？」

突然そんなことを言われて、バードは聞き間違いかと思った。目を丸くしているバードの顔を見て、クリセーリナはクスクスと笑った。

「変なことを言っていると思われるでしょう？　気が変になっている訳ではないんですよ……息子は物心ついた頃から、よく夢で逢う友人の話を聞かせてくれていました。自分のことを『白き宝珠』と呼ぶ不思議な少年と友達になったのだと、いつも楽しそうに話して聞かせてくれていました。その少年は両親と離れ離れにされて、もう二度と会えないのだと毎日泣いていて、とてもかわいそうだよって……でもそのうちに、少年から聞いた海の話や、美しい南の島の話なども話すようになって……私は『夢の話』だと思って聞いていたのですけど……黒髪に黒い瞳の日焼けした肌の少年……あの少年は貴方だったのですね」

クリセーリナの言葉をぼんやり聞いていたが、バードは突然顔色を変えた。脳裏に小さな『白き宝珠』の姿が鮮明に浮かび上がったのだ。

子供の頃、何度も夢に出てきた美しい精霊。小さな自分と同じくらいの年頃のその人を、『白き宝珠』と呼んでいた。でもあれは自分の伴侶が『白き宝珠』だと聞かされて、自分で勝手に妄想して見ていた夢だと思っていたのだ。

「私の息子は生まれながら、とても不思議な力を持っていました。誰よりも大きな魔力を持っていただけでなく、未来を見る力もありました。エスカ・ポーリヤの不吉な未来も、あの子は早くから予言していたのです。運命で結ばれた自分の未来の相手と、夢を通して会っていたとしても不思議ではありません。だって貴方は息子から聞いていた通りの人物で、私は話に聞いていていただけなのに、こうして会ってみると、初めて会った気がしないのですから……」

バードは思わず膝をついて、クリセーリナの前に跪くように項垂れた。その頭をクリセーリナが優しく撫でる。

「貴方は息子が、男である自分の伴侶だなんて、とても言い難いと思っていらっしゃるのでしょう？　私はそんなことどうでもいいのです。私が願うのは息子の幸せだけ……息子が生きていて、今幸せに暮らしているのならば、それだけで十分なのです。そして貴方を見ていれば、会わなくても息子が幸せなのだろうと分かります。息子は貴方にとても愛されている。そして息子も貴方のことを心から愛しているのでしょう。それだけで十分ですよ」

「お母さん……」

バードは無意識にそう呼んでいた。


「シーク王国に着くまで、息子の話を聞かせてください」

「はい、喜んで」


リーブは、中庭に出てのんびりと草むしりをしていた。静かな時間がゆっくりと過ぎていく。

常夏（とこなつ）の島シークにも、わずかながら四季はある。今は丁度春に当たる時期で、日差しも幾分柔らかく、若草が一斉に芽生える頃だ。

鼻歌を歌いながら雑草を抜く。昨夜少しばかり雨が降ったので、楽に抜くことが出来た。

「リーブ様〜!!」

悲鳴混じりの呼び声に、驚いて振り返るとアイシャがこちらに走ってきていた。

「アイシャ……どうしたの？」

リーブはポカンとした顔で、息せき切って目の前に立つアイシャに尋ねた。

「リーブ様！　そのようなことは私達にお任せくだ

さい！　リーブ様が草むしりをなさるなんて！　草むしりをなさるなんて！　草むしりをなさるなんて！」

アイシャはプンプンと怒りながら、リーブの土で汚れた手を取って、自分の袖で拭きだしたのでリーブは慌てて手を引いた。

「だって暇だったんだよ」

リーブは汚れてしまったアイシャの袖を見つめながら、溜息混じりに答えた。

「暇って……お茶を煎れますから、本でもお読みになったらいかがですか？」

「う～ん……」

リーブはあまり乗り気ではないようだ。ぼんやりと空を仰ぐ。

「バード様達が出発なさってからもう、今日で四十七日ですね」

アイシャがポツリと呟いた。

「ロンサイまでは船で、片道二十日はかかるのだから仕方ないよ……でもきっと大丈夫……無事に戻ってくるよ」

リーブはニッコリと笑って答えた。

今までバードが外交でいなくなることは何度もあったが、その間こんなに落ち着きなくぼんやりと日々を過ごすリーブを見るのは初めてだとアイシャは思っていた。

何をするにもどこか上（うわ）の空だ。

書物の整理や薬の調合などの仕事をしたり、読書をしたりするよりは、こんな風に何も考えないで、黙々と草むしりをしている方が気は紛れるのだろう。

「リーブ様！　リーブ様はどちらですか!?」

館の方で、リーブを捜すキリクの声がした。リーブは立ち上がって手を振った。

「キリク！　私はここです!!」

「あ！　リーブ様!!　……バード様達がお戻りになりました！」

キリクがこちらへ走ってきながらそう叫んだ。

「え!?」

「灯台の見張りから連絡がありました。先ほど第一兵団の船影を確認したそうです」

それを聞いてリーブは走り出した。

館の中を駆け抜けて厩へ行き、愛馬を出して飛び乗った。驚く兵士達をよそに、もう気持ちはタージの港へと向かっていて、馬に跨がると夢中で走らせていた。

「あ……リーブ様！」

リーブがタージの港に着くと、港は船を迎える準備で、兵士達が慌ただしく動き回っていた。

「あ……リーブ様」

「リーブ様」

「ご苦労様」

リーブは兵士達に声をかけながら馬を下りた。もう港から肉眼でもハッキリと船の姿を確認することが出来た。

湾の入口に入ろうとしている船が速度を落として、帆を下ろしているのが見える。

リーブはゆっくりと桟橋の方へ歩き出した。胸がドキドキと高鳴っている。それは喜びと、不安の入り混じった胸の高鳴りだった。


船の一番先端に近い所にバードは立っていた。手の空いている兵士達も、皆甲板に出てきてシークの景色を嬉しそうに見つめていた。

クリセーリナをはじめカリフの民達も甲板に出てきて、近づく港の風景を期待に満ちた目で眺めていた。

「不思議だなぁ」

「ん？」

バードの後方に立ち、港の風景を眺めていたマイヨがポツリと呟いたので、隣に立つザイが首を傾げて顔を覗きこんだ。

「シークが見えて、帰ってきたんだって、こんなにホッとするなんて……もうボクにとっては、シークが故郷なんだな……って今つくづく思って……」

ザイは黙ったまま微笑んで、その肩を抱き寄せた。

「母さんからずっと寝物語に聞いていた夢にまで見

た楽園は、もしかしたらここかもしれないって……ボクの本当の楽園はここかもしれない……」

マイヨはそう言って顔を上げてザイを見つめた。ザイは優しく微笑んで頷く。

「マイヨ様……まだ先のことになるけれど、でも今約束だけして欲しいことがあります」

「なんですか？」

「結婚を前提に付き合っていただきたい」

ザイは真面目な顔で言った。マイヨは驚いて目を丸くしていたが、嬉しそうに笑って「それならばまずは敬語で話すのはやめてね」と答えた。

ザイは頬を紅潮させて笑いながらマイヨの頬に口づけた。

「おいおいおいおいおいおいおい!!」

二人の様子に気づいた兵士達が一斉に非難の声を上げた。

二人が驚いて振り向くと、兵士達がザイに向かって中指を立てて威嚇のポーズを取っている。だが皆の顔は笑顔だった。


『ったく……勝手に盛り上がりやがって……まずはオレにお伺いを立てるのが筋だろうが……』

バードは後方の騒ぎに舌打ちしながらも、ちらりと見たマイヨの顔がとても幸せそうだったので、苦笑して溜息をついた。

港の方へ目を向けて、桟橋に立つ愛しい人の姿を見つめた。金色の髪が、風になびいてキラキラと光っている。

バードが身を乗り出して手を振ると、それに気づいたリーブが手を振り返した。

「確かに……ここがオレには一番の楽園だ」

船がゆっくりと桟橋に横づけされると、甲板にいる兵士達がリーブの名前を連呼して手を振った。

マイヨが、取り囲む兵士達を「すみません……開けてください」と言って掻き分けながら、船縁まで移動して身を乗り出した。

「リーブ様！　ただいま！　ただいま帰りました!!」

大きく手を振りながら叫んだ。リーブが「おかえり」と言って手を振り返したので、心から『帰ってきたんだ』と実感して涙が出そうだった。

船からマイヨが駆け下りてきて、港で待つリーブの下まで来ると飛びつくように抱きついた。

「リーブ様！」

「マイヨ、おかえりなさい」

リーブは笑いながら抱きしめ返して、優しくマイヨの髪を撫でる。

「どこも怪我していませんね？」

「はい、大丈夫です」

マイヨは頬を上気させて、興奮した様子で頷く。

「リーブ」

バードも船から下りてきた。だが背中に年配の女性を背負っていた。

「バード、おかえりなさい。ご苦労様でした」

リーブが労いの言葉をかけたので、バードは軽くリーブの額に口づけて、背負っていた女性を下に降ろした。

「リーブ……突然で驚くかもしれないが……この方はクリセーリナさんと言って、ロンサイで捕らわれていたカリフ人だよ」

リーブはバードから紹介されて、その女性をじっと見つめた。左腕がないことに気がついた。足も少し悪いようだ。ロンサイでどんな酷い目に遭っていたのだろうと思って、リーブは胸が痛んだ。

少しやつれているが顔色は良くて、歳を取っているがとても美しい女性だと思った。

「ようこそシーク王国へ……私は国王の伴侶でリーブと申します」

リーブは笑顔で挨拶をした。

「リーブ、この方はお前のお母さんなんだよ」

「え？」

バードの言葉に、リーブは目を丸くした。バードを見つめると、とても真剣に言っているのが分かった。リーブは改めて女性の顔を見つめ直した。

『お母さん？』

そう言われてもピンと来ない。顔を見たところで記憶がないからそうだとは分からない。ぼんやりした表情のリーブを、クリセーリナは見つめていた。

クリセーリナは目に涙をいっぱい浮かべて、両手で口を押さえながら肩を震わせている。

「あの……すみません……私は記憶が……」

リーブが申し訳なさそうに眉根を寄せながら、目の前の母と紹介された女性に言いかけた時、突然抱きしめられて驚いた。

「良いのです……分かっています。陛下から話は聞いていています……貴方が……生きていてくれただけで……私は……私は……」

クリセーリナはリーブを抱きしめて号泣した。リーブは益々戸惑ってしまい、胸にすがり付いて泣いているその女性を、引きはがすことも抱きしめ返すことも出来ずにいた。

だがこの優しい腕は知っている気がする……ふと懐かしさが胸をよぎった。

「あっ……ご、ごめんなさいね」

クリセーリナは我に返り、リーブから離れた。溢れ続ける涙を袖で拭っているのを見て、リーブは懐からハンカチを取り出してクリセーリナに差し出した。それに気づいたクリセーリナが、笑みを浮かべて受け取り涙を拭いた。

『母様……』

リーブの脳裏にそんな言葉が浮かんだ。何か思い出せそうだが、無理に思い出そうとすると頭痛がして、思わず眉間にしわが寄る。

「いきなり……見ず知らずの相手から、母だと言われても困るだけよね……それなのに泣いたりして……ごめんなさい」

「あ、いえ……別にそういう訳ではありません……貴方が……私の母ならお会い出来て嬉しいです」

リーブのよそよそしい言葉も、クリセーリナは気にしないようで、優しく微笑んでいる。リーブは申し訳ない気持ちでいっぱいになった。

「左の二の腕に古い傷痕がありませんか?」

ふいにクリセーリナが尋ねたので、リーブは驚いて左の袖を捲(まく)り上げた。確かにそこには大きな傷痕があった。リーブが聖教会で拾われた時には、すでについていた傷だったが、処置が丁寧だから大人になる頃には傷痕はほとんど残らないと、大聖官から聞かされていた。今は傷口も綺麗に消えて、うっすらと線のように痣が残っているだけだ。

クリセーリナはそれを見て、安堵したように笑みを浮かべた。

「良かった。もうほとんど消えましたね。貴方が五歳の時にやんちゃで……家の裏にある大きな木に登って、枝が折れて落ちたことがあるんです。その時に折れた枝に腕をひっかけて、深い傷を負ってしまって……貴方のお父さんが懸命に治療をしたんですよ？　綺麗な体に傷が残らなければいいのにって、とても心配して……」

クリセーリナが懐かしそうに語る言葉を、リーブはぼんやりと聞いていたが何かの情景が頭に浮かんだ。泣きそうな顔で心配そうに自分を覗き込む男性の顔だ。

リーブは眉根を寄せた。

「ブランイシュカリーブ……生きていてくれて……良かった」

クリセーリナは涙を浮かべながら、リーブの手を取って強く握った。その時だった。ドクンッと激しく動悸がした。それと同時にたくさんの映像が頭の奥から溢れ出してくる。まるで頭の中が爆発したような激しい衝撃に、リーブは思わず頭を抱えた。

「リーブ？」

バードが心配そうに声をかける。

「あ……」

リーブはそのまま蹲るように体を屈めて、その場に倒れてしまった。

「リーブ！」

リーブが目を覚ますと、寝室のベッドに寝かされていて、側には心配そうな顔のバードとマイヨがいた。

「気がついたか？」

「あ、バード……私は……」

「港で突然倒れたんだ。大丈夫か？」

「港で……」

リーブはぼんやりと思い出していた。そしてはっとしてバードを見つめた。

「母様は……バード、私の母は？」

「ああ、呼んでこよう」

バードが立ち上がって寝室の外へ行った。それを見送りながら、リーブは体を起こした。マイヨが慌てて介添えをする。

「リーブ様、本当に大丈夫ですか？」

「大丈夫ですよ。ありがとう……さっきは……急に記憶がよみがえって……一度に処理しきれないほどの情報量だったので、頭が爆発してしまったのです」

リーブが苦笑して答えたので、マイヨは驚いて頬を紅潮させた。

「記憶が戻られたのですか？」

「うん……そうみたいですね」

そこへバードがクリセーリナを連れて戻ってきた。杖を突いて歩くクリセーリナを、バードが手を貸してベッドの側まで案内した。椅子に座らせると、クリセーリナが心配そうな顔でリーブを見つめたので、リーブは微笑みを浮かべた。

「母様……」

リーブは両目にいっぱい涙を浮かべた。

「私が分かりますか？」

クリセーリナも涙を浮かべながら尋ねる。リーブは何度も頷いた。

「母様……母様……」

ポロポロと子供のように涙を零すリーブを、クリセーリナは優しく抱きしめた。

「会いたかった……母様……」

「ブランイシュカリーブ……生きていてくれて良かった」

二人は互いを確認するように、強く抱きしめ合って再会を喜んだ。

「貴方を精霊の回廊に投げ込んだこと……許してくれますか？」

「母様、何をおっしゃるのです。おかげで私は助かったのです。私はニーヴェリシアの聖教会の前に出て……そこで救われてたくさんの方々に大切に育てていただきました」

クリセーリナは涙を流しながら、リーブの話を何度も頷いて聞いていた。

「ああ……たくさん話したいことがあります」

感極まった様子のリーブに、クリセーリナは優しく微笑んだ。

「時間はたくさんあります。私達の失われた時間を取り戻しましょう」

「はい……母様……」

二人の様子を、マイヨは泣きながら見つめていたが、バードに促されてそっと部屋の外へ出ていった。

「二人きりにしてやろう」

バードが小声で囁いたので、マイヨは笑顔で頷いた。


「バード……本当にありがとうございます」

その夜、ベッドに横たわるバードの腕の中で、リーブがしみじみと呟いた。バードはクスリと笑う。

「それは何度目の礼だ？　言っただろう？　お母さんのことならば、見つけて助け出したのはマイヨだ。すべてはマイヨのお手柄だ。礼はマイヨに言ってくれ」

からかうようにバードが囁いて、リーブの頬に口づける。リーブは幸せそうに目を閉じた。

「今のは……貴方が無事に戻ってきたことへの感謝です」

「それならば神様に言った方がいいんじゃないのか？」

「もう……」

リーブはチラリとバードを見て、困ったように笑った。

「あいかわらず照れ屋ですね。素直に礼を受け取らないんだから」

「馬鹿を言うな！　オレは別に……」

少し赤くなって慌てるバードに、リーブはクスクスと笑う。バードはそんなリーブを改めて抱きしめて、幸せを噛みしめた。

「オレの方こそ礼を言うよ……お前に助けられた。これで二度目だ。オレはよく分からないが……とてもすごい魔術だって、オーケン殿達が腰を抜かすほど驚いていたよ」

「まあ……あれを作るのに十日かかりましたからね……主に人形の制作に手間取ったんですけど」

おどけたようにリーブが言ったので、バードは笑いながら何度も頬や額に口づけた。リーブはそれを受けながら、くすぐったそうに笑った。

「とても綺麗だった」

しみじみとバードが呟いたので、リーブも同意して頷いた。

「ええ……ドラゴネスティアンは、その力もさることながら、本当に美しい召喚獣です」

「いや、お前のことだよ」

「私ですか？」

リーブが驚いて顔を上げた。バードは愛おしそうな眼差しで、リーブの顔を見つめる。

「光り輝きながら目の前に現れたお前の姿が美しくて、呆けたようにいつまでも見つめていたよ。そして改めて思ったんだ。お前はオレにはもったいないってね」

「何を言っているんですか……はあ、それにしても今日は色んなことがありすぎて、疲れてしまいました」

「お前は泣いてばかりだったな」

「だって……」

リーブは言いかけて口をつぐんだ。母との再会に涙したが、涙はそれだけではなかったからだ。ローヴァルの死は衝撃だった。

「心配したんだ」

「え？」

「お前が立ち直れなくなるほど悲しむのではないかと……オレのせいで……本当にすまなかったと思う」

「ローヴァル様のことですか？　貴方が謝ることで

はありませんよ……それに不思議と今は悲しくないのです」

「悲しくない？」

「はい……なんだかやっぱりローヴァル様は死んでいないような気がするのです。ああ……現実逃避ではありませんよ？　ローヴァル様は昔から、風のようにふらりと現れてふらりと去っていました。会えない時は何年も会えなかった。だからなんだか今もどこかを旅しているような気がするんです」

リーブがしみじみと言って宙を見つめたので、バードは複雑な気持ちでリーブを見つめていた。結局、ローヴァルという男がどんな男だったのか摑み切れなかった。好きじゃないが、嫌いでもなかった。リーブの言うように、風のような男というのが合っているのかもしれない。

そしてリーブとローヴァルの絆(きずな)には、バードには入れない深いものを感じる。

「聞いてもいいか？」

「なんですか？」

「ローヴァルが言っていた言葉は……どういう意味だ？」

「え？　……最後に貴方に言付けた言葉のことですか？」

「ああ」

リーブはしばらく黙り込んで考えていた。バードの様子から見て、ローヴァルが『イシリスの護符』の話はバードにしていないのだと分かった。そしてローヴァルが、リーブに宣言していた言葉も思い出される。

『お前を預けられる相手だと、オレが判断しない限りこれを使って、無理矢理にでもお前を連れて帰るつもりだ』

「意味は……言葉の通りですよ」

「ん？」

「言ったのでしょう？　『お前が正しい』と……私が正しいのです」

リーブは微笑みながら、バードの顔を両手で包み込み唇を重ねた。バードはそれ以上尋ねることは諦めた。

難しいことをごちゃごちゃと考えるのは性分ではない。今こうして愛するリーブを抱きしめられる幸せを噛みしめよう。

バードは口づけに応えて、深く唇を吸って背中に回した手で、リーブの柔らかな肌を撫で上げた。

「リーブ……愛していると言ってくれ」

「愛してます。バード……誰よりも貴方を愛しています」

「リーブ、愛しているよ」

バードは何度も愛を囁きながら、リーブの体中を味わうように、白い肌に舌を滑らせた。寝着の薄い衣を乱暴に剝ぎ取る。胸から腰へ次第に唇が下に行きやがて足の付け根に辿り着いた。皮膚の薄い部分を強く吸うと、リーブが体を震わせて甘い声を上げる。

久しぶりに聞くリーブの甘い声に、バードは満足そうに口の端を上げた。

リーブの昂りを咥えこむと、リーブの腰がビクリと跳ねて、より大きな声が漏れた。

「いやぁっ……バード……だめ……そこは……あああぁっ」

ふるふると首を振って悶えるリーブの反応を楽しむように、バードは舌を使って丹念に昂りを愛撫した。

刺激が強すぎたのか、リーブは腰を震わせながらすぐに精を放ってしまった。バードはそれを飲み干して、嬉しそうに顔を上げた。

リーブは耳まで赤くなっている顔を、両手で隠している。羞恥のあまりに声も出ない。

「リーブ、愛しているよ」

バードが囁いたが、リーブは顔を覆ったまま何も答えなかった。

「お前が欲しくて堪らなかったんだ。今日はどんなに嫌だと言ったって、オレはお前の隅々まで味わうつもりだ。観念しろ」

「意地悪なことを言わないでください」

両手で顔を覆ったまま、リーブがせつない声で呟いた。

「意地悪？　オレがお前を愛することが意地悪か？」

「そういうことじゃ……」

リーブは首を振るだけで、それ以上は何も言えないようだ。

『まったく……そんな姿も可愛くて仕方ないというのに……自分でオレを煽っているのが分からないのか』

バードは憎らしいと思って、堪らず笑った。リーブの柔らかな太腿を撫でて、そのまま両足を左右に開いて、股間を露わにした。溢れ出した蜜が、股の間を伝って尻まで濡らしている。露わになった後孔に指を這わせた。柔らかな孔を指で解し、二本入れた指を左右に開いて、孔を広げてみた。赤く色づいた孔がひどく艶めかしい。

「あっ……ああっ……」

リーブは間もなくそこに訪れる快楽を予感して、無意識に腰を浮かせて声を上げた。

誘いに乗らない理由などない。バードは両足を抱え込み、後孔にゆっくりと男根を挿入した。

「んんっ……あっ……あぁぁっ……」

リーブがシーツを掴んで身を捩らせながら嬌声を上げた。両手で顔を覆っている場合ではなくなったようだ。

押し寄せる快楽の波に、理性を奪われてしまう。リーブはそう思いながらも、体の中にバードの熱を感じて、心地良さにもっと欲しいと腰を揺らしてしまう。

バードはそんなリーブの誘いを受けて、根元まで深く昂りを挿入した。リーブの内壁が絡みついてくるようで、その快楽にすぐにでも達してしまいそうだった。

「んんっ……ふう……」

バードは喉を鳴らして、なんとか波を乗り越えて、ゆさゆさと腰を揺さぶり始めた。

「ああっあっ……あっあっぁあぁっ……んっ……あっあぁっあっ」

突き上げる度にリーブが甘い声を上げるので、バードは腰の動きを更に速めていった。

「あっあっ……バード……バード……」

「リーブ……愛している……いくら抱いても抱き足りない……いくら愛しても……愛し足りない……リーブ……リーブ」

バードの低く艶のある声を、うっとりとした顔で聞きながら、リーブが背を反らせて精を吐き出した。

「あああぁぁぁぁあっあっああっっ」

震えるリーブの腰を摑んで、激しく腰を叩きつけるように動かした。快楽の波が頂点まで達して、リーブの中に熱い迸りを注ぎ込み、残滓まで残さぬように激しく抽挿を繰り返した。

「リーブ……リーブ」

何度も名前を呼んで、リーブの顎を摑みながら嚙みつくように唇を吸った。絡み合う舌が熱を持っている。息苦しさに互いに唇を離して、乱れた息を吐きながら、目の前の互いの瞳を見つめ合う。

「バード……」

潤んだ眼差しでリーブは囁いた。

「バード……私はこんなに幸せでいいんでしょうか？」

「いいに決まっているだろう」

「貴方は私にたくさんの幸せをくれるのに、私は貴方に何も差し上げていません」

「馬鹿を言うな。オレがお前のおかげでどれほど幸せなのか知らないのか？　命だって何度も救われているし……言っただろう？　いくら愛しても愛し足りないと……そんなに言うなら、一生オレに愛させろ。出来るだけ長くだ。いいな？」

「はい……もちろん、もちろんです」

リーブは幸せそうに笑って、バードの首に腕を回して口づけをした。バードも幸せそうに笑って口づけに応えた。


「母様、足は大丈夫ですか？」

「貴方のおかげですっかり良くなりましたよ……ほら、飛び跳ねることだって出来るのですから」

クリセーリナがぴょんっと軽く飛んでみせたので、リーブが明るい声で笑った。

「じゃあ、少し散歩をしませんか？」

「良いですけど……こんなに毎日私とばかり一緒にいては、陛下が焼きもちを焼きませんか？」

クリセーリナがクスクスと笑いながら言ったので、リーブは目を丸くした。

「母様にまでバードは焼きもちを焼いたのですか？」

「いえいえ、そんなことはありませんよ。陛下はいつもお優しくて、私を大切にしてくださいます。ただ焼きもちを……と言ったのは、私がそう心配になっただけですよ。姑など、夫婦にとっては邪魔なだけですからね」

「邪魔だなんてそんな……」

リーブが更に驚いて、焦っているのを見て、クリセーリナは笑った。

「陛下の言う通り、貴方は真面目ね……真面目なところも無鉄砲なところも、貴方のお父さんにそっくりだわ」

「父様に？」

「……歩きながら話しましょう」

館の周りを、リーブとクリセーリナが仲良く散歩する姿は、シークの人々の癒やしになった。そこにマイヨも加わると、益々皆が癒やされた。

カリフの人達が、シークに溶け込むのにそれほどの時間はかからず、まるでエスカ・ポーリヤで暮らしていた頃のように、穏やかな日々を過ごした。

シークの人々は口を揃えて言う。

シークの名物は、豊かな海と豊かな大地、そして金の髪の美しい人々と国王夫妻だ……と。

恋する楽園

森を抜けると視界いっぱいに青い海が広がる。強い日差しを受けて、海面がキラキラと光っていた。海から吹き付ける風が心地良い。

馬の足を止めて、マイヨが嬉しそうに目を細めながら胸いっぱいに息を吸い込んだ。

「どうかなさいましたか？」

並走していたお供のザイも馬を止めて、不思議そうな顔でマイヨに声をかけた。

「ボク、ここの景色が好きなんだ。あ……海が見える景色は他にもたくさんあって、どこも好きなんだけど、なんて言うのか……森を抜けた解放感と言うか……それが好きで、特に景色が綺麗に感じられるから」

マイヨはそう説明をして、クルリとザイの方を振り返った。

「また敬語になってるよ」

マイヨから笑顔で指摘されて、ザイはギクリと顔を強張らせ、少しだけ頬を染めた。眉間にしわを寄せて、ばつが悪そうに目を伏せる。

「す、すまない……なかなか慣れなくて……」

ザイの言い訳に、マイヨは苦笑して溜息をついた。『別にいいよ』という言葉を言いかけたが飲み込む。なぜならその言葉を何度言ったか分からないからだ。『別にいいよ』ではない。本当は全然良くない。こんなことで喧嘩したくないし、ザイを責めるようなことは言いたくない。たかが言葉遣いだ。だけど……。

「ロンサイから戻ってきてからもう半年になるよ？　あとどれくらい時間が経てば、ザイは慣れてくれるの？」

マイヨは俯き、独り言のように小さな声でポツリと呟いた。

ザイはマイヨの寂しそうな表情を見て、とても焦った様子で言葉を探した。

「あ、その……すまない。本当に悪気はないんだ。オレは不器用だから、公私を上手く切り替えられなくて……今は護衛中だから、たとえ二人きりだと言っても仕事中の気分で、つい敬語になってしまうんだ」

　あまりにも必死に弁明するザイの様子に、マイヨは思わず笑みを零した。

「そうだね……ザイにとっては、今は仕事中だものね。ごめんなさい。言葉遣いなんて別に些細なことだから、そんなに気にしないで……さあ、先に進みましょう」

　マイヨは笑顔に戻り、馬を駆けさせた。ザイはマイヨの様子を気にしながら後に続いた。

　そうは言ったもののマイヨの心中は複雑だった。どこか焦りがあるのかもしれない。

　ロンサイへの旅は、ザイとマイヨの距離をぐっと縮めた。二人とも互いを意識していることに気づき、好きだという気持ちを認め合った。マイヨが攫われてしまったことも、後押ししたと思う。生真面目なザイの心に火を点けた。

　おかげで帰りの船の中で、ザイから『結婚を前提にした付き合い』の申し込みをされた。それはバード達や第一兵団の皆の前で告げられた為、ザイとマイヨはシークの民公認の仲になった。

　だが未だに何も進展はない。恋人らしいことは何もしていないし、二人きりになるのは巡回診療の時だけだ。それなのにザイはマイヨに対して敬語を使う。マイヨが嫌味のひとつも言いたくなるのは仕方ない。

『本当にボク達恋人同士なのかな？　結婚を前提にした付き合いって……どういうことなんだろう？』

　マイヨはモヤモヤとした気持ちを胸に、ぼんやり海を眺めながら馬を走らせた。


　国王の館では、バードとリーブとリーブの母クリセーリナが仲良く昼食を摂っていた。

「陛下、午後からリーブをお借りしてもよろしいかしら？」

　クリセーリナがバードに話しかけたが、バードは黙々と食事を続けて返事をしなかった。その様子にクリセーリナが困った顔でいると、リーブが苦笑して「バード」と強めの口調で呼びかけた。

バードは、はっとした顔で食事の手を止めてリーブを見た。

「なんだ？」

「母様、すみません。マイヨが巡回診療に出ている時は、いつもこんな風なんですよ。心配で上の空なんです」

リーブは苦笑しながらクリセーリナに説明をした。それを聞いたクリセーリナは、ようやく状況を把握して、思わずクスクスと笑い出した。

バードはきょとんとした顔で、そんな二人を交互に見ている。

「なんだ？　なんの話だ？」

「母が貴方に話しかけていたんですよ。それなのに貴方が無視するから……マイヨがいない時は、いつも上の空だって話していたところです」

呆れ顔でリーブが言ったので、バードは慌ててクリセーリナに謝罪した。

「母上殿、これは申し訳ない。もう一度伺ってもよろしいか？」

「ええ、いいんですよ。陛下はマイヨを我が子のように心配されているのですね」

「心配は心配でも、娘の身を案ずる父親みたいな余計な心配事なんですよ」

「余計とはなんだ」

リーブが茶化すように言ったので、バードは少し赤くなって抗議した。

「ザイと二人きりなのが心配なんでしょう？」

リーブに図星を指されて、バードは不満そうに眉根を寄せた。

「別にそういう訳じゃないが……だが……ほら……護衛としてザイをつけたのに、ザイとの間に何か間違いがあったら困るだろう」

「間違いなんて何もありませんよ。二人は恋人同士なのですから、何かあってもいいじゃありませんか」

「いや、だがっ……マイヨは心に傷を負っているし……何かと……慎重にしないと……」

「そういうのは大きなお世話ですよ。マイヨだってもう子供ではないのですから、嫌なら嫌って自分で言えるし、ザイだって無理矢理何かしようなんて、そんな不誠実な人ではないでしょう？」

　バードとリーブの問答を聞いていたクリセーリナが、我慢出来ずに噴き出した。声を上げて笑い出したので、バードとリーブは唖然とした様子で、クリセーリナを見つめた。

「あ……ごめんなさい。二人が本当にお父さんとお母さんなのねって思ったら、なんだかおかしくて……」

　クリセーリナはそう言って、また笑い出した。その様子にリーブは困ったように苦笑して、バードは頭を掻いた。

「ありがとう」

　笑っていたクリセーリナが、ほっと息をつきながらぽつりと呟いた。バードとリーブは驚いたように、じっとクリセーリナを見つめた。それに気づいて、クリセーリナは少しばかり恥ずかしそうに頬を染めていた。

「こんな風に毎日笑える暮らしを、再び送れる日が来るなんて思ってもいなかったわ。最初のうちは二人共、とても私に気を遣ってくれていたけど、最近はそれもなくなって……今みたいに陛下が上の空になるのも、私に対して変な気遣いがなくなった証拠です。本当に自然に、私を家族として受け入れてくれて……それが嬉しいの。本当にありがとう。私は幸せ者です」

「母様……」

「ふふ……急にこんなこと言ってごめんなさいね。陛下、私がさっき話しかけたのは、午後からリーブをお借りします、と言ったのです。城下町にいる私の仲間達の様子を見に、リーブが連れていってくれると言うので……よろしいですか？」

「もちろん！　もちろんですよ。そんなこといちいちオレの許しなど得なくても結構です。どうぞ心置きなくリーブとお過ごしください」

　バードが笑顔で答えたので、リーブとクリセーリナは顔を見合わせて微笑み合った。

マイヨとザイは予定通り巡回診療から帰ってきた。

笑顔のリーブが二人を出迎える。

「おかえりなさい。ご苦労だったね」

「ただいま戻りました」

「特に変わったことは何かありませんでした？」

「いえ、今回は特に何も……シーナ村のロッタおばあさんはお元気でした。腰の調子もすっかり良くなったそうで、リーブ様によろしく伝えてくれと頼まれました」

「そうですか、それは良かった。私もたまには行きたいですね」

マイヨからの報告を聞いて、リーブは嬉しそうに頷いた。

「リーブ様、マイヨ様、私はこちらで失礼させていただきます」

二人の会話の合間を見て、ザイがそう挨拶をした。

「ご苦労様でした」

リーブとマイヨは、ザイを労うように声をかけて、去っていくザイを見送った。

その時、マイヨが少しばかり浮かない表情で、小さく溜息をついたことに、リーブは目ざとく気がついた。

「ザイと何かありましたか？」

リーブにそう尋ねられて、マイヨは頬を染めて慌てて首を振った。

「べ……別に何も……何もないです。何も……」

そう言いながら、次第に表情を曇らせるマイヨを見て、リーブは仕方ないなというように微笑みながら、マイヨの頭を撫でた。

「お茶でも飲んで休憩しましょう」

リーブはマイヨを促して、館の中に入っていった。

リーブとマイヨが向かい合って座るテーブルに、侍女のアイシャがお茶とお菓子を運んできた。柔らかな甘い香りが鼻腔をくすぐり、マイヨはほっと息をついた。

　お茶を一口飲んで気持ちが落ち着いたところで、リーブがもう一度優しい口調でマイヨに尋ねた。

「ザイと何かありましたか？」

　するとマイヨは、また浮かない表情に変わり、手に持ったままのカップをじっと見つめている。リーブはそれ以上催促をせず、マイヨが話したくなるのを待つことにした。

　焼きたての菓子をひとつ手に取り、サクリと音を立ててかじった。バターの風味が口の中に広がる。リーブは満足そうに咀嚼（そしゃく）しながら、マイヨのことはあまり気にしていない素振りを演じた。

　少しの間があり、マイヨが意を決したように口を開く。

「恋人というのは……具体的に……普段どのようにしているのでしょうか？」

「え？」

　意外な言葉に、リーブは思わず聞き返していた。

　するとマイヨの顔が、みるみる赤く染まっていく。恥ずかしそうに目を伏せて、それ以上何も言わないので、リーブは頭の中で、マイヨの言葉を繰り返して意味を理解しようとした。

「普段どのように……というと……態度とか会話とかそういうことですか？」

　マイヨの様子を窺（うかが）いながら、慎重に言葉を選んでもう一度尋ねた。マイヨが尋ねたがっている『恋人とは？』が、性的な関係のことを指していると、誤解しないように……誤解していると思われないように気をつけた。

　するとそれまで羞恥（しゅうち）に頰を染めて目を伏せていたマイヨが、顔を上げて堰（せき）を切ったように話し始めた。

「そうです！　恋人同士ならば当然敬語なんて使いませんよね？　いくら公私混同をしないとは言っても、恋人になる前と後とでは態度が変わったりするものではありませんか？　つまりその……たとえ仕事中であっても、周りに誰もいない……二人きりになれば自然と言葉遣いも砕けるし、表情だって気を許して柔らかくなって……多少は甘えたり甘えられたり……そ、そういうのが恋人同士ではないのですか？」

「そ、そうですね」

マイヨの勢いに押されて、リーブは少しばかり言葉を詰まらせた。珍しく興奮しているマイヨを見て、リーブは思わず噴き出した。笑うリーブに、マイヨは我に返ったようで、再び恥ずかしそうに目を伏せる。

「マイヨ……マイヨはザイと仲良くしたいのですね？　でもザイがちっとも恋人扱いしてくれなくて、不満に思っている……そうでしょう？」

「……結婚を前提に付き合って欲しいと言ったのはザイです。それなのに……何ひとつ今までと変わりなくて……ボクの勘違いかと思うくらいで……だけど周りの人達は、ボクとザイのことを知っているから、二人でいると『仲が良いですね』なんてからかわれたりするのに……ちっともみんなが言うようには仲良くないんです。敬語を使うのだけでも……止めてくれれば、ボクがザイにとって特別な存在なんだって思えるのに……」

切々と訴えるマイヨの話を、リーブは何度も頷きながら聞いた。時々苦笑しては『まあ……ザイですからね……』などと思ったりしている。

「貴方から積極的な態度を取ってみたらどうです？」

「え？」

「だから……恋人のような振る舞いを貴方の方からしてみたら？　貴方もきっと分かっていると思いますけど、ザイはああいう性格ですから、そもそも甘えるとかイチャイチャするなんていうことが、出来ないのだと思うんですよ。だから貴方が甘えてみたらいいんじゃないですか？　きっとザイは嫌がったりしませんよ。むしろ喜ぶかも……」

リーブはそう言って、ふふふと含み笑いをした。

マイヨは目を丸くしている。

「ボ、ボクが……甘えるのですか？」

「だって恋人らしい付き合いがしたいのでしょう？　ザイにばかり求める前に、自分でも行動してみたら？」

マイヨは絶句して目を白黒させている。

「親しさに言葉遣いは関係ありませんよ。それならば私だって、貴方やバードに対して敬語を使っていますし……貴方も私やバードには敬語でしょう？」

「そ、それは……」

指摘されてマイヨは何も言えなくなり、俯いてしまった。リーブは仕方ないなという顔で息をつく。

「不満は本人に言いなさい。ザイは言わないと分からない人だと思いますよ。そういうことに関してはね。言葉遣いについては、さっき言った通りだから貴方が気にしすぎだと思うけど、それでもどうしても敬語が嫌だと言うのならば、なぜ敬語が嫌なのか、自分はザイにどうして欲しいのか、きちんと話しなさい。時には喧嘩をしても良いんですよ。恋人同士なら……お互いに愛し合っているのならば、きっと分かり合えるはずです。そして貴方も自分の言い分ばかりではなく、ザイの言い分もきちんと聞いてあげなさい。ザイだってみんなの前でプロポーズしたのですから、生半可な覚悟ではないはずです。それに今だって、貴方以上に毎日みんなからからかわれているはずですよ」

リーブはあまり説教くさくならないように気をつけながら、柔らかな口調で指摘した。マイヨは少し顔を上げて、リーブの言葉を真剣に聞いていた。聞き終わるとじっと考え込んでいる。

「リーブ様……ボク、以前リーブ様が友達を作りなさいって言っていたことが、今身に染みて分かりました」

急にそんなことを言い出したマイヨを不思議に思いながら、リーブは首を傾げて微笑んだ。

「どうしたんですか？　急に」

「ボク……子供の頃は友達がたくさんいて……友達なんて無理に作らなくても、簡単に出来るものだって思ってて……だけどあんなことがあって……他人が怖くなって……男の人が怖くなって……友達なんていらないって思ってしまって……だけど今になってようやく分かったんです。友達というのは別に遊び相手というだけの存在ではないって……相談に乗ってもらったり、ただ話を聞いてもらったり……何もしなくても側にいてくれるだけでいいって時もある。リーブ様がボクに友達を作るように言っていたのは、そういうことだったんですね」

マイヨがしみじみと語るのを聞いて、リーブは嬉しそうに頷いた。

「そうですよ。マイヨ……実は私自身が友達が少ないので、自分の経験から貴方には友達がいた方がいいと思って言ったのです」

「え!? リ、リーブ様は友達が少ないのですか？　信じられません」

マイヨが驚いて思わず大きな声を上げたので、リーブは苦笑した。

「正確には……親友と呼べるようななんでも相談出来る友達は一人もいません。ニーヴェリシアの聖教会で、共に魔術を学んだ仲間や、聖職者の仲間の中には、もちろん仲良くしていた友人が何人かいました。でも……私が王よりルーの称号を賜ると、みんな私との間に距離を取るようになってしまって……その時に彼らは本当の友達ではなかったのだなって、そう分かってしまったのです。唯一、なんでも話せる友だったのは、マスター・ローヴァルだけでした。もっとも……彼は尊敬する師でしたから、友と呼んで良かったのかは分かりませんが……」

リーブはそう言って、悲し気な表情をしたので、マイヨはどう返事をして良いのか分からず困って口をつぐんだ。その様子を察して、リーブが慌てて明るい表情を作る。

「話が逸れてしまいましたね。マイヨ、貴方がそんな風に思ったのは、こうしてザイのことを私くらいにしか相談出来ないからですよね？」

「リーブ様に相談するのが嫌だという意味ではありません。いつも気にかけていただき、ボクの話を聞いてくださって本当に感謝しています。そして的確な助言をしてくださる。でも……いつもそうやって、リーブ様に泣きついている自分が、情けなく思うこともあるのです。リーブ様はボクの養い親ですから……いつも親に頼っているようなものです。これではいつまで経ってもボクは半人前だって……」

マイヨが真剣に話しているのに、それを聞いているリーブが楽しそうに時折クスクスと笑うので、マイヨは怪訝そうに眉根を寄せて、話していた言葉を途中で止めてしまった。リーブはそんなマイヨを見て、申し訳なさそうにしながらもまだクスクスと笑っている。

「マイヨ、すみません……貴方が真面目に話しているというのに……別にふざけている訳ではないのですよ？　ただ……本当に貴方が見違えるほどしっかりして、逞しくなったなと思ったら、嬉しくてね。それに母が言っていた言葉を思い出してしまって……」

「クリセーリナ様が？」

マイヨはきょとんとした顔で首を傾げた。

「ええ……貴方がどれほど勇敢に、カリフの人達を守るために一人で戦ったか……その姿を見て、母は息子が生きていたら、こんな風だっただろうか？　って、貴方に私の面影を重ねていたそうです。母はやんちゃだった幼い頃の私を思って、大人になったらさぞや無鉄砲なほど勇敢な男になっているだろうって、想像していたみたいなんですよ。だから勇敢に戦う貴方の姿が、息子に重なった。でも私とバードは、傷ついて弱っていた貴方の姿しか知りませんから……大人しくて、気弱で、繊細な子だと、貴方のことを思っているからつい心配で甘やかしてしまうのです。ほら、以前バードが言ったでしょう？　私達はとても似ているけど『大人しくて内向的』という部分がまったく似ていないって……私達の貴方への認識はそうでした。どうやら見誤っていたようです」

嬉しそうに語るリーブを見つめて、マイヨは少しずつ高揚した表情に変化していった。

「本当の貴方は違うのでしょう？　明るくて、社交的で、勇敢で、逞しくて、物怖じしない……辛い記憶を封印しないと、貴方が強い意志で言った時に、そのことに気づくべきでした。貴方が『大人しくて内向的』に見えてしまっていたのは、私やバードが過保護すぎたせいかもしれません。本来の貴方を思い出して、自分に正直になってごらんなさい？　そうすれば友達も簡単に出来るし、ザイとの関係も案外楽に解決出来るかもしれませんよ？」

リーブはそう語って、最後にまた楽しそうにふふふっと笑った。

『本来の自分……』

マイヨは故郷で過ごしていた頃を思い返していた。毎日友人達と日が暮れるまで、外で遊んでいた。時にはいたずらをして大人達に叱られたり、危ない冒険もしたり、やんちゃだった自分の姿が思い浮かぶ。あの頃は怖いものなどなかった。今は？　酷く傷つき、絶望し、様々な怖い目に遭ったけれど、このシークという平和な国と、優しい人々の中では、怖いものなどない。

ロンサイで誘拐されて、海賊船の船底を思い出させるような、暗い地下牢に一人で捕らわれた時も、少しも怖いと思わなかった。それはリーブがマイヨに『強い心』と『自信』をつけてくれたからだ。そしてザイやバード達が絶対助けに来てくれるという信頼があったからだ。

ザイの態度に対する不満はあっても、愛されていないのではないかという不安は不思議とない。

『今のボクは……もう元通りに戻っているのかな？　ボクはボクでいていいのかな？』

マイヨの表情が、みるみる明るく変わっていく様を見て、リーブは安堵したようにゆっくりお茶を飲んで一息ついた。

翌日、マイヨは館の中を歩き回ってザイの姿を捜した。

午前中はバードへの謁見を求める人々が館を訪れていたので、恐らく謁見の間でバードの側で警護をしているのだろうと思い、ザイに会うのは控えていた。

昼食の後、休憩しているザイを狙おうと、いつもよりも手短に食事を済ませて、館の中を歩き回っていた。

そそくさと食事を終えるマイヨに、バードが何か言いかけたが、空気を察したリーブとクリセーリナの二人掛かりの援護射撃により、マイヨは何事もなく部屋を出ていくことに成功した。

第一師団の兵舎を覗き、そこに姿がないので、裏庭にある練兵所を覗いた。すると案の定、剣を振り鍛えるザイの姿があった。

「ザイ」

マイヨが声をかけると、周囲にいた他の兵士達が、少しばかり色めき立ちザイへ視線が集中した。ザイはその視線の中、居心地が悪そうに眉根を寄せながら、マイヨの下へと歩み寄った。

「こんな所にいらして……いかがされましたか？」

いつもと変わらぬ真面目な態度で、マイヨに一礼をしてそう尋ねた。マイヨはニッコリと微笑む。

「ザイ、実は話があるのです。今日は何時に仕事が終わりますか？」

マイヨにそう言われて、ザイは少しばかり困ったような顔をした。

「仕事は……今日は夜勤ではありませんから、何事もなければ夕方六時には終わります」

「そうですか、その後、少しばかり時間をいただけませんか？」

「それは……構いませんが……」

「では私の部屋にいらしてください」

何か口籠もるザイの態度を無視して、マイヨはきっぱりそう言った。周囲が少しばかりざわつく。ザイはそれを気にしてか、すぐには返事を出来ずにいた。

ザイとマイヨが結婚を前提に付き合っているのは、兵士達も含めてこの国の全員が知っているし、バードやリーブも認めているので、別に二人がどこで会おうと誰からも何も言われることはない。

だが結婚前の……それも王の養い子であるマイヨの私室を、私用で訪ねるのは、王の家臣であるザイには少々難題である。

「必ず来てください。待ってますから」

マイヨはザイが断る暇を与えずに、そうきっぱりと言い切って、さっさとその場を立ち去ってしまった。

残されたザイは困惑した様子で、去っていくマイヨを見送りながら、周囲の視線を痛く感じていた。


その日の夕方、マイヨの部屋の前で微動だにせず立ち尽くしているザイの姿があった。

扉をノックすることに躊躇していたのだ。だがいつまでもそうしている訳にもいかない。誰かに見られる前に、さっさと入った方がいいだろうと決意して、ザイは扉を叩いた。

「はい」

中から声がして、少しの間の後扉が開かれた。マイヨがひょっこりと顔を出す。

「待っていました。どうぞお入りください」

マイヨはザイを中に招き入れた。ザイは少し緊張をした様子で中に入り、身の置き所がないという様子で立ち尽くしている。

マイヨはさっさと部屋の中に進み、ソファの隣に立ってザイを見た。

「そんな所に立っていないで、こちらに座ってください」

促されて仕方なくという様子で、ザイはのろのろと歩いてソファまで行き、マイヨの向かい側に腰を下ろした。それを見届けてマイヨも腰を下ろす。

「ザイ、緊張しているのですか？」

マイヨがクスリと笑って尋ねた。ザイは気まずいという顔で、「いや」と小さく呟いた。それ以上は何も言わない。

マイヨは心の中で溜息をつき、テーブルに用意されたポットのお茶をカップに注いで、ザイの前に差し出した。

マイヨはこんな感じになることは、すでに予想していた。リーブからの言葉を頭の中で反芻する。ザイが生真面目なことは、誰よりも分かっていたことだ。それも含めて好きになったのだから、ザイらしくないことを、ザイに求めてはいけなかった。そう反省した。

だから改めて、ザイとは話をした方がいいと考えた。それで呼び出したのだ。

普通に誘って、断られるのは分かっていたから、少し強引に言い逃げをしてきた。そうすれば真面目なザイのことだから、無視することは出来ずにきっと来てくれるはずだ。

案の定、ザイはちゃんと来てくれたし、思った通り緊張して気まずそうな顔をしている。でもザイに悪気がないのは分かっている。マイヨと一緒にいたくない訳ではないことも分かっている。

『元の自分に戻る』

マイヨはもう一度確認するように、心の中で強く呟いた。

人の視線や考えを気にして、おどおどするのは止めた。ザイがプロポーズしてくれたからといって、それに甘んじてザイからの好意に期待するだけなのも止めた。そんなのは本当の自分らしくないと思ったからだ。心の奥底に隠していた本来の自分がいるから、何も進展しない二人の関係にイライラしてしまったのだ。それをザイにぶつけたのは、甘えきっている今の情けない自分のせいだ。

本来の自分ならばそんなことはしなかったはずだ。

「ザイ、話があるというのは、ボク達二人の関係についてです」

マイヨがきっぱりとした口調で言ったので、ザイはそれをどう受け取ったのか、少しばかり身構えた。

「まずは昨日のことを謝らせてください」

次に続く言葉がそれだったので、ザイはあっけに取られた顔で「え？」と小さく呟いた。

「昨日、ボクはザイに敬語を使わないでくれって言いました。あれはボクの間違いです。ボクは恋人同士って、どう振る舞えばいいのか分からなくて、だったらせめて誰よりも親しく見えるようにと、形ばかりを繕おうとしていました。だから砕けた話し方をすればいいなんて、安易な発想になっていたのです。だけどザイはそういう人ではないですよね。ザイは誰に対しても丁寧で……でもそれは心を許していないからという訳ではなく……言葉遣いがそうなってしまうのは、性格だから仕方ないですよね。分かっているはずなのに……ボクがどうかしていました。ごめんなさい」

マイヨはそう言って一度頭を下げた。ザイは酷く狼狽えた様子でいる。

「マイヨ……そんな……オレは別に……」

「ボクも実は、自分でもちょっと無理しているなって……違和感はあったんです。急に馴れ馴れしい口調で話すのって難しいですよね。ボクもこの国で暮らすようになってから、リーブ様の口調が移ってしまったのか、いつも丁寧な言葉遣いになっていて……昔はどんな話し方をしていたか忘れるくらいで……だからボクも自然にしようと思っています。時々砕けた言い方になるかもしれないけど……話したいように話すから、ザイも無理せず普通に話してください」

マイヨはニッコリと笑った。

ザイはしばらく茫然としていたが、やがて我に返り困ったように頭を掻いた。

「マイヨ、オレこそ申し訳ないと思ってます。あれから色々と考えて……確かに君が怒るように、オレの態度がよそよそしかったんじゃないかと思って……それは言葉遣いだけの問題ではなく……君が言うように、態度でもっと恋人らしくしていたら、言葉遣いだってたとえ敬語でも、印象が違うのだと思って……堅苦しく思わせてしまったのは、オレのせいだと思う。申し訳なかった」

ザイはそう言って頭を下げた。マイヨはそれを笑って見ている。その言い方が、すでに堅苦しくてザイらしいと思ったからだ。

「それで改めて聞きたいんですけど……ボク達は恋人同士ですよね？　ボクの勘違いじゃないですよね？」

「も、もちろんです。結婚を前提に付き合って欲しいと言ったのはオレの方ですから……マイヨが断らない限りは……恋人同士……です」

ザイが少しばかり恥ずかしそうに、口籠もりながら言ったので、そんな様子も微笑ましくてマイヨは幸せな気持ちになった。『愛している』と言って欲しいけれど、相手がザイだと思うと、そういう態度だけでも十分に気持ちが伝わるのだと、改めて実感していた。

「ザイの立場は分かるし、ザイの性格も分かっているけど、それでもやっぱり……たまにでいいから、抱きしめたり……口づけしたりして欲しいです。ロンサイにいた時は、抱きしめたり、愛していると言ってくれたりしたのに……プロポーズまでしてくれた後の方が、まったく何もなくて……それがボクの不満です」

マイヨは恥ずかしそうに頬を染めながらも、はっきりと言いたいことを口にした。そのことにザイはとても驚いている。言葉もなく、しばらくマイヨを見つめた後、頬が少し赤くなっていく。

「そ……それは……」

「もちろん……ボクに口づけしたくないという訳じゃないですよね？」

「あ、当たり前だ！　あ、いや……その……君を抱きしめたいと……いつも思っています。ただ……なかなかそういう機会がないというか……もちろん巡回診療で、二人きりになった時にいくらでも機会はあるのだけど……オレはマイヨの護衛として、バード様とリーブ様の信頼を得ているのだからと思うと……それを裏切ることが出来なくて……」

「うん、分かってます。そういうザイだから、ボクも好きになったんです。でも、でもやっぱり口づけして欲しいです」

赤い顔でそう言ったマイヨに、ザイは困ったように頭を掻き、やがて微笑みを浮かべた。

「そう言ってもらえると……オレも自分が勘違いしている訳ではなかったんだなと思えて嬉しいです。出来るだけ……努力します」

「じゃあ、今口づけしてください！」

「え……」

ザイが絶句して、目の前のマイヨを凝視（ぎょうし）した。マイヨは真っ赤な顔で、だがとても真剣にザイを見つめている。ザイは一度深呼吸をして、ゆっくり立ち上がり、向かいに座るマイヨの隣に移動した。マイヨはびくりとして、少しばかり緊張しながら、ザイの行動を見守った。

ザイはマイヨの肩を抱き寄せると、顔を近づけてそっと口づける。

唇が離れて、互いに見つめ合うと、みるみる羞恥で二人とも耳まで赤くなっていた。

「雰囲気も考えずにすみません……口づけして欲しいなんて……はしたないと思われたかもしれないけど……なんか今日のボクは、ザイが知っているいつものボクじゃないかもしれないけど……本当のボクはこんなななんです。少しも大人しくないし……物静かでもないです。がっかりさせていたらごめんなさい」

マイヨは照れ隠しなのか、変に饒舌になっていた。

ザイは思わず微笑む。

「別にがっかりなどしません。君がとても真っ直ぐで、強いということは知っています。ロンサイで君を助けに行ったはずなのに、逆に随分助けられた……そんな君を余計に好きになることはあっても、がっかりすることなど、あるはずがない」

「ザイ……」

笑みを浮かべて優しく囁くザイを、マイヨはうっとりとした顔で見つめた。

自然と目が閉じて、ザイの口づけを待った。そんなマイヨに促されるように、ザイは再び口づけた。今度は深く長く、マイヨの柔らかな唇を味わうように吸った。

次第に羞恥が薄れていき、互いに気持ちが昂っていった。唇の間を割って、ザイの舌がマイヨの口内に入り込んで、マイヨの舌を撫でるように絡みついてきた。

マイヨはこんなに深い口づけは初めてで、どう反応すればいいか分からなかったが、なぜかもっともっと口づけをして欲しいという欲望が湧き上がっていた。

ザイの背中に両手を回して、しっかりと抱きつきながら、ぎこちなくザイの口づけを受けていた。

『気持ちいいし、全然怖くない』

マイヨはうっとりとしながら、そんなことを思っていた。

最初の口づけはともかく、二度目の口づけは求められているのが分かったし、ザイに男を感じてしまった。性的な意味で……だ。でもマイヨは少しも怖くなかった。むしろ一瞬、このまま抱かれてもいいとさえ思っていた。

ザイの唇が離れたので、目を開けるとザイの瞳があった。

「愛しています」

ザイが囁き、マイヨは嬉しそうに「ボクも」と答えた。するとザイが、マイヨを強く抱きしめた。マイヨはザイの胸に顔を埋めながら、とても嬉しいと思った。

「四日後、オレの休日に、会う時間を作って欲しい」

「も、もちろん……その日は一日空けておきます」

マイヨの返事を聞いて、ザイは安堵したようにマイヨの体を離した。

「では……今日は帰ります」

「はい」

マイヨが幸せそうに微笑んだので、釣られるようにザイも微笑み返した。


その日は朝からマイヨの様子がおかしいと、バードは不思議に思っていた。そわそわとして落ち着きがない。何かあるのかと思ったが、リーブはいつもと変わりない様子だ。

食事が終わった後、皆で寛いでいる間も、マイヨは何度も時計を見ていた。

「あの……ボク……そろそろ出かけます」

マイヨがようやく立ち上がってそう言ったので、リーブとクリセーリナが、ニッコリと微笑みながら「いってらっしゃい」と答えた。

「どこに行くんだ?」

バードが何気なく尋ねたが、それを遮(さえぎ)るようにもう一度「いってらっしゃい」とリーブが言ったので、マイヨはバードの様子を気にしながらも「いってきます」と言って、部屋を出ていった。

「おい、今わざと邪魔しただろう？」

バードが眉根を寄せて、リーブに文句を言った。

「はい、邪魔をしました」

リーブはケロッとした顔で答えたので、思わずクリセーリナが噴き出した。

「なんだ？　なんで邪魔したんだ？　マイヨはどこに出かけたんだ？」

「バード……マイヨはもう大人なんですから、どこに行くのも自分の判断で行けますよ。あまり親が詮(せん)索(さく)するのは良くないと思います」

「どういう意味だ」

「……マイヨはザイとデートをしに出かけたんです」

なかなかバードが察してくれないので、リーブは溜息をついて、仕方ないという顔で種明かしをした。

それを聞いた瞬間、バードは驚いて今マイヨが出ていった扉を凝視している。

「デ、デートだと？」

「バード……改めて確認しますけど……貴方はザイとマイヨの交際を認めましたよね？　二人が結婚を前提にしたお付き合いをしていることを、了承しましたよね？　この国には男性同士で結婚してはいけないという法律はないから、何も問題ないと……そう言いましたよね？」

リーブに窘(たしな)められて、バードは不機嫌そうに顔を歪(ゆが)めた。

「オレは別に二人の交際に反対している訳じゃないし、デートを邪魔するつもりもない。ただいきなりデートに行ったと聞けば、誰だって驚くだろう。オレはただ驚いただけだ」

「そうですか……それはすみませんでした」

リーブが素直に謝ったので、バードは機嫌を直して、カップのお茶を飲み干して立ち上がった。テーブルの向かいに座るリーブの側まで移動すると、頬に口づけた。

「それじゃあ、オレは仕事に行ってくる」

「いってらっしゃい」

リーブはにこやかにバードを送り出した。

そんな二人の様子を見て、クリセーリナが笑っている。

「貴方達は喧嘩も仲良しなのね」

「母様……私達は別に喧嘩をしていませんよ」

リーブが驚いたように言い、部屋を出ようとして立ち止まったバードと顔を見合わせた。

「ええ、ええ、分かっていますよ。だから仲良しって言ったでしょう？　普通の夫婦ならば、今のやりとりで喧嘩になっているところです」

ふふふと笑いながらクリセーリナがそう言ったので、再びリーブとバードは顔を見合わせた。


マイヨは馬に乗って館を出た。城下町へ向かうなだらかな坂を、ゆっくりとした足並みで進む。

ザイとは城下町の入口で待ち合わせをしていた。


「まだちょっと早いかな？」

待ちきれずに少し早めに館を出てしまったので、マイヨは苦笑しながら独り言を呟いた。

初めてのデートだ。興奮して昨夜はなかなか寝付けなかった。

「わあ……どこかに行くのかな？　馬でどこかに遠乗り？　ザイと二人でなんて初め……いや、いつも巡回診療に行ってるよね？」

ぶつぶつとそんなことを言っていたら、城下町の入口が見えてきた。すでにそこにはザイが立っている。

「え？　ザイ」

側まで行って、マイヨは目を丸くしている。なぜならザイが馬に乗っていなかったからだ。

「じゃあ……行こうか」

ザイは驚いているマイヨをよそに、手綱を持って歩いて馬を引き始めた。

「ザイ、ザイの馬は？」

「ああ……それほど遠くじゃないから、わざわざ馬に乗らなくてもいいと思ったんだ」

「ええ!?　じゃあボクも歩いてきたのに……」

「それはダメだ。マイヨは安全の為にも馬に乗らないと……」

　ザイが馬を引きながら、真面目にそんなことを言うので、マイヨは呆れながら聞いていた。

「それで……どこに向かっているんですか？」

　マイヨが尋ねたが、ザイは何も言わずに歩き続けた。

　しばらく歩いて城下町を進んだ。やがて一軒の家の前で足を止めた。ザイが手綱を家の脇に結び、マイヨに手を貸して馬から下ろした。

「ここは？」

　マイヨは不思議そうに辺りを見回した。その家は建てたばかりの家のようだった。まだ誰も住んでいないらしく、家の周りも手つかずだ。

「昨日完成したばかりだが……マイヨ、ここはオレ達の家だ」

「え？　オレ達？」

　意味が理解出来ずに、ぽかんとした顔のマイヨの手を引いて、ザイは家の中へ入っていった。玄関の鍵を開けて中に入る。家の中はがらんとしていて、家具などは何も置かれていなかった。新築の木の香りが鼻をくすぐる。

「シークの風習で、男は自分の家を持たなければ、結婚を申し込んではいけないんだ。だからあの日、君に結婚を前提に付き合って欲しいと言ってから、急いで家を建てる準備をした。大きな家ではないけれど……君と一緒に暮らす為の家だ。マイヨ、改めて言わせてくれ……オレと結婚してください」

　ザイが真面目な顔でそう言って、マイヨに向かって深く頭を下げた。マイヨは信じられないという顔で、その場に立ち尽くしている。足が震えていた。

「ボ……ボクで本当にいいんですか？」

「君しか考えられない」

「ボクは男で……子供を産めないよ」

「君と結婚出来るのならば、子供は別にいらない」

「ボクはこの国の人間じゃないよ？」

「何を言ってる。君はもうとっくにこの国の人間だろう？」

マイヨは両目に涙を浮かべていた。

「そんなことよりも君はどうなんだ？　オレが相手でいいのか？　くそ真面目で面白みもない男だ」

「ザイほど誠実な人はいません」

「冗談も言わないし、遊びも知らない退屈な男だ」

「誰よりも強くて優しいです」

マイヨの両目から、ポロポロと涙が零れた。

「こんなボクを愛していると言ってくれたただ一人の人です」

「マイヨ」

ザイはマイヨを抱きしめた。マイヨも両手をザイの背中に回した。

「じゃあ、結婚してくれるね？」

「はい」

マイヨの返事を聞いて、ザイは嬉しそうに笑みを浮かべて、マイヨに口づけた。マイヨもそれに応(こた)えるように口づけを返す。


二人は抱き合って、何度も互いの愛を確かめ合うように口づけを交わした。深く熱い口づけに、気持ちが次第に高まっていく。ようやく二人が唇を離して見つめ合った頃には、互いに息が上がって、頬を上気させていた。熱い体の熱が、互いの欲望を意識させた。

ザイは眉根を寄せて、なんとか理性を呼び起こして、自身の昂りを抑(おさ)えようとした。

「ザイ」

マイヨが熱のこもった声で囁いた。

「ボクを……抱いてください」

「マイヨ……いや、しかし……」

ザイは一気に体中の血が沸騰(ふっとう)したかと思った。必死で堪(こら)えながら、なんとかそれを拒む言葉を探す。

「こ、こんな何もない所で……」

「ここはボク達の家なんでしょう？　だって……館のボクの部屋でも、ザイの家でも……周りを気にして……ボクを抱いてくれないでしょう？　それとも……やっぱり……ボクの体は嫌ですか？」

「マイヨ」

ザイが再びマイヨに口づけをした。熱く激しく求める口づけに、マイヨの体が震えた。無意識だが、これから訪れる快楽を期待して、体が震えたのだ。

ザイがマントを脱いで床に敷いた。その上に膝をつき、腕に抱いているマイヨの体を横たえた。若い二人の衝動的な欲情を、抑えることは難しい。

夢中で口づけを交わし、互いの服を脱がし合い、熱い肌を重ね合った。

「あっ……ああっ……」

ザイの手が、マイヨの柔らかな肌を撫でて、胸の二つの突起に触れただけで、マイヨは思わず声を漏らしていた。体中が酷く敏感になっている。白いマイヨの肌は、ほんのりと薄く色づいていて、しっとりと汗で湿っていた。

ザイの唇が肌を吸うと、びくりと体が震えて、甘い声が上がった。

「あっ……あぁっ……ザイ……」

マイヨがせつない声で名前を呼ぶ。それはザイの雄を更に昂らせた。

すでに硬くなっているマイヨの性器を口に含んで、強く吸い上げた。

「あぁっ！　あっ……やぁっ……やっ……ザイ、ザイ……」

マイヨが腰を震わせながら、喘ぎを漏らす。一気に背筋を快楽の波が駆け抜けていった。マイヨは抗う術もなく、一番敏感な部分を責められて、ただ声を上げるしかなかった。

「あっあぁあっ……あっあっ……」

ぶるぶると腰が震えて、ザイの口の中に精を放ってしまった。

ザイは咥えていた性器を解放すると、自分の右掌に口の中の精液を吐き出した。唾液の混じったその液体を、マイヨの秘所に塗り込むようにして、その窪みに指を這わせた。後孔に中指をゆっくり差し入れる。

はあはあと胸を上下させて、射精後の余韻に身を委ねていたマイヨは、突然新しい感触を体の中に覚えたので驚いた。

「あっ……あぁっ……」

ザイの指はマイヨの後孔を解すように、くちゅくちゅと湿った音をさせながら出入りしていた。指は後孔の解れ具合に合わせて、二本三本と増やされていく。後孔を弄られながら広げられていく感覚は、じわじわと焦れるような甘い痺れと共に、マイヨの体に快楽をもたらしていた。

そこがかつて、怖い海賊達に乱暴に扱われ、酷い痛みしかもたらさなかった部分だということは、今のマイヨの頭の中にはなくなっていた。

ザイに求められているという喜びと、せつなくなるほど優しく丁寧に扱われたことで、心地良さに体がどうにかなってしまいそうな快楽を覚えて、嫌な記憶など呼び起こす余地などなかった。

若い二人は性に対する欲求に従順で、理性などは簡単に消え去っていた。

ザイはすっかり柔らかくなった後孔に、自身の熱い昂りを押し当てた。ぐっと腰を進めて、マイヨの中に埋めていく。

『何？　すごく熱い……』

マイヨは体の中に入ってくる熱い塊と、それと共に押し入ってくる快楽の波に、声も出せずに身を捩らせた。マイヨの性器から、再び白い飛沫が飛び散って、腹の上を濡らした。

「マイヨ……痛くないか？」

ザイが心配そうに尋ねた。マイヨは声もなくただ首を振った。

「苦しくないか？」

再び尋ねられて、マイヨはまた首を振った。

痛みはない。苦しいけれど、嫌な苦しみではない。下腹が押し上げられるような苦しさは、中に入ってきている熱い塊のせいだ。そしてそれがザイのものだと分かっているから、ひとつに繋がっているという喜びに体が震えた。

「マイヨ……愛している」

ザイがせつない声で囁いて、ゆさゆさと腰を揺らし始めた。

「あっああっあっ……んっんっんっ……ああぁぁっ」

揺さぶられる度に、熱い塊が抽挿(ちゅうそう)されて、内壁を擦(こす)っていく。それは初めて経験する快楽だった。体中に痺(しび)れるような快楽の波が押し寄せて、何も考えられなくなる。

「あぁぁっ……あっあっあぁぁっあっ」

ザイの腰の動きが次第に速くなり、それに合わせてマイヨの喘ぎも止めどなく漏れ出る。

「マイヨ……マイヨ……マイヨ……」

ザイが何度も名前を呼んで、苦し気に顔を歪ませた。

「ああっああぁぁぁっああっっ」

マイヨは体の中に、とても熱い迸(ほとばし)りが注がれるのを感じて、堪らず大きな声を上げて背を反らせた。

ゆさゆさと揺さぶられ続けて、やがてマイヨの中から熱い塊が引き抜かれた。

「あっ……あぁぁっ……」

せつない声を漏らすマイヨを、ザイがそっと抱きしめる。

「すまない……夢中になってしまって……君の体を思いやる余裕がなかった。痛くなかったか？」

床に座るザイの膝の上に抱きかかえられて、そう尋ねられたマイヨは、まだ少し夢の中にいるような表情をしていた。頬を上気させてうっとりとした眼差(まなざ)しでザイを見つめる。

「ザイ……ボクはもうザイのものだよね？」

マイヨの思いがけない言葉に、ザイは一瞬驚いてどう返事をしていいのか迷ってしまった。だがマイヨがとても幸せそうな顔で見つめてくるので、迷いはすっかり溶けてしまった。

「違うよ。オレがマイヨのものだよ」

ザイの言葉に、マイヨは嬉しそうに微笑んで、二人は軽く口づけを交わした。


バードの執務室に、ザイとマイヨが訪ねてきていた。

二人とも片膝をついて、バードの前に跪(ひざまず)いている。

バードの方は、なんとも複雑な表情をして椅子に座っていた。

「陛下、改めましてお願いに上がりました。マイヨ様との結婚をお許しください」

バードは困った顔で頬を掻きながら、二人を交互に見つめた。

別に反対するつもりはない。まだちょっと早いのではないか？　と、言いたい気持ちはなくもない。だがバードを複雑な表情にさせている原因は他にあった。

「ザイ……その前に……順番を間違えていないか？」

「順番と……申しますと……？」

ザイが顔を上げて首を傾げたので、バードはチッと舌打ちをした。

「普通、こういうことは親に許しを乞うのが先だろう。お前、今、国王としてのオレに許しを乞うてないか？」

「それでしたらすでに昨日、我が両親の下へはマイヨ様と共に参りまして、許しを乞うております」

「違う、違う、オレだ。オレ！　オレの所に来ていないだろう」

「……陛下……いえ、マイヨ様の養い親であるバード様には、半年前に誰よりも早く許しを乞うているはずですが……」

バードはその答えを聞いて、ギリギリと歯軋りをした。ザイは至って真面目に答えていて、まったく悪気がないのが余計に腹が立った。

『あれは結婚を前提にした付き合いの許しだろうが！　それはそれ、これはこれだ！』と言いたかったが、ここでごねてはまたリーブに叱られそうなので、ぐっと我慢をした。

「家はもう用意しているのだな？」

「はい」

「……分かった。ではザイとマイヨの二人は、この半年の後に夫婦になることをシークの王バードが認める」

「え!?　半年後!?」

それまで大人しく跪いていたマイヨが、驚きの声

「でも半年の猶予があって良かったじゃないですか。貴方は料理を覚えないといけないでしょ？」

「料理……？」

「結婚したら生活のことはなんでも二人でやらないといけなくなるでしょう？　別に男同士だからどちらが妻の役目だとか決める必要はないし、家事は二人で協力すればいいと思うけど、料理は……貴方、ザイが料理をするように見えますか？」

リーブにそう言われて、マイヨは少し考えた。

『食べられるならなんでもいい』と言って生の野菜をかじるザイの姿が脳裏に浮かんでしまった。顔色を変えて、ふるふると首を振ったマイヨの姿に、リーブは色々と察してクスクス笑った。

「じゃあ決まりですね……マイヨ、幸せですか？」

リーブに尋ねられて、マイヨは満面の笑みで「はい、幸せです」と元気に答えた。

それは何よりと口には出さなかったが、リーブも嬉しそうに笑顔で頷いた。

あとがき

こんにちは。飯田実樹（いいだみき）です。

お待たせいたしました！「我（わ）が王（おう）と賢者（けんじゃ）が囁（ささや）く」の続編です。

前作のあとがきにも書きましたが、色々と解決していない伏線がそのままだったので、続編を書くことが出来れば……と思っていたのですが、皆様のおかげで思いが叶いました。リーブの出生の秘密、バードとリーブの運命の繋がり、ガルボス強襲の謎、カリフ人とは？　……など、前作で皆様がきっとモヤモヤしていたことが、すべて本作で解決できたと思います。

そして今回はバードとリーブの完全に出来上がっているラブラブスパカプ（言い難い）にプラスして、新キャラのザイとマイヨという初々しいカップルのおかげで、甘酸っぱいスパイスが足されてシーク王国のラブ度が上がりました。甘々です。

新キャラと言えば、マスター・ローヴァルがお気に入りなのですが、あっさりと殺してしまいました。すみません。本当は生かす方向も考えていたのですが、ドムドマとの死闘を書いている中で、どうしても必要な犠牲でした。お悔やみいたします。

伏線を解消しつつ、バードとリーブの熟年ラブラブを書きつつ、新カップルのことも……

と書いていたらめちゃくちゃ分厚い本になってしまいました。寝ころんで読むと重いですね。ごめんなさい。

そしてなんと今回も、蓮川先生にイラストを描いていただけるという幸運！　バードがめちゃくちゃかっこいいし、リーブは目が潰れるほど美しいし、ザイが「なに、この爽やかイケメン！」だし、マイヨは天使のように可愛いし……眼福です！

担当さんにもたくさんのご迷惑をおかけしました。

蓮川先生、担当さん、本当にありがとうございました。

最初にも書きましたが続編を出すことが出来るなんて、こんな幸運はなかなか無いと思います。すべては応援して頂いた皆様のおかげです。本当にありがとうございます。

「我が王と賢者が囁く」は、これで無事に大団円ではありますが、実はシーク王国を舞台にして、まだいくらでもお話を書くことが出来るのです。（ザイと親友達の話とか、バスカスさん達第一兵団の話とか、リーブとローヴァルの話とか……）

いつの日かまた幸運にもチャンスが巡って来ましたら、新しいシーク王国のお話をお届けしたいと思います。

それでは次の本で、また皆様にお会いできますように。

飯田実樹

月神の愛でる花

つきがみのめでるはな

朝霞月子

イラスト：千川夏味

本体価格855円+税

見知らぬ異世界へトリップしてしまった純情な高校生の佐保は、若き皇帝レグレシティスの治めるサークィン皇国の裁縫店でつつましくも懸命に働いていた。あるとき、城におつかいに行った佐保は、暴漢に襲われ意識を失ってしまう。目覚めた佐保は、暴漢であったサラエ国の護衛官たちに、行方不明になった皇帝の嫁候補である「姫」の代わりをしてほしいと懇願される。押し切られた佐保は、皇帝の後宮で「姫」として暮らすことになるが……。

リンクスロマンス大好評発売中

月神の愛でる花 ～澄碧の護り手～

つきがみのめでるはな～ちょうへきのまもりて～

朝霞月子

イラスト：千川夏味

本体価格855円+税

見知らぬ異世界・サークィン皇国へトリップしてしまった純情な高校生の佐保は、若き皇帝・レグレシティスと出会い、紆余曲折を経て、身も心も結ばれる。皇妃としてレグレシティスと共に生きることを選んだ佐保は、絆を深めながら幸せな日々を過ごしていた。そんなある日、交流のある領主へ挨拶に行くというレグレシティスの公務に付き添い、港湾都市・イオニアへ向かうことに。そこで佐保が出会ったのものは……⁉

蒼銀の黒竜妃

そうぎんのこくりゅうひ

朝霞月子

イラスト：**ひたき**

本体価格870円+税

世に名立たるシルヴェストロ国騎士団──そのくせ者揃いな団員たちを束ねる、強さと美貌を兼ね備えた副団長・ノーラヒルデには、傲慢ながら強大な力を持つ魔獣王・黒竜クラヴィスという相棒がいた。竜でありながら人の姿にもなれるクラヴィスと、人間であるノーラヒルデ、種族を越えた二人の間には、確かな言葉こそないものの、互いを唯一大切な存在だと思い合う強い絆があった。そんななか、かつてシルヴェストロ国と因縁のあったベゼラ国にきな臭い動きが察知され、騎士団はにわかに騒がしくなりはじめる。ノーラヒルデは事の真相を探りはじめるが…。

リンクスロマンス大好評発売中

溺愛陛下と身代わり王子の初恋

できあいへいかとみがわりおうじのはつこい

名倉和希

イラスト：北沢きょう

本体価格870円+税

ある日突然、天空にふたつの月が浮かぶ異世界・レイヴァースにトリップしてしまった天涯孤独の青年・大和は、大国レイヴァースを治める若く精悍な王・アリソンと出会う。国の危機を救うため、勇者として召喚したのだと聞かされ、俳優志望でしがないフリーターの自分がなぜ…？と、戸惑う大和。しかし、君にしか行方不明の人質王子の代役はできない！と強く乞われ、演技に未練があった大和は、代役王子として協力することになり……？

生涯独身と誓ったスパダリ国王 × 健気な身代わり王子の歳の差＆身分差愛を優しく描き出す、癒しの異世界トリップファンタジー！

蒼空の絆
そうくうのきずな

かわい有美子
イラスト：稲荷家房之介

本体価格870円+税

大国N連邦との対立が続くグランツ帝国、その北部戦線を守る空軍北部第三飛行連隊一通称『雪の部隊』に所属するエーリヒは、『雪の女王』としてその名を轟かせるエースパイロットであり、国家的英雄のひとりでもある。そんなエーリヒの司令補佐官を務めるのは、幼少の頃よりエーリヒを慕う寡黙で忠実な男・アルフレート中尉。厳しい戦況の中、戦闘の合間のささやかで穏やかな日常を支えに、必死に生き抜こうとするエーリヒだったが、ある日の戦闘で大怪我を負ってしまう。やるせなさを感じるエーリヒに対し、アルフレートはそれまで以上に献身的な忠誠を示してくるが……。

リンクスロマンス大好評発売中

スカーレット・ナイン

水壬楓子
イラスト：亜樹良のりかず

本体価格870円+税

スペンサー王国には、スカーレットと呼ばれる王室護衛官組織が存在する。中でも、トップに立つ九名は"スカーレット・ナイン"と呼ばれ、ナインに選ばれた者は、騎士として貴族の位を与えられてきた。そんなナインの補佐官を務める、愛想はないが仕事は的確にこなすクールな護衛官・緋流は、ある日突然、軍隊仕込みの新入り射撃の名手・キースとバディを組まされることになる。砕けた雰囲気のキースに初対面で口説かれ、苛立ちを覚える緋流。身体の関係込みで自分のものにしたいと、自信満々に迫ってくるキースに、ペースを乱されてばかりの緋流だったが……。

翼ある后は皇帝と愛を育む

つばさあるきさきはこうていとあいをはぐくむ

茜花らら

イラスト：金ひかる

本体価格 870 円+税

トルメリア王国の西の森にある湖には、七色の鱗を持つ白竜・ユナンが棲んでいた。トルメリア王国ではドラゴンは災厄の対象として恐れられており、ある日、ユナンの元に皇帝・スハイルが討伐に現れる。ヒトの姿に変化したユナンは王宮に連れ去られるが、手厚く保護され、スハイルの真摯な態度に次第に心惹かれていく。その後、同じ想いを抱くスハイルに求婚されたユナンは、后としてトルメリア王国に迎えられることに。双子のリリとメロを出産し幸せな毎日を送っていたユナンだが、ある日、身体に異変が現れる。また、国内では深刻な問題が引き起こっているようで——？

リンクスロマンス大好評発売中

銀の祝福が降る夜に

ぎんのしゅくふくがふるよるに

宮本れん

イラスト：サマミヤアカザ

本体価格 870 円+税

きらめく銀髪と儚げな美貌を持つ天涯孤独の人狼は、その血統の稀少さ故、狼の血族であることを隠し、ひっそりと暮らしていた。働き口を探し町に出てきたところを、偶然居合わせた男に助けられ、その親切さに心惹かれる。しかしその後、彼が実はお忍びで町に出ていた国王であり、自らの家族を亡き者にした敵であると知ってしまい——？ 運命の恋に身を焦がす、身分差 & 宿命のロマンチックファンタジー！

この本を読んでのご意見・ご感想をお寄せ下さい。

〒151-0051
東京都渋谷区千駄ヶ谷4-9-7
(株)幻冬舎コミックス　リンクス編集部
「飯田実樹先生」係／「蓮川 愛先生」係

リンクス ロマンス

君が夢見し楽園 我が王と賢者が囁く

2019年12月31日　第1刷発行

著者……………飯田実樹
発行人…………石原正康
発行元…………株式会社　幻冬舎コミックス
〒151-0051　東京都渋谷区千駄ヶ谷4-9-7
TEL 03-5411-6431（編集）
発売元…………株式会社　幻冬舎
〒151-0051　東京都渋谷区千駄ヶ谷4-9-7
TEL 03-5411-6222（営業）
振替00120-8-767643
印刷・製本所…株式会社　光邦
検印廃止

ISBN978-4-344-84588-6　C0293
Printed in Japan

幻冬舎コミックスホームページ　http://www.gentosha-comics.net

本作品はフィクションです。実在の人物・団体・事件などには関係ありません。